SEM OLHAR PARA TRÁS

Ela recorreu

ao amor de DEUS

e venceu o ódio e

a violência

Lycia Barros

SEM OLHAR PARA TRÁS

valentina
Rio de Janeiro, 2016
1ª Edição

Copyright © 2015 *by* Lycia Barros

CAPA
Raul Fernandes

FOTO DA AUTORA
Renan Barros

DIAGRAMAÇÃO
Babilonia Cultura Editorial

Impresso no Brasil
Printed in Brazil
2016

CIP–BRASIL. CATALOGAÇÃO NA PUBLICAÇÃO
SINDICATO NACIONAL DOS EDITORES DE LIVROS, RJ

B279s

Barros, Lycia

Sem olhar para trás / Lycia Barros. - 1. ed. - Rio de Janeiro: Valentina, 2016.
256 p. ; 23 cm.

ISBN 978-85-5889-008-3

1. Romance brasileiro. I. Título.

CDD: 869.3
CDU: 821.134.3(81)-3

16-32894

Todos os livros da Editora Valentina estão em conformidade com
o novo Acordo Ortográfico da Língua Portuguesa.

Todos os direitos desta edição reservados à

EDITORA VALENTINA
Rua Santa Clara 50/1107 – Copacabana
Rio de Janeiro – 22041-012
Tel/Fax: (21) 3208-8777
www.editoravalentina.com.br

Para todas as mulheres que esqueceram de se amar

"Deus sussurra em meio ao nosso prazer, fala-nos mediante nossa consciência, mas clama em alta voz por intermédio de nossa dor. Este é seu megafone para nos despertar num mundo de surdos."

C. S. Lewis

Capítulo 1

A fuga nunca levou ninguém a lugar nenhum.

Antoine de Saint-Exupéry

A velha porta de compensado rangeu assim que Agatha a abriu, com as mãos suadas pelo medo. Os dedos frios seguravam a chave pesada quando seu único filho invadiu o recinto, iluminado somente por luzes parcas que cruzavam as venezianas. Havia quanto tempo não pisava naquele lugar? Quinze? Vinte anos? Não tinha a menor ideia. Lembrava-se apenas de que ainda era criança quando sua mãe a levara para visitar a tia.

Dulce, como sugeria o nome, era uma pessoa doce e faladeira. Agatha não havia entendido a razão de aquela mulher tão amistosa nunca ter se casado, bem como ficara surpresa quando a velha senhora mencionara a sobrinha distante em seu testamento. Afinal, jamais tinham sido íntimas.

No entanto, agora estava ali, aos 28 anos, tomando posse de uma casa quase em ruínas após o telefonema do advogado. Dulce havia fornecido a ele os contatos da sobrinha, único parente vivo que possuía, pouco antes de falecer. Agatha, porém, precisava admitir: a aquisição inesperada não poderia ter aparecido em melhor momento. Não que fosse muita coisa, a residência era bem simples e devia valer uma pechincha. Media, no máximo, 50 metros quadrados de área construída. O teto era de amianto pintado de verde-bandeira e os móveis, tão decrépitos quanto as paredes cinzentas e descascadas.

Contudo, ficava longe do Rio de Janeiro, e era isso o que importava.

– Será que essa lâmpada ainda acende? – Gabriel franziu os olhos para o alto.

Agatha acionou o interruptor.

– Acho que está queimada. Compro outra quando eu for ao mercado amanhã.

– E vamos ficar no escuro?

A mãe não se mostrou abalada.

– Há outras lâmpadas pela casa. Vamos ver se alguma delas ainda está boa e trocamos por esta.

O menino torceu o nariz, mas não reclamou. Agatha continuou examinando o local. Se quisesse mesmo morar ali com o filho, teria muito trabalho; a prova disso era o rastro que sua bolsa havia deixado quando esbarrara na cadeira enquanto a tirava do ombro para colocar em cima de uma mesinha de ferro. Havia muita sujeira a ser limpa; fora isso, o único e pequeno banheiro fedia a esgoto; e eram visíveis partes estufadas por todas as paredes, como se estivessem com micose. Mesmo assim, estavam melhor ali. Disso a nova dona tinha absoluta certeza.

Quando tentou dar um passo à frente, Agatha sentiu sua perna estalar. O corpo todo doía, pois viera dirigindo por mais de duas horas e meia seguidas, sem sequer parar para irem ao banheiro. Portanto, por um breve momento, permitiu-se sentar-se. Apoiou os dois cotovelos trêmulos nos braços da poltrona de couro preto – ignorando o pó que a cobria – e inspirou fundo, fechando os olhos. Deixou que a musculatura tensa e exausta se acomodasse no assento, cujo encosto descrevia um confortável ângulo de 120 graus. Ainda sentia a descarga de adrenalina que a acompanhara durante toda a viagem. Precisava relaxar, pensar bem no que faria em seguida. Então, esfregou os olhos e os abriu, mirando o nada, pensativa.

Enquanto isso, seu filho de nove anos vasculhava o pequeno quarto anexo à sala, com olhos curiosos. Uma cama de casal em madeira ocupava o espaço perto da janela e, acima da cabeceira, uma cruz pendia, solitária, na parede. Não havia armário, e sim uma cômoda antiga com sete gavetas e um ventilador pousado em cima.

Todas as venezianas da casa eram pintadas da cor das folhas das árvores – exatamente o mesmo tom do teto –, por dentro e por fora. As portas também. Agatha fez uma careta para a tonalidade, mas não pensou em alterá-la tão cedo. Sua tia devia ter desejado aproveitar a tinta até a última gota da lata. Pois bem, ela também poderia fazer alguns sacrifícios. Afinal, se a casa servisse como um abrigo seguro, pouco importava que fosse pintada de verde, amarelo ou roxo.

Agora mais calma, examinou o recinto com atenção. Poucos móveis e objetos facilitariam bastante a limpeza. Por sorte, sua tia não era o tipo de velha acumuladora. Também não havia lustres; em seu lugar, lâmpadas amarelas estavam penduradas, uma em cada cômodo. Tudo bastante rudimentar. E, devido à ausência de porta entre a sala e a cozinha, onde agora estava, Agatha pôde contemplar uma velha Brastemp azul-clara, que no Rio de Janeiro seria considerada retrô, mas que, por ser realmente velha, devia puxar muita energia – informação bastante relevante no momento. Fora isso, panelas repousavam em cima da pia de alumínio, onde alguns copos de geleia, virados de cabeça para baixo, estavam perto de um bule de cobre em cima – por Deus! – de um fogão a lenha.

Agatha ficou uma pilha de nervos.

Como diabos se usa um fogão a lenha? Cobriu o rosto com as mãos. Mal sabia manusear o cooktop que havia em seu luxuoso apartamento no Rio de Janeiro. E, como sempre tivera empregada, não era íntima da cozinha. Nos fins de semana, sempre comia fora com o marido nos arredores do Leblon, bairro onde moravam. E, quando solteira, como era a filha única e temporã de um casal de mineiros – nasceram e morreram em Juiz de Fora –, faziam tudo para a herdeira. O tipo de pais que, bastava a filha pegar uma escova de dentes, vinham correndo colocar o creme dental.

Bom, pelo menos até Agatha enfrentá-los e depois fugir, aos 18 anos, para se casar com um carioca que mal conhecia.

Seus pais eram muito religiosos e rígidos, e haviam sonhado com outro futuro para a herdeira. Já o rapaz, filho de um empresário fluminense, tinha vindo passar o carnaval na cidade mineira e acabara se encantando pela juiz-forense.

Mas isso era outra história. Uma história que Agatha preferia esquecer.

Resgatando seus pensamentos, Gabriel entrou na cozinha.

– Caramba! Quantos potes de vidro. – Pegou um deles para examinar mais de perto.

– Cuidado para não quebrar – advertiu sua mãe.

De fato, vários potes se empilhavam em um canto da parede, com tampas de estampa de xadrez vermelho, parecendo destinados a compotas ou algo do tipo. Agatha se lembrou vagamente dos doces maravilhosos que comera na casa da tia. Riu num suspiro. Para ela, o conceito de cozinhar era, no máximo, colocar algo no micro-ondas por cerca de oito minutos. E agora ainda precisaria aprender a produzir o fogo. *Santo Deus!*

Tudo bem – como no pilates, Agatha se concentrou em manter a respiração regular –, *será mais um desafio dentre tantos. Vou ter que dar conta.* Afinal, também não tinha a menor ideia do que fazer com as dez galinhas, um galo, um porco e três vacas que herdara junto com o pequeno sítio. Embora a casa fosse pequena, o terreno era de um tamanho considerável: 11 mil metros quadrados. Um pequeno lago no centro era habitado por dois patos. Por um minuto, Agatha olhou para a porta e coçou a nuca. Era tarde demais para voltar atrás. Onde estava com a cabeça quando decidira vir embora para Rio Preto? Mas foi só examinar o rosto do filho para se lembrar.

Observá-lo partia-lhe o coração. A mancha escura ao lado do olho esquerdo ainda estava lá, como uma recordação dolorida. Um mal-estar e um aperto no peito surgiam toda vez que olhava para aquilo. Por que motivo não havia conseguido puxá-lo a tempo da frente daquele monstro, antes que desferisse o golpe certeiro? Aliás, jamais havia conseguido, e isso a frustrava. Que tipo de mãe não teria o reflexo rápido o suficiente para evitar que o filho tomasse uma bofetada no rosto? *Uma mãe imprestável*, suspirou em silêncio, cheia de culpa. Uma mãe que mal podia se defender. Incompetente. Uma mãe que havia feito muitas escolhas erradas e agora estava pagando um alto preço por isso. E, para seu tormento, seu filho também.

Ambos retornaram à sala.

– Não tem televisão – reparou Gabriel, desapontado.

– Como? – Agatha estava com a cabeça longe.

– Aquele aparelho grande e retangular do qual depende a minha vida. – O menino abriu os braços, apontando para todo o lugar. – Não temos tevê. Como vou jogar videogame? Foi o único brinquedo que eu trouxe...

Agatha forçou um sorriso. *Se todos os nossos problemas fossem esse...*

– Ora – colocou as mãos na cintura –, então vamos ter que arrumar o que fazer. Aliás, com todos esses animais aí fora, creio que não nos sobrará muito tempo livre para brincar.

Para a sua alegria, um brilho de excitação preencheu os olhos azuis da criança. Era um superfã do Discovery Channel e estava tão empolgado em iniciar sua vida rural que viera o caminho todo lendo a respeito no celular.

– Sabia que o porco é o único animal que se queima com o sol, além do homem? – O comentário acompanhou um peito estufado.

– É mesmo? – A mãe abriu mais os olhos. – E onde aprendeu isso?

– No Google – avisou o menino; depois, parou e enrugou ligeiramente a testa. – Será que temos que passar protetor solar nele?

– Em quem?

– No porco.

Agatha riu e bagunçou o cabelo liso e loiro do menino. Depois, resolveu abrir a janela para liberar o cheiro de mofo. Estava um pouco emperrada, mas por fim acabou cedendo aos sacolejos e abriu. O sol tímido do fim da tarde se derramou pelo piso de tacos, e ambos ouviram a cantoria de grilos.

– Não sei o que vamos fazer a respeito da pele sensível do porco. – Ela se virou. – Mas prometo que vamos aprender tudo isso amanhã.

Agora me ajude a tirar as nossas malas do carro, porque está começando a escurecer. Enquanto isso, vou acender um defumador. Já estou sentindo picadas.

O garoto assentiu.

– Vou trazer o repelente que você colocou na minha mochila.

– Faça isso. – Agatha deu um tapa no braço para matar um inseto. Em seguida, virou-se para ir à cozinha procurar uma caixa de fósforos.

– Mãe? – Gabriel chamou-a; antes de sair, ela se virou. Reparou que ele torcia os dedos das mãos. – Eu também posso jogar pelo celular.

Agatha piscou, com um olhar perdido. Em seguida, apertou os lábios. Essa era a maneira de ele dizer que não iria lhe fazer exigências.

– Obrigada, querido. Mas, assim que eu puder, comprarei uma tevê nova para você.

Gabriel ergueu os ombros.

– Tudo bem. – Seu tom era sincero. – Nós já temos muita sorte de ter ganhado essa casa. – Comemorou e saiu pela porta.

Sorte.

Ao pensar no significado da palavra, os olhos de Agatha começaram a arder. Recostou-se no batente da janela aberta e esquadrinhou ao redor. Que tipo de menino criado numa cidade grande, com todos os recursos, encararia aquele casebre decrépito como uma bênção? *Um menino muito infeliz, com certeza*. Um menino que passara a vida inteira com muito medo, mas que agora via alguma esperança no fim do túnel.

Agatha se moveu para tornar a encarar a paisagem de sua nova propriedade. Lamentável era que, ao admirar a imensidão verdejante, ainda não se sentisse otimista. Nem mesmo a brisa suave que tocava a sua face conseguiu aplacar a amargura e o medo que carregava no peito. Seu coração, havia muito tempo, estava preparado exclusivamente para lutas e decepções. Por isso, voltou os olhos para a sua bolsa, sentindo-se mais segura por uma Glock G25 380 rechear seu interior, mas torcendo para que nunca tivesse que usá-la. A não ser, é claro, que alguém levantasse outra vez a mão para o seu filho, na sua frente. Nesse caso, não hesitaria em puxar o gatilho e acabar com o desgraçado, sem perder uma única noite de sono.

Capítulo 2

O homem que é firme, paciente, simples, natural e tranquilo está perto da virtude.

Confúcio

Pouco antes das quatro horas da madrugada, Pedro já estava de pé. Como de hábito, o senhor de terceira idade colocou as mãos calejadas na cintura, com os dedos virados para as costas, e esticou-se o quanto pôde para trás. Havia tempo que sua coluna andava reclamando, dando sinais de que estava pegando mais peso do que podia, porém não comentou nada com a mulher. Se dona Gema soubesse disso, iria mandá-lo diminuir o serviço, algo que seu Pedro se recusaria a fazer. Não porque fosse teimoso, mas era o mínimo que devia a dona Dulce, que Deus a tivesse. Trabalhara para ela a vida toda, ajudando no sítio, cuidando de tudo, desde meros consertos até o trato com os animais. Fora isso, quando sobrava tempo, ainda ajudava a ex-patroa no preparo dos queijos e compotas que distribuía na região. Com um breve curvar de lábios, teve vontade de voltar no tempo, quando ficava rondando-a, na esperança de sobrar uma colher de pau para lamber. E a boa senhora não costumava decepcioná-lo. Tinha ótimo coração.

A maioria das pousadas dos arredores adquiria os doces de dona Dulce. Também, não era para menos. Uma cozinheira de mão cheia! Pedro sentia falta dela, da sua risada receptiva, das serestas a que iam juntos, e em especial do jeito dedicado com que cuidara de sua mulher quando Gema tivera câncer e precisara retirar um dos seios. Sim, devia muito à ex-patroa e à sua memória. Por essa razão, sempre se levantava mais cedo. Tinha muito serviço a fazer.

– Já tá de pé, homem de Deus!

Dona Gema já estava terminando de embrulhar os queijos que entregaria naquele dia.

– Eu que o diga! Você madruga todo dia. Eita, mulher, não sei como você dá conta de tanto serviço.

Ela limpou as mãos com um pano de prato.

– Ainda tô viva, num tô? Só tenho 75 anos. E faz mais de 20 que acordo de madrugada pra fazer entregas nas pousadas da cidade. Não sei qual o motivo de espanto.

– Eu sei disso, só acho que podia levantar um pouquinho mais tarde.

– Nada disso, senão eu me atraso. Os queijos são encomendados para o café da manhã dos hóspedes.

Ela passava todo o seu tempo livre preparando-os, e, embora não fossem tão bons como os de dona Dulce, os clientes estavam felizes com o resultado. Pedro se aproximou e beijou o rosto da esposa.

– Olha só… – Deu uma espiada nos queijos. – Parece que aprendeu direitinho.

A mulher fez um gesto com a mão roliça, descartando o comentário.

– Gradecida pelo elogio, mas carece de puxar o meu saco, não. Preparou as compotas que os clientes pediram?

– Claro.

– Então, pode ir colocando tudo lá no carro. Já, já, vou sair.

Pedro riu e balançou a cabeça, censurando-a. Depois, como de praxe em toda manhã, colocou o chapéu de caubói na cabeça. Só o tirava para tomar banho e dormir, era quase um apêndice.

– Só você mesma pra chamar aquela lata velha de carro.

As bochechas da esposa enrubesceram.

– É velho, mas é meu. E tá pago! – Ficou furiosa.

Pedro riu, esse era o objetivo: azucriná-la um pouquinho pela manhã.

– Um Fusca caindo aos pedaços até eu podia ter um. Vai chegar tarde hoje?

Os ombros rechonchudos quicaram.

– Vai depender do seu Vicente. A pousada tá cheia. Não posso deixar o homem sozinho. Tinha pra mais de 20 motos lá ontem.

– Nossa senhora!

– Pois é... Anda, anda... Vai colocar as compotas no carro.

– Eu vou, eu vou... Ah! – Pedro parou para dar a notícia: – Você sabia que a sobrinha da dona Dulce chegou ontem?

Dona Gema parou o que estava fazendo e lançou um olhar bisbilhoteiro para o marido, interessada na informação.

– Num diga...

– Chegou ela e um rapazinho.

– Hum... – A senhora tocou o braço do marido. – Acha que a dona vai concordar com o que nós fizemos?

Pedro uniu as sobrancelhas.

– Uai! Se tiver juízo, tem mais é que agradecer. Se num fosse nós, queria ver como que tava aquele sítio.

– Verdade, verdade...

– Eu vou lá hoje me apresentar.

– Vai, sim. Depois eu vou também. Deus abençoe.

– Deus abençoe.

Capítulo 3

*Os piores pesadelos
são os que continuam
quando acordamos.*

Jonas Willame

Tempos depois, Agatha se lembraria da noite que se seguiu como uma tortura. Mesmo cansada da faxina que havia feito na casa, não dormira um segundo sequer. Tinha a sensação de que, a qualquer momento, Bruno derrubaria a porta da sala com um chute e invadiria a casa atrás dela e do filho. O ex-marido não costumava resolver seus impasses na conversa, e por isso tinha medo das consequências do que estava fazendo. Entretanto, não podia mais viver daquela maneira. Enquanto a violência de Bruno somente a afetara conseguira suportar. Entretanto, quando Gabriel começou a querer sair em defesa da mãe no meio das brigas, acabou sobrando também para o filho. Fora as inúmeras vezes que o pegara num canto do quarto após um desentendimento dos pais, pressionando as laterais da cabeça com as palmas das mãos para não ouvir os gemidos da mãe, com os olhos apertados e o rosto vermelho. Certa vez, o menino chegou a deslocar um ombro quando o pai o jogou contra a parede por tentar intervir. Agatha ficava apavorada e impotente.

Desde que fora embora de casa sem autorização, seu pai jurara que a ingrata nunca mais poria os pés ali dentro. E, mesmo quando a esposa falecera, não mudara de ideia. Pelo contrário, excomungara Agatha e a culpara pela morte da esposa.

– Zafira morreu de desgosto por sua causa – acusou, quando a filha ligou para consolá-lo.

– Mas, pai, eu não tive culpa... – defendeu-se, soluçando.

– Claro que teve. Ela ficou doente depois que você foi embora com aquele maldito. Vagabunda! – Enfurecido, desligou o telefone.

E quando o pai morreu, deixou os poucos bens que possuía para um afilhado distante. Essa foi a sua maneira de demonstrar que nunca a perdoara.

Sendo assim, Agatha passou os anos seguintes sentindo-se desamparada. Também não tinha feito muitos amigos no Rio de Janeiro, pois Bruno era bastante ciumento e a impedia de ter uma vida social privada. No máximo, permitia que a esposa fosse ao pilates; quando não, deixava-a correr durante a manhã e acompanhar os programas do filho. Só isso. Por essa razão, Agatha ficara pateticamente satisfeita quando lhe fora permitido passar a se encontrar com uma psicóloga, mãe de um amiguinho de Gabriel, que acabara se tornando a sua única amiga. Mas, como condição, Bruno afirmara que os encontros deveriam ser na casa deles.

– A verdade é que Bruno Albuquerque foi, e ainda é, um menino mimado – disse Paula, sem papas na língua. – Todos somos a soma de nossas influências. Ele é filho de pais ricos, e, pelo que você me contou, vem de uma família disfuncional e esnobe. Se acham mais importantes que Deus. Sua sogra passou a vida sendo traída, e nem isso desmoronou seu orgulho, pois preferiu a dor a desmontar a aparência de bem casada que projetou para a sociedade. Ela é como um objeto de luxo do pai de Bruno, nada mais. Então, seu marido acha que você deve ser o mesmo.

– Isso é a pura verdade. – Agatha enxugou os olhos. Estavam ambas no escritório do seu apartamento. – Sei que sempre foi louco por mim, disso eu tenho certeza. Mas em nenhum momento se preocupou em esconder, nem para os amigos nem para ninguém, que eu não tenho exclusividade em sua vida sexual. Costuma chegar tarde quase todos os dias, muitas vezes fedendo a perfume de outra; isso quando não chega no dia seguinte.

– E por que você não revida? Por que não sai para passear?

– Bruno teria um chilique se chegasse à noite e não me visse em casa. Você sabe como ele pode ser violento. Meu marido sempre foi ciumento, e seu modo de me tratar piorou muito depois que nosso filho nasceu. Ele tem ciúmes do Gabriel. Ciúmes do *próprio filho*. Diz que, desde bebê, roubou a minha atenção. Mas o que eu posso fazer? Negligenciar o menino? É só uma criança...

– Agatha... – Sentada em uma poltrona, Paula se inclinou para a frente. – A culpa não é sua. Quantas vezes eu já te disse isso? Bruno é emocionalmente doente. E, pelo visto, não quer se tratar. Até quando você vai se permitir viver desse modo?

Agatha abaixou a cabeça. Perdera a conta de quantas vezes fizera e desfizera malas, arquitetando partir. Mas nunca tivera coragem.

– Ele sempre me ameaça. Diz que eu sou um pé-rapado e que, caso eu peça a separação, vai dar um jeito de ficar com a guarda do nosso filho e o levará para o exterior.

– Ele não pode fazer isso. Para tirar um menor do Brasil, precisa-se da autorização do pai e da mãe.

Agatha esticou os lábios para um lado, de modo triste.

– A família Albuquerque é muito influente, eles acabam sempre dando um jeitinho. Tenho medo pelo meu filho. Eu conheço bem as excentricidades de Bruno. Quando enfia uma coisa na cabeça, fica obstinado e age como um louco. Certa vez, chegou a comprar 100 lugares num jogo de futebol, para que pudesse assistir ao jogo na arquibancada, sem ninguém ao redor.

– Típico...

A paciente passou as mãos nos cabelos, formando um coque. Depois tornou a pegar sua xícara.

– No início do nosso namoro, essas maluquices pareciam fascinantes para mim. A gente se conhecia havia poucas semanas, quando Bruno apareceu em Juiz de Fora, andando de balão em cima do campus da minha universidade, e me pediu para morarmos juntos. Foi irresistível.

Eu era muito sonhadora e romântica. Bruno era o tipo de cara com que toda garota sonhava: popular, atraente, ousado, radiante, sorridente e seguro de si. Bastava o mínimo esforço para ter seus desejos prontamente atendidos. Ou seja, era tudo que eu *não era*, e eu queria experimentar estar naquele mundo. Por isso, não pensei duas vezes. Larguei a faculdade de administração e fui embora para o Rio de Janeiro. Eu estava completamente louca, apaixonada. Como poderia resistir ao pedido do cara que me mandava uma dúzia de flores todos os dias desde que me conhecera?

Paula sorriu em cumplicidade.

– Mulheres e flores, uma combinação terrível. Sempre caímos nas artimanhas das pétalas.

– Pois é. – Agatha deu uma risada rápida, depois ficou séria de novo. – Eu era uma menina impetuosa, doida para desbravar a vida ao lado daquele loiro sedutor, por isso fugi, mesmo sabendo que com aquela atitude eu iria confrontar os meus pais. Fui tão estúpida... Meu pai jamais perdoou a minha rebeldia, sonhava que eu me formasse.

Paula tomou um gole de café e ficou analisando os traços da xícara por um momento.

– Ser jovem e não ser rebelde em algum momento da vida seria uma contradição genética, querida. Pelo menos, era isso que minha avó me dizia.

Agatha suspirou.

– Talvez. Mas quando me dei conta das consequências que enfrentaria por conta disso, já era tarde demais para voltar atrás. – Parou para tomar um gole, depois prosseguiu: – Quando a violência do meu marido se acentuou, cheguei a pensar em procurar a polícia, ou a delegacia de proteção às mulheres, mas, como o pai de Bruno é uma pessoa muito influente, imaginei que a corda acabaria arrebentando para o meu lado. Então, fiquei na minha.

Paula se inclinou e acariciou o joelho da amiga.

– Até quando, minha querida? Até quando?

Agatha não tinha essa resposta. Até que, certa tarde, enquanto estava chorando deitada na cama por causa da bofetada que Gabriel levara do pai na noite anterior, recebeu a ligação do advogado da tia Dulce.

O telefonema mudou tudo, deu-lhe uma nova perspectiva.

Assim que recebeu a notícia da herança, enxugou os olhos, e o plano já começou a se formar em sua cabeça. Correu para o closet anexo ao quarto de casal e puxou da estante a sua mala. Abriu-a imediatamente no chão. Ficou um tempo examinando as suas roupas enfileiradas. Se pudesse, não levaria nada daquele lugar. Mas não sabia como teria recursos dali em diante; era melhor garantir os itens fundamentais. Só precisou de dois dias para executar tudo o que tinha programado.

Com alguns conhecimentos, Agatha conseguiu vender joias valiosas que possuía. Depois, alertou o filho sobre o que pretendia fazer e preparou uma pequena mala para ele, levando apenas o necessário. Foi até o colégio em que o menino estudava e exigiu sua documentação com urgência, alegando que iria se mudar. Depois, foi à concessionária mais próxima e trocou seu carro luxuoso por um modelo mais barato, não precisando inteirar valor algum. Ela acabou perdendo dinheiro na negociação apressada, mas não se importou.

Como não havia casado perante a lei nem tinha documento de união estável – pois a família de Bruno não aprovava a união do filho com uma pessoa de classe diferente –, não precisou da assinatura do marido para as negociações. Não queria deixar nenhuma pista. Em seguida, cortou todos os cartões de crédito que tinha em conta conjunta com Bruno e comprou um novo chip de telefone. O último passo foi roubar a arma que o marido mantinha em casa e dar folga à empregada naquele dia. Foi embora com o filho logo depois do almoço.

Agora encontrava-se ali, insone em sua primeira noite de liberdade. Qualquer barulho de guaxinim passeando no telhado fazia-a sentar-se de modo abrupto na cama. E, por Deus, como a casa era barulhenta! Havia tantos ruídos lá fora... Grilos, sapos, farfalhar de grama, galhos caindo... E, para a sua infelicidade, um galo do seu galinheiro decidira começar a cantar.

– Que ótimo. – Agatha jogou um travesseiro por cima do rosto, desejando desesperadamente dormir. Virou-se de um lado para o outro, sempre tapando as orelhas. Como não tinha jeito, pegou o celular que havia apoiado no batente para conferir as horas. Eram cinco da manhã. *Que maravilha!*

Vindo do nada, uma mariposa pousou em seu rosto, e Agatha quase soltou um grito.

– Droga! – sussurrou, enquanto espanava o inseto. – Estou ficando louca! Paranoica!

Desassossegada, levantou-se para beber alguma coisa. Saiu da cama com cuidado para não acordar o filho, que, causando-lhe certa inveja, dormia como uma pedra. Caminhou na ponta dos pés, como uma fugitiva, para fora do quarto. *Que menino de sorte*, riu sozinha, *eu daria um dedo do pé para estar neste sono profundo.*

Embora fosse verão, a madrugada estava fresca. Talvez fosse sempre assim naquela cidade. Agatha não sabia dizer. Ao chegar à cozinha, desanimou ao ver os tocos de lenha encostados à parede, enfileirados. Olhando para eles, conteve um bocejo de cansaço com as costas da mão. Daria um rim pela sua antiga máquina de café espresso. Depois coçou a cabeça, pensando no que fazer. Precisaria ser quase uma primata para preparar uma xícara. Agindo com lógica, pegou dois pedaços de madeira e enfiou-os num buraco que havia no fogão. Em seguida, feliz por não ter que fazer fogo raspando duas pedras, riscou um dos três últimos fósforos que restavam na caixa e jogou-o por cima da lenha. O fogo logo apagou. Decepcionada, fez uma careta e olhou para a caixa. Só tinha mais duas chances. Sendo assim, fez uma pequena prece e acendeu mais um fósforo, e depois ficou segurando-o perto das toras que se recusavam a queimar. Logo a chama subiu pelo palito e quase queimou um de seus dedos, então o largou. Apagou de novo. Jogou-se na única cadeira que havia na casa.

Que inferno! Não posso nem ao menos tomar um café para acordar de uma vez.

Apoiou os cotovelos nos joelhos e ficou ali, sedenta e apática, com a cabeça nas mãos. Segundos depois, notou no chão que a sala clareava. Resolveu abrir a janela, torcendo para que nenhum morcego ou algo do tipo voasse para dentro. Caminhou para lá. Estava meio emperrada, como no dia anterior, mas assim mesmo conseguiu destravar. Quando olhou o céu, não conseguiu evitar ser inundada de prazer. O dia prometia ser espetacular, apesar de acompanhado de um calor opressivo. Nuanças azuis e alaranjadas misturavam-se no firmamento, onde pássaros voavam fazendo um círculo. Contemplativa, observou o descampado à sua frente, admirando-o pela primeira vez. A casa até podia não estar bem-cuidada, mas o pasto em torno dela era verde e arborizado como uma pintura de Renoir.

Agatha alisou os cabelos negros e lisos com as mãos, suspirando. Suas mechas já haviam passado dois dedos da altura dos ombros. Em breve, iria cortá-los. Fazia muito tempo que os mantinha abaixo das orelhas. Sempre que cresciam além disso, o marido parava de alisar sua nuca. Era o seu local preferido no corpo dela. Muitas vezes, quando dormiam juntos e ela ficava de costas para ele, Bruno alisava aquela parte de seu corpo. Um raro momento de carinho espontâneo que a fazia acreditar que, dentro do homem violento, ainda existia o jovem carinhoso por quem se apaixonara.

Uniu as sobrancelhas num gesto automático. Como seus pensamentos tinham ido parar ali? Hoje não se iludia mais. Então, por que manter os fios assim? Passou tantos anos tendo cada aspecto da sua vida dominado pelo ex, que já não sabia mais as próprias preferências. Por via das dúvidas, numa atitude transgressora, mudou de ideia: deixaria os cabelos crescerem. Era hora de fazer as coisas de modo diferente.

A bela vista inspirou-a a sair de casa, já que não conseguia mesmo dormir. Decidida, retornou ao quarto e vestiu sua roupa de corrida: uma legging verde-limão, boné roxo e regata branca. Depois, calçou as meias e os tênis, bebeu um longo copo d'água e deixou um bilhete ao lado do filho, avisando que voltaria logo. Isso feito, saiu para correr. Quando voltasse, pensaria em como preparar o café da manhã para os dois.

O sítio ficava localizado a nove quilômetros do centro da cidade, numa estrada de terra batida. Agatha andou 100 metros até o portão e depois apressou o passo do lado de fora, a fim de conhecer a vizinhança. Começou a se mover contra o vento, que se chocava com o seu rosto e resfriava a sua pele. Mas isso não a desanimou. Inspirou bem o ar limpo da Zona da Mata e continuou a pôr um pé na frente do outro no terreno acidentado, num ritmo acelerado e constante.

Minutos depois, suas pernas começaram a queimar, e a endorfina a fazer efeito. Um bem-estar se instalou. Sentia-se livre. Correra por dez minutos, e nenhum carro passara. Nenhum ser humano. Estava sozinha e em paz. Era tão libertador. Pela primeira vez em anos, não se sentia vigiada. Lágrimas de felicidade vieram aos olhos. Deixou que o orgulho por sua coragem de ter fugido daquele inferno se acomodasse em seu peito. Mas não chorou. Já havia chorado demais. Não gastaria mais energia com autocomiseração.

Continuou indo em frente, absorvendo a vida natural. Ouviu o barulho próximo de um riacho e estudou os animais e residências nos terrenos vizinhos. Era tudo tão plácido, tão calmo... Podia distinguir com dificuldade alguns empregados ao longe: regando a grama, capinando, dando comida às galinhas...

– Ai, meu Deus! – Parou de repente, levantando poeira debaixo dos pés. *Será que eu já devia ter dado comida às galinhas? E o que deveria dar? Milho?* Pelo que vira no dia anterior, só havia mercadinho na cidade, que ficava um pouco longe dali. E não devia estar aberto àquela hora da manhã. *E o que será que os outros bichos comiam?*

Entrando em pânico por não estar habituada à nova rotina, balançou a cabeça para organizar os pensamentos. *Uma coisa de cada vez*, orientou a si mesma, procurando se acalmar. Primeiro, precisava pensar em como iria alimentar a si mesma e ao filho, depois pensaria nos animais. Focou na estrada e tornou a correr, aumentando a velocidade.

Alguns metros à frente, o caminho fez uma curva acentuada para a esquerda, e Agatha encontrou um terreno dez vezes maior que o seu, sem árvores, e, no centro dele, uma linda construção. A julgar pelo estilo, a casa devia estar de pé havia cerca de um século, no mínimo. Tinha uma grande varanda na frente e uma imponente porta dupla de madeira, que estava aberta, denunciando movimento na casa. Era toda cercada por janelas de madeira e grades de ferro por fora, tanto no primeiro quanto no segundo andares. Ela continuou a correr em paralelo à cerca branca que demarcava o terreno, mas foi diminuindo o ritmo quando uma quantidade extravagante de motos estacionadas em frente ao casarão saltou-lhe aos olhos, todas ao redor de um enorme Jeep preto. De quem seriam? De um colecionador?

Mais ao longe, ainda no mesmo terreno, viu outras duas construções: uma casa branca e pequena como a sua, e outra que parecia ser um estábulo. Quando chegou à entrada da propriedade, o portão que dava para a garagem também estava aberto. Agatha apertou os olhos ao avistar uma placa que indicava que ali era um local de hospedagem: *Pousada Esperança*. Colocou as mãos na cintura e tornou a fitar as motos, que deveriam ser de um grupo de motoqueiros que haviam passado a noite hospedados na cidade, lógico. Era muito comum haver trilhas para esse tipo de atividade nos arredores.

Entretida, ficou estudando o local e passou a mão pelo rosto, para enxugar o suor. O sol já havia saído, e ainda teria que providenciar algo para ela e o filho comerem. Esperou a respiração se acalmar antes de retomar a corrida. Já ia dar meia-volta quando algo chamou a sua atenção: um homem puxando para fora da cocheira um lindo cavalo preto.

Agatha estacou. Mesmo ao longe, o animal robusto era impressionante. Tinha uma pelagem brilhante e um dorso muito alto. Não parecia o tipo de equino de porte médio que se via por aquelas bandas. Aquele era imponente, caminhava de modo elegante, com o focinho empinado, como se tivesse sido treinado para fazer aquela pose. Possivelmente, era de raça nobre. Já vira alguns como aquele no Jockey Club no Rio de Janeiro.

O homem que o puxava também estava fora dos padrões da cidade: era alto e usava óculos escuros. Vestia uma camisa polo branca, um culote azul-marinho e galochas pretas que iam até a metade das pernas. Porém, apesar da impecável roupa de montaria, os cabelos cacheados – escuros e não muito curtos – atribuíam-lhe uma aparência um tanto indisciplinada. Não montou de imediato. Primeiro, verificou bem se a sela estava presa e pareceu afrouxá-la um pouco, para deixar o garanhão mais confortável. Depois, com gentileza, começou a acariciar o espaço entre os olhos dele enquanto murmurava alguma coisa, ao que o manga-larga respondeu abaixando a cabeça, deixando de lado a sua postura altiva. Ficaram assim algum tempo, como se estivessem conversando num momento de intimidade. Agatha abriu um sorriso inconsciente quando, de súbito, ouviu-se um pequeno relincho como resposta. O cavaleiro riu, deu duas batidinhas na lateral de sua boca e depois circulou-o para montar. Fez isso com muita destreza.

A troca entre ambos foi tão linda e suave que Agatha não conseguiu sair dali. Ficou contemplativa, admirando os movimentos amplos e extensos do cavalo quando este começou a trotar em cavalgadas largas, porém contidas. Ambos percorreram o terreno como se houvesse uma pista oval e imaginária. A postura do cavaleiro era exemplar: coluna reta e o tronco inclinado como um ponteiro ao meio-dia... A observadora mal sentia a boca entreaberta e o olhar vidrado quando foi surpreendida.

– Bom dia – cumprimentou dona Gema.

Num susto, Agatha se virou e deu de cara com uma mulher baixinha, corpulenta e de pescoço curto.

– Oi. – Ofereceu um mostrar de dentes mal-articulado. – Bom dia para a senhora também.

Rindo, a velha senhora ajeitou a caixa de queijo embaixo do braço roliço, branco e cheio de sardas.

– Você tá procurando alguém ou só está admirando o patrão?

As faces da intrusa ficaram vermelhas.

– Como?

– Bom... – Dona Gema riu. – Seu Vicente é um sujeito bonito de se ver, cê num acha?

– Está falando do cavaleiro? Eu só estava...

– Tô brincando. – A boca da senhora se esticou mais ainda. – Meu nome é Gema, trabalho aqui. Você deve ser a sobrinha da dona Dulce.

– Como sabe?

– Cidade pequena. – A velha piscou. – Todo mundo sabe de tudo. Vai entrar?

– Quem? Eu? Não, não... – Agatha riu de nervosismo. – Eu só estava correndo e parei para voltar. Muito obrigada. – *Quanto menos contato com as pessoas locais, melhor.*

– Se quiser, pode tomar café aqui. Vem gente de todo canto, não é só para clientes. E a mesa daqui é farta.

Agatha registrou a informação. Seria, de fato, muito prático. Mas não seria arriscado?

– É muita gentileza sua, mas meu filho está em casa sozinho e preciso voltar para lá.

– Traz ele com você.

– Bom... – Dividida, ela olhou mais uma vez para o casarão. De todo modo, não poderia se esconder dos vizinhos para sempre. – Pode ser que eu faça isso. Mas, primeiro, preciso cuidar de algumas coisas. Ou melhor, de alguns animais.

Capítulo 4

Os anjos existem e muitas vezes não possuem asas, então passamos a chamá-los de amigos.

Jonatas Alberto

O sol já havia se fixado no céu quando Pedro terminou de alimentar as galinhas. Já havia ordenhado as vacas e cuidado dos porcos. Agora era hora de visitar uma vaca recém-parida que exigia maiores cuidados. Naquela semana, imaginando a vinda iminente da sobrinha de dona Dulce, tinha começado a trabalhar quando amanhecia e só parava durante as refeições. E ainda havia muito serviço extra a fazer: como consertar cercas, arrumar a grade do galinheiro e cuidar do chiqueiro.

Porém, era raro o velho homem reclamar. Trabalhava duro desde pequeno e via no seu suor um motivo para continuar vivo. Podia passar horas conferindo as plantas em diversas fases de crescimento, coordenando a boiada, conferindo o desenvolvimento da horta... Podia não encontrar uma cueca em casa, mas localizava com precisão cada ferramenta daquele sítio. Considerava-se privilegiado por ganhar a vida em atividades que o deixavam realizado e feliz. E foi quando se dirigia para mais uma dessas tarefas que descobriu um rostinho curioso espiando-o da janela da casa. Assim que o viu, seu Pedro tirou o chapéu e acenou para o menino russinho.

– Você já viu um bezerrinho recém-nascido? – À pergunta seguiu-se um sorriso simpático.

De dentro da casa, os olhos de Gabriel brilharam em expectativa. Tinha dúvidas se deveria sair antes de a mãe voltar. Contudo, sua curiosidade gritou mais forte e, cinco minutos depois, já acompanhava seu Pedro para o campo.

* * *

Agatha entrou em casa em silêncio; esperava encontrar o filho ainda dormindo. Descalçou os tênis que estavam sujos de barro e colocou dentro deles as meias suadas. Sentia-se renovada uma década por conta da corrida. De fininho, foi até a cozinha e bebeu o resto de água que haviam trazido da viagem. Ficou pensando na proposta da velha senhora que a pegara no flagra babando por seu patrão. Riu ao se lembrar da cena ridícula. Mal havia chegado à cidade e já seria motivo de fofocas. Bom, colocou a garrafinha reciclável de lado; se ia ser alvo da curiosidade dos vizinhos, era bom que tivessem algo sobre o que falar, além de seu misterioso aparecimento naquela cidade. Em seguida, foi para o quarto acordar Gabriel, mas seu coração quase saiu pela boca quando se deparou com a cama vazia.

– Gabriel! – gritou. – Gabriel, cadê você?

Como ela temia, não houve resposta alguma. Agatha tornou a passear por todos os cômodos da casa, inspecionando-os. Seu filho não estava ali. Pousou a mão sobre o ventre, fechou os olhos e respirou... 1, 2, 3... gritou o nome dele mais uma vez e esperou por alguns segundos, nada. Entrando em pânico, passou a vista pelo gramado através da janela aberta e não detectou ninguém. No mesmo momento, suas mãos ficaram frias e uma ligeira tontura arremeteu seus pensamentos. Entretanto, não houve tempo para se recuperar por inteiro, pois logo correu para a bolsa e pegou a arma que havia trazido. Quem diria que encostaria nela tão cedo?

Arfando, segurou-a firme com as duas mãos, que tremiam, e, em seguida, saiu de casa. Cambaleou descalça através do mato rasteiro, com a visão turva pelo medo, sentindo pedrinhas espetarem seus pés a cada passada. Seu cérebro mal registrou a dor, tamanho o pavor que sentia. Conforme andava, parte de sua mente dizia a si mesma que estava exagerando. Gabriel devia estar por ali, conferindo as novidades. Mas a outra parte – aquela treinada pelo terror – afirmava que a essa hora o filho já poderia estar longe, debatendo-se no carro do pai.

Várias imagens assaltaram a sua cabeça. Gabriel recém-nascido, ainda ligado a ela pelo cordão umbilical. Seus primeiros passinhos quando bebê. A primeira palavra. Pedalando de bicicleta pela primeira vez. O garoto era a luz da sua vida, a única parte boa que restara de todo aquele pesadelo. Se o perdesse, preferia morrer. Com um ouvido mais atento, Agatha captou vozes vindo de algum lugar mais adiante e, então, murmurando uma oração, cruzou as árvores e subiu uma pequena colina até alcançar o seu topo plano, onde identificou um barraco de madeira que não havia enxergado na noite anterior. Cautelosa, seguiu para lá, com ideias aterrorizantes ricocheteando em sua cabeça como pipocas em uma panela. Sentiu uma trepidação no peito quando ouviu uma voz masculina gritar:

– Fica quieto, pelo amor de Deus!

Não houve tempo para Agatha identificar se era ou não a voz de Bruno. Apavorada, simplesmente correu para a entrada e apontou a arma para dentro do celeiro. Quando Gabriel a reconheceu, seu ar alegre sumiu e berrou com a mãe:

– Mãe! O que você tá fazendo? Larga isso... – Instruído por seu Pedro, o menino imobilizava um bezerro no chão, dobrando a cauda do animal para cima e para frente, formando um arco, enquanto o velho tentava marcar o animal.

– O que *vocês* estão fazendo? – Ainda arquejante, Agatha abaixou a arma, com um misto de choque e curiosidade nos olhos.

– Identificando o filhote – esclareceu o filho. – Mas não se preocupe. Seu Pedro me explicou que, nessa posição, o bezerrinho não sente dor.

– E quem é você? – Ela olhou para o homem, estarrecida. – E o que está fazendo na minha propriedade?

– Meu nome é Pedro. – Tirou o chapéu e o colocou sobre o peito, olhando, receoso, para a arma. – Trabalho aqui no sítio já faz 30 anos. Sua tia era uma santa para mim. Por isso, quando morreu, continuei cuidando de tudo. Eu sabia que a senhora estava para chegar. Só não entrei na casa para limpar porque não tinha a chave.

– E como entrou no terreno?

– A porteira vive aberta, uai. Tem trinco, não.

Era verdade. Agatha fez uma anotação mental para providenciar um cadeado.

– Bom, mas, agora que cheguei, o senhor não precisa mais vir aqui. Vamos cuidar de tudo sozinhos. Gabriel, larga esse animal e vem para cá.

– Mas, mãe...

– Agora!

Ao grito, o menino obedeceu com uma cara emburrada. O desalento surgiu no rosto do senhor.

– A senhora tá me demitindo?

– Demitindo? – Ela se exasperou, envolvendo Gabriel com o braço livre. – Eu, em nenhum momento, o contratei.

– Mas...

– Veja bem, não é nada contra você. Mas acabamos de chegar, e eu não tenho como lhe pagar um salário.

– Tem, sim.

Agatha piscou, confusa. *Quem aquele velho pensava que era?*

– Como?

– Eu guardei o dinheiro da senhora.

– Que dinheiro?

– O dinheiro que nós ganhamos com a venda dos queijos e das compotas que produzimos aqui desde que dona Dulce morreu. Eu e minha mulher fizemos tudo direitinho, como no tempo em que sua tia estava viva; então, os clientes continuaram comprando. Eu só tirei o salário que ela me dava, porque achei que era justo.

Perplexa, Agatha ficou encarando-o, analisando a informação em busca de alguma falha de caráter em tudo que ouvira. Não encontrou.

– O senhor está me dizendo que trabalhou aqui, com os recursos da fazenda, e guardou o lucro para mim?

– Sim. A senhora é a dona, uai. Eu só peguei o que era meu. Mas, se a senhora tá ofendida, eu vou embora e devolvo tudo.

– Ofendida? – Incrédula, ela colocou Gabriel atrás de si e deu um passo na direção de seu Pedro, que a olhava com olhos ressabiados. Já fazia muito tempo que desacreditara da bondade humana. Aquilo a emocionou. – Eu estou é agradecida. É raro ver uma pessoa tão honesta quanto o senhor.

Um sorriso tímido ameaçou surgir nos lábios dele, mas seu Pedro o reprimiu. Não era um homem de vaidades.

– Eu só fiz o que era certo.

Agatha sentiu uma onda de empatia pelo senhor.

– E é por isso mesmo que ainda está empregado – decidiu num impulso.

– Estou?

– Sim. E me perdoe por ter sido tão paranoica quando o vi. É que agora vivo sozinha com o meu filho. Tudo é muito novo para nós. Mas o senhor é bem-vindo. Além do mais, eu não tenho a menor ideia de como cuidar disso aqui. – Soltou um pequeno sorriso de alívio.

Os dentes incompletos de seu Pedro também se exibiram de modo amistoso.

– Pois enquanto eu for vivo, a senhora não vai ter com que se preocupar.

– Assim eu espero. Mais tarde vamos acertar tudo, e o senhor me diz como funcionam as coisas. – Os olhos dela se voltaram para o filho. Passou a vista por todo o seu corpo, agradecida por estar intacto. Sua vontade era mantê-lo acorrentado a si. – Agora vamos tomar um banho e depois um café caprichado numa fazenda perto daqui.

– Vai na fazenda do seu Vicente? – palpitou seu Pedro.

Agatha riu. A velha mania do povo do interior de xeretar continuava a mesma.

– Isso mesmo. Pelo visto, todo mundo se conhece em Rio Preto.

– É verdade. – Olhando à volta, satisfeito, Pedro colocou o chapéu de volta à cabeça. Não sabia o que faria se não pudesse mais trabalhar na terra que havia arado por anos. – Minha esposa trabalha lá.

– É a dona Gema?

Ele deu risada.

– Já conhece a minha velha?

– Ela é bem comunicativa.

Seu Pedro riu mais ainda e apontou-lhe um dedo ossudo.

– E fofoqueira também, tome cuidado.

– Pode deixar. – Agatha puxou Gabriel pela mão. – Não pretendo contar os meus segredos para ninguém.

Capítulo 5

Nossas vidas são definidas por momentos. Principalmente os que nos pegam de surpresa.

Bob Marley

O dedo indicador de Vicente passeava pelo mapa mostrando ao grupo de motoqueiros como chegar às trilhas mais interessantes dos arredores. De vez em quando, batia-o em riste aqui e ali, indicando cachoeiras ou vistas imperdíveis pelos quais passariam pelo caminho. Conhecia Rio Preto como a palma da mão. Filho de fazendeiro, crescera naquele casarão em companhia do pai e da irmã mais velha, Sarah, agora advogada e residente em São Paulo.

Vicente tinha muito orgulho dela. Estudante da rede pública, ela havia se esforçado o suficiente para chegar à faculdade pública e, além de se formar, constituíra uma linda família. Seu marido era um cara bacana, e ambos tinham uma linda filha de oito anos, perfeita e inteligente como a mãe. Vicente ficava radiante com a visita de todos nos feriados que passavam em família.

A maior parte do ano, no entanto, ele era um homem solitário. Claro que tinha a companhia constante de seus funcionários, mas não podia evitar o pensamento de que todos só estavam ali porque precisavam ganhar a vida. Até mesmo dona Gema, embora a velha funcionária já tivesse passado noites inteiras ao seu lado depois do grave acidente que sofrera. E, quando o patrão quisera pagá-la pelo serviço extra, ela o xingara de todos os nomes feios que conhecia. A verdade é que Vicente só se sentira amado por uma pessoa na vida, seu pai. E este já não estava mais ali. Antes, ambos eram um time, uma unidade, cuidavam de tudo juntos. Sentia falta daquele tempo.

Vicente terminava de dar as informações aos turistas, no mesmo momento que dona Gema lhe trouxe um bolo de fubá fumegante.

— Cortesia da casa — ofereceu, como se fosse a dona.

— Está querendo me engordar? — perguntou, mas colocou imediatamente um pedaço do quitute na boca.

Os olhos da empregada reviraram em descrédito.

— Como se isso fosse possível. Uma das maiores injustiças que já vi é alguém comer como você e não ganhar um grama sequer.

— Minha genética é boa — ressaltou de boca cheia. Depois, virou a face de modo desconfiado para um casal que estava sentado e batendo papo. — Já serviu aquela mesa?

A funcionária mirou-o de cara feia.

— Já te falei para não me dizer como fazer o meu serviço.

— Eu só estou perguntando. — Vicente riu e esfregou os dedos para limpar os farelos. Divertia-se provocando-a. — Pensei que tivessem chegado agora.

— E chegaram, mas eu já peguei o pedido e encaminhei para a cozinha.

Como desculpa, o patrão segurou seu punho e beijou os nós de seus dedos.

— O que eu faria da minha vida sem você?

— Ah, deixa de bajulação. — Dona Gema puxou a mão de volta, bancando a ofendida. A relação dos dois era uma interação curiosa, que oscilava entre insultos mordazes e adulações ocasionais. — Ih... Veja só... Sua admiradora veio mesmo tomar café.

— Minha o quê?

– A moça de vestido verde parada na porta, com cara de cachorro que caiu da mudança. A que tá com o filho. É sobrinha da falecida dona Dulce. Parece que veio morar aqui. – Baixou o tom de voz para fofocar: – Eu a vi aqui na frente da casa hoje mais cedo, espiando você montar.

Intrigado, Vicente olhou na mesma direção. Uma mulher se destacou dentre os outros clientes. Parecia perdida no meio deles, segurando com firmeza o ombro de um menino que vestia uma camiseta com estampa do Bem 10, os braços finos demonstrando tensão. Sem dúvida, ela era elegante, mesmo não estando tão bem-arrumada. Usava um vestido simples, com um caimento que não lhe marcava a cintura, e sandálias de tiras. Os cabelos negros e molhados molduravam o rosto rosado de sol. Balançava de modo nervoso uma chave de carro com os dedos finos e delicados da mão livre. De repente, como se sentindo que estava sendo observada, voltou os grandes olhos castanhos para Vicente. Pego de surpresa, ele desviou o olhar e cutucou o ombro de dona Gema de modo rude.

– Vá lá atender – ordenou de forma ríspida.

– Cruzes! Não precisa empurrar. – A funcionária examinou o rosto carrancudo do patrão enquanto ele examinava a tela do computador e se sentava num banco alto. – Tem certeza de que não quer atender você mesmo? É tão raro uma cliente desacompanhada aparecer por aqui.

Vicente não se deu o trabalho de encará-la quando respondeu.

– E se a cliente não estiver consumindo em cinco minutos, seu marido corre o risco de ficar desacompanhado também. Agora vai!

Dona Gema mostrou-lhe a língua.

– Tô indo, seu rabugento.

Agatha ainda procurava uma mesa quando a senhora chegou até ela, resmungando alguma coisa.

– Que bom que vieram – recebeu-os com um sorriso receptivo.

– Não resisti ao seu convite para o bolo. – Os lábios de Agatha se esticaram de volta enquanto ajeitava a bolsa no ombro. Em seguida, indicou o menino ao seu lado. – Este aqui é Gabriel, meu filho.

– Oi – cumprimentou o menino, tímido.

– Mas que rapaz bonito! – Atrevida como sempre, dona Gema deu--lhe um beliscão na bochecha. Se notou a roxidão ainda aparente em seu rosto por debaixo do boné, não comentou. – Aposto que adora um pão de queijo quentinho. Estou certa?

Os olhos dele sorriram de puro prazer.

– Acertou.

– Então, vem comigo. Eu posso não ser a rainha das compotas, mas ninguém faz um pão de queijo como eu.

Instantaneamente seduzido, Gabriel seguiu dona Gema até a mesa mais próxima, onde se sentou com a mãe. Quando ela cruzou as pernas longas e definidas, com as batatas das pernas salientes, por debaixo da mesa, Vicente notou, de longe, que uma fina tornozeleira de ouro envolvia o final de sua canela. Sentiu a garganta secar. Já estava reparando demais. Por segurança, voltou os olhos para o monitor.

Mãe e filho fizeram os pedidos, e a funcionária seguiu para a cozinha, a fim de orientar as ajudantes. O ambiente, onde predominava o aroma de café fresco, estava regurgitado de gente, e Agatha ficou surpresa com o movimento naquela cidade minúscula. No entanto, estava perto de chegar o carnaval, época em que Rio Preto ficava lotado de turistas. Talvez, subir os muros de sua propriedade fosse uma ideia melhor do que comprar um cadeado. Com isso em mente, cruzou os antebraços sobre a mesa e se virou para Gabriel.

– O que acha de termos um cachorro? – puxou o assunto, mais pensando em comprar um cão de guarda do que em ter um bicho de estimação.

O menino arregalou os olhos para a mãe, com fascínio e divertimento.

– Você tá doente? Eu sempre quis ter um cachorro, você não deixou…

– Mas a gente morava em apartamento, agora temos um terreno bem grande.

– É claro que eu quero ter um cachorro! – berrou, eufórico, e Agatha riu e fez sinal para que falasse mais baixo. – Eu posso escolher a raça?

– Pode, mas tem que ser um bem grande. E doado, de preferência. Depois você procura na internet.

– Nossa, mal posso esperar para voltar para casa e procurar pelo celular. – Esfregou as mãos. – Se bem que o 3G aqui é uma porcaria, e antes vou ajudar o seu Pedro com as vacas.

Sorrindo, Agatha passou as mãos nos cabelos do filho de forma carinhosa.

– Pelo visto, você vai se tornar um fazendeiro e tanto, não é? Mas não vai se empolgar muito. Ainda hoje vou à cidade fazer umas compras e procurar uma escola para você.

O rosto pueril murchou como um balão estourado. Gabriel fez uma careta.

– Ah, escola não, mãe. Não posso ficar, pelo menos, um ano sem estudar?

– É claro que não. – Ela forçou um semblante chocado, mas com o olhar cheio de compreensão maternal. – Não sei por quanto tempo ficaremos aqui, mas quero que estude enquanto estivermos.

– Pois eu espero não mais ter que voltar para o Rio.

Agatha sentiu uma pontada de aflição. Ambos se encararam por dois segundos, numa compreensão mútua do que isso implicava.

– Nem eu – confessou ela baixinho.

Minutos depois, o clima ruim se desfez com a chegada dos pedidos. Tudo parecia maravilhoso. Gabriel e a mãe comeram com voracidade, ambos maravilhados com a comida local. O menino tecia mil elogios cada vez que dona Gema passava, e a velha senhora se envaidecia, gostando cada vez mais do moleque. No final de tudo, até separou um pedaço de cuscuz para que levasse por conta da casa.

– Come depois do almoço – sugeriu ela.

– Obrigado. Falando em almoço, vocês também servem outras refeições por aqui? – Gabriel ficou bastante interessado.

– Só na alta temporada.

– Já vi que vamos nos ver muito. – Agatha piscou. – A senhora traz a conta na mesa?

– Claaar... – dona Gema interrompeu o que ia dizer e olhou para o patrão, ainda entretido no computador. E teve uma de suas ideias mirabolantes. – A senhora tem que pagar lá no balcão – mentiu com descaramento.

– Tudo bem. – Ingênua, Agatha se levantou para acertar a conta. – Espere aqui – ordenou para Gabriel.

Alheio a tudo, Vicente tinha o queixo pousado nas mãos e a mente concentrada nos e-mails com pedidos de orçamento para estadia na pousada, quando sentiu alguém se aproximar. O aroma que exalava de Agatha chegou primeiro e bateu em seus sentidos com uma força desconcertante. Tinha cheiro de mulher bem-cuidada. Quando se virou para ver de quem vinha, o dono da pousada pigarreou e colocou-se de pé.

– Posso ajudá-la?

– Vim pagar a conta.

– Conta? – As sobrancelhas grossas e negras se uniram. Dona Gema, ao longe, fingia estar muito ocupada retirando a louça suja da mesa, o que fez as linhas em torno da boca masculina se enrugarem e, sem saída, o dono do estabelecimento virou-se para atender a cliente. – Mas a conta... bem... – Expirou ruidosamente. *Velha danada!* – Você sabe quanto deu?

– Está aqui. – Agatha entregou o papel que dona Gema lhe dera.

De imediato, Vicente abriu uma gaveta e guardou a anotação. Quando abaixou a cabeça, um cachinho de sua franja deslizou para a testa de um modo muito charmoso.

– Dinheiro ou cartão? – indagou, lacônico.

– Dinheiro. – Agatha notou como o indivíduo era mais alto quando visto de perto. Afinal, quando o vira cavalgando mais cedo, também não parecia ter um tronco tão largo. Devia ter as maiores costas de Minas Gerais. Olhando-o mais próximo agora, sem óculos escuros, Vicente lhe parecia familiar, e ela ficou alguns segundos buscando na memória de onde o conhecia. Seu rosto não era bonito, por assim dizer, mas, sem dúvida, era forte, com um nariz aquilino, fácil de memorizar. As sobrancelhas escuras eram muito marcantes. Ao que parecia, sua tez fora castigada pelo sol ao longo dos anos, trazendo linhas em alguns pontos do rosto. Vicente ergueu os olhos escuros e amendoados para a cliente cheirosa e ficou esperando. Quando encarava os outros daquela maneira gelada, em geral, deixava-os desconfortáveis. Era bem consciente desse poder. E, de fato, Agatha sentiu um pulo errado no coração, uma sensação de impotência.

— O dinheiro — lembrou-a.

— Ah, sim... — Atordoada, abriu a bolsa e tirou a carteira de dentro. Em seguida, pagou o valor e ficou esperando pelo troco. Vicente o entregou e, sem dizer mais nada, tornou a se sentar e olhar o laptop de segunda mão, ignorando-a. Agatha se atrapalhou com o fecho da bolsa.

— Seu cavalo é muito bonito. — O comentário surgiu porque ainda estava tentando guardar a carteira, e o silêncio era desconfortável.

Surpreso com o elogio, Vicente encarou-a com olhos frios, fazendo suas faces ficarem vermelhas. *Deve estar se perguntando onde eu vi o seu cavalo*, presumiu, arrependida.

— Obrigado. — Ele fez uma pausa curta. — O nome é Hisíodo.

— Que nome exótico. — Ela sorriu, porque estava nervosa.

— Pois é. — Vicente enrugou a testa quando reparou como a mulher estava atrapalhada com o fecho. — Gostaram da comida?

— Adoraaaamos... — Agatha fez força e, após uma longa luta travada com o zíper, venceu a batalha.

— Então voltem sempre.

— Com certeza. — Ela colocou a alça da bolsa já fechada no ombro e apontou com o polegar para trás. — Meu filho não me dará outra opção. Até mais.

— Até.

Quando o perfume delicioso se afastou, o dono da pousada acompanhou seu foco com discrição por mais um momento até que dona Gema, que havia corrido para o seu lado em busca de novidades, deu uma risadinha. Espremeu os olhos condenatórios em sua direção assim que a viu.

— Você não tem jeito.

A funcionária quicou um dos ombros.

— Vai me dizer que a moça não é bonita? — indagou com ar divertido.

Em vez de responder, o patrão voltou os olhos para a tela do computador e balançou a cabeça, seu humor piorando de modo drástico.

– Hein? – insistiu dona Gema.

– Não respondo perguntas retóricas.

– Retóricas?

– Óbvias.

– Eu sabia. – Ela sorriu de prazer.

O patrão se virou para ela, exasperado.

– Mas isso não significa que você tenha que empurrar a mulher para mim. Não estou a perigo, se quer saber. Toda vez é a mesma coisa. Você não pode ver uma mulher sozinha que fica confabulando em como me jogar na frente da sua vítima. Aqui na nossa terra, isso se chama *alcovitar*.

– No meu tempo, isso se chamava *criar oportunidade*.

– Não sei como aturo esse seu jeito mexeriqueiro. – Aborrecido, tornou a passar o dedo pelo mouse.

Imune às espetadas, dona Gema cruzou os braços por cima do balcão e lhe lançou um sorriso gaiato. Esperou só alguns segundos antes de perguntar:

– Quer mais um pedaço do meu bolo de fubá?

Vicente abriu um sorriso vencido.

– Mexeriqueira e esperta.

Capítulo 6

*Seja qual for o relacionamento que
você atraiu para dentro de sua vida,
foi exatamente o que você precisava
naquele momento.*

Deepak Chopra

Afonso sempre fora um homem de poucas palavras; por essa razão, mal moveu os olhos na direção dos clientes que entraram em sua mercearia e apenas continuou a preparar os pedidos do dia seguinte. No entanto, deteve os olhos acinzentados por dois segundos a mais do que seria o habitual no menino que entrou, depois examinou a mulher que o acompanhava. Não conhecia nenhum dos dois. Supôs que deveriam ser turistas que haviam chegado com antecedência para as festividades de carnaval.

Soltou um palavrão mental. Aquela era a pior época do ano para ele, pois, embora trouxesse bastante movimento para o seu negócio, deixava a sua pequena cidade suja, caótica e barulhenta. Fora que os muros de sua venda ficavam fedendo a urina por duas semanas. Afonso detestava ter que lavar a calçada todos os dias e varrer a sujeira deixada pelos foliões. Mas não tinha para onde fugir. Desde que ficara viúvo, seu único filho, que morava em Juiz de Fora, mal vinha visitá-lo, de modo que não se sentia bem-vindo para ir passar alguns dias na casa dele e da nora até passar a terrível semana carnavalesca, mesmo que a vontade de ver o neto recém-nascido pela primeira vez mal coubesse em seu coração. O jeito era respirar fundo e tentar não se aborrecer muito com aquela gente esquisita. Suspirando, passou a mão na cabeça calva e continuou a escrever em seu bloco de notas.

– O senhor tem lanterna?

Resgatado de seus devaneios, Afonso mirou o garoto de cabelos dourados.

– Lá nos fundos! – A intenção do tom ignorante foi espantar o menino, em vão.

– Ótimo. Obrigado. – Tranquilo, Gabriel começou a se afastar. Depois parou e se virou novamente. – E pilha, o senhor tem?

– Basta andar pela loja, e achará tudo que precisa. – O velho irritado apertou o talão de pedidos.

– Só mais uma coisinha – continuou o garoto, e seu Afonso bufou. Ser interrompido durante o serviço aborrecia-o mais do que unhas raspando em quadro-negro. – Sabe onde posso achar uma loja de mochilas por aqui? É que a minha tá rasgada no fundo. Eu até falei para a minha mãe comprar outra no Rio antes de virmos, mas ela estava com uma pressa danada, e aí...

– Não conheço nenhuma loja! – devolveu o comerciante com aspereza.

– Gabriel... – Agatha se aproximou e puxou-o pelo ombro, afastando-o do velho barrigudo que tinha dois botões da camisa abertos. – Pare de atormentá-lo com perguntas. Não vê que o senhor está ocupado? – E mirou o dono do estabelecimento, determinado a ir à falência, espantando os clientes com seu mau humor. – Desculpe, sabe como é criança.

– Sei, sim, mas nem por isso somos obrigados a aturar tudo que elas fazem.

Pega de surpresa com a resposta indelicada, Agatha fechou o semblante.

– Concordo com o senhor, mas não acho que ele tenha feito nada demais. Só fez algumas perguntas. E, afinal, o senhor trabalha aqui, não é?

– Trabalho, mas isso aqui é uma mercearia, não um balcão de informações. Temos prateleiras espalhadas por todo canto para o autosserviço, justamente para que os clientes não precisem ficar perguntando tudo o tempo todo. Se eu quisesse conversar, seria psicólogo.

Agatha mal teve tempo de soltar os desaforos que lhe vieram à ponta da língua...

– Desculpe. – Gabriel reagiu com humildade, surpreendendo a todos. – Eu estava com preguiça de procurar. O senhor tem razão. Isso não vai mais acontecer. Vamos, mãe... – Puxou-a pela mão.

– Mas...

– Vamos – insistiu de novo.

Afonso, ligeiramente envergonhado de sua rabugice, acenou com a cabeça para o menino e voltou a se entreter com os pedidos.

Alguns minutos depois, Agatha e o filho compraram tudo que precisavam e foram colocar as coisas no carro. O verão havia se instalado, havia dias, de forma forte e vital, fazendo prisioneiros os moradores dos arredores. Agatha precisou esperar um minuto o interior do carro esfriar por dentro antes de entrarem. Em seguida, partiram para o outro lado da cidade, onde estacionou o veículo em frente a uma pequena igreja e começou a esquadrinhar o bairro em busca de um local para almoçarem. Achou um pequeno restaurante self-service. Agatha podia sentir os olhares de alguns moradores especulando enquanto comiam, perguntando-se quem eram os forasteiros.

Assim que acabaram, ela e o filho foram à Escola Municipal para fazer a matrícula de Gabriel. Enquanto, na secretaria, a mãe conseguia uma vaga para ele, o menino correu para o pátio da escola e, em poucos segundos, conseguiu se infiltrar em uma partida de futebol que estava acontecendo por lá. Era péssimo com a bola, de modo que, em menos de cinco minutos de jogo, acabou sendo transferido para o gol, onde foi muito mais útil.

Após ter resolvido tudo, antes de ir embora, Agatha chegou a se sentar na arquibancada por algum tempo para deixar que o filho se divertisse mais um pouquinho. Ele estava tão feliz... Não se lembrava da última vez que o vira interagindo com outros meninos de modo tão descontraído.

Os últimos dias haviam sido muito tensos para ambos. Aquela cena cotidiana de crianças brincando deu a impressão de que sua vida havia entrado em um patamar de tranquilidade, de segurança... Agarrou-se a essa ilusão. Porém, isso não evitou que, vez ou outra, olhasse para os lados para ver se não estava sendo seguida. Tinha a impressão de que, a qualquer momento, Bruno surgiria em algum local ao longe, encarando-a com olhar assassino, como nos filmes de terror.

Para espantar o pensamento, fechou os olhos com força, na esperança de que o medo que já estava crescendo dentro de si se dissipasse. Gostaria de poder descolar as suas memórias como se tirasse um rótulo de uma garrafa. Suas mãos estavam tremendo inconscientemente ao se levantar e chamar Gabriel.

Quando chegaram em casa, depararam-se com seu Pedro colocando um novo trinco no portão.

– Prontinho, agora a senhora já pode fechar.

Satisfeita, Agatha examinou o serviço.

– Puxa, seu Pedro, obrigada. Eu trouxe um cadeado também.

– Pra quê?

– Para passar no trinco.

O velho uniu as sobrancelhas, com uma expressão zombeteira.

– Carece disso não. Moro aqui a vida toda e nunca vi ninguém invadir a casa da dona Dulce. Quer dizer... – Tirou o chapéu, coçou a cabeça e riu. – Só um lobo-guará uma vez, mas nós botamos o bicho pra correr.

Um sorriso afetuoso aflorou nos lábios dela.

– Eu sei, mas acho que vou me sentir melhor assim. Estava pensando, inclusive, em tirar essa cerca e levantar alguns muros.

– Arrre... – O velho foi enfático na rejeição à ideia. – Vocês da cidade grande têm mania de se enjaular.

– É segurança, seu Pedro.

– Só quem pode nos guardar é Deus. Se alguém quer fazer mal a alguém, não vai ser um muro alto que vai impedir. Mas, se a senhora faz questão, eu posso encomendar os tijolos.

Com um calafrio, Agatha ponderou sobre o que ouviu. De fato, ele tinha razão.

– Acho que você está certo.

– Isso costuma acontecer. – Seu Pedro sorriu, brincalhão.

– Vamos deixar de lado essa história de muro, por enquanto. O senhor já está indo?

– Já acabei por aqui.

– Bom... – Agatha olhou para a casa. A ideia de ficar sozinha com o filho ali não era muito convidativa. Ainda não se sentia segura. – Eu estava prestes a fazer uma sopa. É a única coisa que sei fazer bem. – Ela riu. – Não quer jantar com a gente?

– É que a minha mãe não sabe acender o fogão – denunciou Gabriel.

Agatha corou, e seu funcionário caiu na gargalhada.

– Se é assim. – Prestativo, fez menção de acompanhá-la, dando uma piscadinha galanteadora. – Vou lá lhe prestar a minha sabedoria.

– Ficarei muito grata. – A risada feminina a entregou.

Todos seguiram para dentro, e o funcionário os ajudou a carregar as compras. Enquanto Gabriel arrumava tudo no lugar, seu Pedro dava instruções à patroa sobre como acender o fogão que devia ter aproximadamente a sua idade. Demorou um pouquinho, mas ela aprendeu. Quando conseguiu, não sabia se ficava feliz por realizar a façanha, ou deprimida por considerar o feito uma façanha.

– Você foi ótima – elogiou seu Pedro.

– Acho que com *ótima* você quer dizer que não coloquei fogo na casa. – Ela gargalhou.

Relaxados, o velho e o menino foram para a sala, e seu Pedro se sentou no sofá, para lhe contar histórias da roça.

– Gosta de histórias de terror?

– Adoro... – vibrou Gabriel, os olhos ávidos brilhando.

O velho rosto sulcado inspecionou a cozinha, para se certificar de que a patroa estava ocupada. Quando constatou que sim, iniciou a sua prosa:

– Bem, há mais ou menos 20 anos, eu estava numa Kombi, indo com meus amigos jogar cartas na casa de um compadre que morava em Valença. No caminho, tinha uma cruz na estrada, que alguém havia colocado lá por ser o local onde morrera uma pessoa num acidente.

A gente ia conversando e ouvindo rádio, seguindo devagar, pois já era noite e a estrada estava escura. E, naquela época, era mal-iluminada. Em certo momento, nosso assunto acabou, e ficamos todos em silêncio ouvindo uma música do Roberto Carlos e... – Fez uma pausa curta, um tufo grisalho de sobrancelha se erguendo. – Você conhece o Roberto Carlos?

– Não – respondeu Gabriel, que estava sentado no chão, na frente de seu Pedro.

– Como não? Como não conhece o maior rei da música brasileira?

– Seu Pedro, a história... – exigiu o garoto, ansioso.

– Ai, ai... Vamos lá. Como eu estava dizendo, estávamos em silêncio. De repente, um de meus colegas berrou "JESUSMARIAJOSÉ". Eu e o motorista perguntamos o que tinha acontecido. Ele falou que a gente havia atropelado um sujeito, mas nem eu nem meu companheiro tínhamos visto ninguém. Depois ele contou que o cabra havia saído de trás da cruz e cruzado a estrada. Na dúvida, paramos o carro, no meio do breu.

– Nossa! – Gabriel ficou espantado. – Como tiveram coragem...

O velho se inclinou e baixou a voz, com os olhos arregalados.

– Foi assustador – valorizou. – Ficamos ali, no meio do nada. Parecia um desses filmes que dão arrepio... – Os olhos de Gabriel estavam vidrados. – Daí, eu e o motorista resolvemos ir lá conferir. O nosso amigo, que tinha visto o fantasma, disse que não ia com a gente de jeito nenhum. Então, pegamos uma lanterna e fomos até lá, andando devagarinho, um garrado no outro. Me arrepio tudo só de lembrar, ó só... – Mostrou o braço enrugado. – Quando a gente chegou perto da cruz, o mato atrás dela começou a ficar agitado, e, de repente... – calou-se em expectativa.

– De repente o quê? – desesperou-se o menino.

– De repente, um maluco pulou e deu um grito na nossa direção. – Seu Pedro colocou as mãos em garra para a frente. – Eu dei um grito alto e quase me mijei. Meu amigo motorista saiu correndo e me deixou lá, sozinho. Só depois que vi que a aparição era o nosso outro colega, que pegaria carona com a gente no caminho. Aquele que viu o espírito se contorcia lá na Kombi, de tanto rir. Em nenhuma ocasião, senti tanto medo na vida. – O velho gargalhou ao se lembrar, e o menino também, divertindo-se.

Minutos depois, Agatha entrou pela sala.

– Prontinho. Espero que gostem. – Entregou um pote de sopa para cada um. – Agora vou lá pegar o meu, e depois eu e seu Pedro conversaremos sobre negócios. Quero estar a par de como funciona a produção de queijos, as compotas, para onde distribuímos e qual é o seu salário. Já volto.

Quando a dona da casa saiu, ambos experimentaram a sopa. Depois, torceram a cara e olharam um para o outro.

– Acho que eu preferia estar naquela Kombi – confessou Gabriel, fazendo seu Pedro cair na risada.

– Eu também.

Capítulo 7

De todas as doenças do espírito humano, a fúria de dominar é a mais terrível.

Voltaire

Com um som estridente, o copo de uísque estilhaçou conta a parede da sala.

– Aquela vaca! – gritou Bruno, furioso.

Rita Albuquerque se aproximou e pousou as mãos em seus ombros. Os cabelos loiros do filho estavam despenteados e os olhos azuis, injetados de fúria. Estava completamente fora de si.

– Calma, filho. Você não pode se exaltar assim, vai acabar tendo um ataque do coração...

Ele afrouxou a gravata, sentindo-se sufocado.

– Como Agatha pôde fazer isso comigo, mãe? Eu dei tudo para aquela ordinária. Tinha dinheiro, empregados, um apartamento gigante...

– Eu sei, eu sei... – Rita puxou-o para sentar-se no sofá, na frente do pai. Estavam todos no apartamento de Bruno. – Existem mulheres que são assim mesmo, ingratas.

A resposta não foi o suficiente para um coração despedaçado e em chamas.

– Acha que Agatha descobriu algum caso meu? Será que foi por isso que me largou? – Bruno olhou para a mãe, ansioso e desesperado. Com um sorriso contido, ela deu dois tapinhas consoladores em suas costas.

– Não seja bobo. Toda mulher sabe que o homem dá suas escapadinhas, mas nem por isso podemos desfazer o nosso lar. Pelo menos, não as mulheres inteligentes. Afinal, é isso que as amantes mais querem: pegar o nosso lugar. Veja o meu exemplo, eu construí um patrimônio ao lado de seu pai. Acha que eu deixaria umazinha qualquer tomar parte de tudo a que tenho direito?

Inconformado, o filho balançou a cabeça.

– Eu sei, mãe. Mas Agatha não pensa como você. Estava sempre insatisfeita, sempre chorando pelos cantos. E eu fazia de tudo para agradá-la... – Aflito, esfregou o rosto com as mãos. – Às vezes, me irritava vê-la sempre daquele jeito, e até eu perdia a cabeça. Mas eu a amava... Eu juro que a amava...

– Não fique tão angustiado. – Rita puxou a cabeça do filho para deitá-la em seu peito. Seu coração ficava esmagado toda vez que o via infeliz. – Nós vamos encontrá-la, eu prometo. Não vamos deixar nosso neto ser criado por aí de qualquer maneira. Ainda mais por uma pessoa como ela, que não teve base. Não teve uma boa educação e mal conhece as regras da boa etiqueta.

– O mais importante agora... – Rômulo Albuquerque se pronunciou, impassível. Achava patético que o filho estivesse em tal estado por causa de uma mulher, mas guardou para si sua opinião – é contactarmos um advogado para que sua esposa não tenha direito a nada. Abandono de lar e rapto de filho são dois incidentes graves. Vamos prestar queixa e abrir um processo contra ela.

– Pois então faça isso – exigiu Bruno, movido pela cólera. – Quero encontrar a vagabunda e colocá-la na cadeia o quanto antes. Enquanto isso, contratarei um detetive para achar a maldita.

Rômulo acenou com a cabeça, concordando. Depois, abriu o botão de seu terno Armani e pegou um charuto no bolso de dentro.

– Agora vamos tomar um chá para acalmar os nossos nervos. – Rita ergueu um dedo para a empregada que assistia à cena de longe.

– Não vou conseguir ficar aqui sem fazer nada. – Agitado, Bruno se levantou. – Tenho quase certeza de que Agatha não fez tudo isso sozinha. Deve ter outro! E, quando eu achar os dois, o cara vai desejar não ter conhecido a safada. – Possesso, dirigiu-se para o quarto e foi direto para a gaveta da cômoda; quando a abriu, soltou um palavrão e bateu-a de novo. Depois, voltou para a sala, pisando duro. – Ela levou a minha arma. A MALDITA LEVOU A MINHA ARMA!

– Calma… – Seu pai acendeu um charuto, tragou e olhou-o através da fumaça. Em seguida, prosseguiu com voz baixa: – Nossa família tem muitas armas, e eu já vou acionar uma delas. Agatha não perde por esperar. Vai se arrepender de ter levado o meu neto. Assim que eu encontrar Gabriel, vou mandá-lo para um internato bem longe daqui. Quanto à mãe, você mesmo decidirá o que vamos fazer.

Capítulo 8

*A vida é maravilhosa se
não se tem medo dela.*

Charles Chaplin

Os últimos dias, quentes e compridos, haviam tirado Vicente da cama logo cedo. Montar um pouco antes que o sol se tornasse forte demais e os clientes da pousada começassem a se espalhar, curiosos, pelo terreno, era uma de suas atividades favoritas. Sendo assim, ainda havia uma brisa suave lá fora quando desceu do seu quarto, que ficava no segundo andar da pousada.

Ainda meio sonolento, esticou a coluna quando chegou à recepção. Foi recebido por uma música tocando baixinho, uma espécie de sertanejo suave. Não reconheceu o cantor. A luz natural vinda de fora já iluminava o salão aconchegante, decorado havia mais de 15 anos pelo seu falecido pai. O ambiente era simples, mas bastante acolhedor. Havia dois sofás de três lugares forrados de couro e com braços de madeira, algumas poltronas espalhadas de forma estratégica a fim de incentivar a conversa, uma grande luminária de ferro, samambaias espalhadas e uma lareira que era acesa no inverno.

As enormes janelas, além de arejar o cômodo amplo, ainda forneciam como vantagem uma visão espetacular de algumas montanhas ao longe, que difeririam ligeiramente umas das outras pelo tamanho e número de saliências. E ainda permitiam que um cheiro maravilhoso de dama-da-noite penetrasse o local.

Embora fosse cedo, Vicente notou que tudo já estava limpo e muito bem-arrumado. Um delicioso cheiro de café, pão de queijo e ovos fritos se misturava aos aromas trazidos pela natureza, sinal de que a empregada já havia passado por lá.

"Deve ter acordado com bicho-carpinteiro", sorriu e coçou a cabeça, enquanto se dirigia para a cozinha. Entretanto, seu sorriso se desfez assim que entrou no recinto. Dona Gema ergueu os olhos da caçarola onde estava mexendo o leite e sorriu com alegria para o patrão.

– Ora, ora... A pessoa que eu desejava ver – comemorou.

Ao seu lado, a mulher que Vicente vira no dia anterior no café da manhã lhe ofereceu um sorriso sem jeito.

– Bom dia – cumprimentou-o.

– Bom dia – devolveu ele, com uma fisionomia confusa. Não esperava aquela visão perturbadora antes do café da manhã. Agatha vestia um short jeans curto e desfiado, camisa regata e chinelos de dedo. Os cabelos negros estavam amarrados num coque no alto da cabeça. Bastante à vontade, na sua opinião. Vicente mal notou as outras duas assistentes que preparavam o café da manhã para os hóspedes. – Gema... – pigarreou –, pode vir aqui um minutinho para eu te mostrar uma coisa na sala?

A empregada não parou de mexer a colher de pau, mas lhe abriu um sorriso peralta.

– Mostrar o quê?

– Uma coisa.

– Que coisa?

– Uma besteira que você fez.

Prevendo o que viria a seguir, a empregada girou os olhos e despiu o avental pela cabeça.

– Continua mexendo aqui para mim – pediu para Agatha. – E lembre-se: é para esquentar, não ferver. Só até uns 65 graus, e depois vamos deixar o leite meia hora nessa temperatura. Isso mata as bactérias. – Riu sozinha. – No tempo da minha avó, a gente não fazia isso. Mas também, naquela época, as bactérias não eram tão inteligentes, entretanto hoje, sabe como é...

Assumindo o lugar da empregada, Agatha fez um esforço para reprimir o riso gerado pelo comentário.

– E como vou saber quando a temperatura estará em 65 graus?

– Tem um termômetro culinário ali no balcão. Eu não demoro.

Serena, Gema pegou uma xícara de café e seguiu o patrão para a sala. Assim que se afastaram o suficiente para não serem ouvidos, Vicente se virou para ela com cara de poucos amigos.

– Agora você passou dos limites.

– Por quê? – Como de hábito, a velha senhora lhe entregou a xícara quente.

– O que essa mulher está fazendo aqui, a essa hora da manhã?

A funcionária olhou para as unhas encardidas de modo tranquilo, pensando em como responder, quando tomou um leve empurrão no braço.

– Responde, mulher! Não teste a minha paciência. Eu já testei e não funciona.

– Cruzes... Como se eu não soubesse. – Uniu as mãos de modo inocente na frente do corpo e encarou-o com o queixo erguido. – Agatha veio aprender a fazer queijos comigo. A moça só quer estar a par do processo de produção, já que o fornecedor oficial é o sítio dela.

– Então, por que não aprende na casa *dela*?

– Porque a sua cozinha é maior. – Abriu um sorriso travesso. – Deixa de ser ranheta e aproveita para conhecê-la.

Vicente mirou a porta da cozinha; em seguida, abaixou-se para sussurrar entredentes:

– Você não é a dona da casa para trazer quem bem entender. É só uma... *velha intrometida* – cuspiu, sinceramente aborrecido.

As mãos da velha foram parar na cintura arredondada desde os 40 anos.

– E você não sai com ninguém há séculos.

– Como você pode saber? – reagiu Vicente na defensiva.

– Eu sei de tudo. E fale baixo, senão a moça vai ouvir as suas reclamações.

– Se não pode lidar com o meu barulho, não mexa com o meu silêncio. Eu estava quieto no meu canto antes de você montar essa armadilha.

– E, se continuar assim, vai morrer de frustração sexual.

– Ótimo. – Aquela verdade exigiu um gole do café. – Assim, entrarei postumamente para os anais da medicina, pois serei o primeiro.

– Arre...

– Não seja ridícula. Você não sabe o que acontece nesta casa depois que você vai embora.

– Sei, sim, você vai para a varanda e fica tocando violão sozinho, sentindo pena de si mesmo. Que coisa mais triste...

– Minha vida é problema meu.

– É nada. E um pouquinho de sexo tórrido não faz mal a ninguém, – alegou ela com franqueza. – Em vez de ficar enchendo o meu saco, vá lá na cozinha e seduza logo a moça.

O rosto de pedra do patrão se quebrou em uma risada contida.

– Sexo tórrido?!

– Isso mesmo.

Ele a cutucou com o cotovelo.

– A senhora está bem assanhadinha, hein, dona Gema...

– Como acha que mantenho essa pele bonita? – brincou ela, feliz por quebrar o gelo. – E duvido que você não consiga se imaginar lambendo doce de leite naquela barriga lisinha, suada, toda branquinha...

O olhar de Vicente se desfocou por dois segundos, ligeiramente vitrificado.

– Merda, mulher, agora fiquei com a imagem na cabeça.

– Ótimo. Agora vá já pra lá!

– Eu vou, mas só por educação. Afinal, essa é a minha casa, ou pelo menos costumava ser... – Seu tom foi condenatório. – Mas não estou pensando em nada indecente, pra sua informação.

– Tá, tá, mas vá logo... Vou lá em cima arrumar a sua cama. Qualquer coisa, a compota de doce de leite está na prateleira de cima. – Ela sorriu em encorajamento.

SEM OLHAR PARA TRÁS 57

– Velha alcoviteira.

– Moleque tapado.

Antes de voltar para onde Agatha estava, Vicente girou a xícara de café uns dois segundos e depois virou-o todo na boca, num gole só. Em seguida, respirou fundo. Sempre que se encontrava nesse tipo de situação, tinha vontade de esganar aquela velha, o que era bastante frequente, considerando-se que dona Gema estava determinada a agir como um cupido em sua vida. Quando, por fim, tomou coragem de retornar, entrou sorrateiro na cozinha e colocou a xícara na pia. Tensa, Agatha observava o termômetro dentro do líquido branco e, ao ver a temperatura, desligou o fogo correndo.

– Ops... Acho que passou um pouquinho do ponto.

– Não vai fazer mal. – Ele evitou encará-la.

A aprendiz suspirou com pesar.

– Eu sou péssima na cozinha. Espero conseguir, pelo menos, aprender a fazer o queijo que vendo... – Quando olhou para cima, deparou-se com as pupilas de Vicente examinando sua cintura, mas logo ele pigarreou e desviou o olhar para o arvoredo através da porta.

– Parece que vai ser um dia quente. – Apontou para fora.

– É, parece. – Com uma súbita tensão, ela lavou a colher de pau e enxugou a mão em um pano de prato. – Olha, perdoe-me invadir a sua casa assim desse jeito. Mas foi a dona Gema quem insistiu. Por mim, eu teria aprendido tudo lá no sítio mesmo. Mas, como a minha única salvação trabalha aqui, ela sugeriu que seria melhor assim para não atrapalhar o serviço.

– Não, tudo bem. – Vicente passou a mão nos cabelos enquanto examinava a fumaça que saía da panela com o leite. Fez-se uma pausa constrangedora por alguns segundos. – Então... – puxou conversa, só porque estava sem graça – quer dizer que você é a sobrinha da dona Dulce.

– Pois é. – Agatha riu, buscando alguma abertura. – Mas não tinha contato com ela havia muitos anos. Nem sei como acabei ficando com o sítio.

O dono da pousada cruzou os braços e encostou o quadril na bancada da cozinha, enfim erguendo os olhos negros para encará-la.

– Dona Dulce tinha um coração de ouro. Era muito querida por aqui.

Agatha assentiu com a cabeça.

– Dona Gema me pôs a par da reputação da minha tia, e minhas lembranças dela também são ótimas.

Vicente apertou os lábios, na intenção de encerrar a conversa, mas eles prosseguiram, involuntários.

– Quer dizer que bastou você ficar com o sítio para decidir virar uma trabalhadora rural?

– Mais ou menos. – Um sorriso tímido tomou os lábios de Agatha. – Eu já estava mesmo precisando me mudar.

– Você veio de onde?

– Do Rio. Mas não sou carioca, nasci e cresci em Juiz de Fora.

– Hum... – Intrigado, Vicente esfregou distraidamente o lado direito do rosto. – Parece uma mudança bem drástica, não?

– É verdade. – Sem querer tocar muito naquele assunto, ela desviou para outro. – Vai montar? – Apontou para a roupa dele, que olhou o próprio corpo do peito até as botas.

– É. Faço isso todo dia pela manhã, quando não chove. Depois devo dar um banho em Hisíodo e nos outros dois cavalos que tenho.

– Não tem um funcionário para fazer isso para você?

– Tenho, mas eu gosto de fazer.

Agatha sentiu o peito aquecer. Cruzou os braços sobre ele.

– Eu também amo cavalos, mas só de longe. Morro de medo de chegar perto.

Ao ouvir isso, um dos cantos da boca de Vicente se ergueu ao mínimo, mas abaixou tão rápido que nem deu tempo de sua visita notar.

– Você não me parece esse tipo de mulher.

– Como assim? – Ela riu baixinho.

– Bem... – Vicente se calou. Depois coçou a barba e prosseguiu. – Não que eu conheça você, nem seja o tipo de pessoa que julga os outros à primeira vista, mas uma mulher que sai do Rio de Janeiro para recomeçar a vida com o filho, numa cidade estranha, minúscula, e está disposta a encarar um estilo de vida que não conhece, não é muito o perfil de uma pessoa medrosa.

Agatha enrubesceu e desviou o olhar, com um sorriso tímido. Talvez porque fazia tempo que ninguém lhe tecia um elogio. Estava desacostumada.

– Bom... Eu nunca me considerei do tipo *corajosa*, mas gostei do modo como você colocou as coisas. – Quando seus olhos se encontraram novamente, Vicente sentiu um salto inesperado no coração, o que o fez recuar na conversa.

– Bem. – Pigarreou. – Foi bom vê-la por aqui. Volte sempre que quiser.

– Obrigada pela hospitalidade. Como agradecimento, ajudarei as meninas na cozinha hoje.

– Não precisa. – O tom da frase foi quase um apelo.

– Vai ser bom para mim. – Agatha tranquilizou-o. – É divertido ficar aqui conversando com elas. E, pelo visto, o processo de fazer queijos é bem demorado.

– Vinte e quatro horas – esclareceu Vicente, na esperança de desmotivá-la a esperar. Porém, Agatha não se abateu.

– Eu sei. – Arriou os ombros e girou os olhos. – Quando dona Gema me informou isso, pensei em sair correndo para comprar os queijos e revender.

Pela primeira vez, Vicente não conseguiu evitar sorrir, e Agatha notou como seus dentes eram perfeitamente alinhados.

– Dá trabalho. – Ele segurou um dos punhos. – Mas também dá prazer.

– É verdade. Acho que vou gostar de ver algo que produzi com minhas próprias mãos. – Ela mal havia acabado de falar quando Gabriel, cuja mancha em torno do olho já havia suavizado bastante, entrou intempestivo pela cozinha.

– Mãe, você precisa ver isso...

– Ei, olha os modos... Não está vendo que o dono da pousada está aqui?

O filho abriu um sorriso amistoso para o homem grande que viu em pé na cozinha.

– Oi.

– Oi.

– A sua pousada é o máximo! Os miquinhos vieram pegar banana na minha mão!

– É mesmo. – Vicente foi até o garoto, achando engraçado o modo afoito com que contou a peripécia, depois olhou o relógio de pulso. – A essa hora o senhor não deveria estar na escola?

– Só começo na segunda-feira que vem, mas logo depois vem o carnaval e fico de férias de novo. – Piscou.

– Hum… – Vicente ficou pensativo. Assim como o falecido pai, tinha simpatia por crianças. Sempre entretinha os filhos dos clientes ensinando travessuras. – Então, o que acha de ir comigo dar maçã para os meus cavalos? Estou precisando de um ajudante.

Na mesma hora, Gabriel olhou para a mãe, totalmente entusiasmado.

– Eu posso?

Agatha ficou apreensiva, mas Vicente a confortou.

– Prometo devolvê-lo com as duas mãos.

Com um olho aberto e outro fechado, ela fitou o filho de novo, fazendo suspense. Gabriel se pôs de joelhos no chão e uniu as mãos.

– *Pleeeeeeeease…*

– E com os dois pés também, por favor – concordou a mãe, por fim.

O menino explodiu de alegria e se levantou para dar um beijo nela.

– Valeu!

– Mas não pensa que vai ser moleza, não. – Vicente brincou, satisfeito por ter arrumado um motivo para se afastar daquela mulher. – Depois vamos dar um bom banho em cada um deles – avisou.

Gabriel vibrou mais ainda, e Vicente pousou as mãos em suas costas.

– Vamos lá, meu jovem. A vida aqui na roça começa cedo.

– Ainda bem. – O menino seguiu-o para fora. – Eu adoro acordar de madrugada.

Com uma gargalhada, Agatha olhou para as assistentes de cozinha e balançou a cabeça em negativa.

– Só quando não tem que ir à escola.

Capítulo 9

Pode-se conhecer o espírito de qualquer pessoa se observar como ela se comporta ao elogiar e receber elogios.

Sêneca

O calor atingiu-os em cheio assim que saíram da casa, porém o farfalhar monótono das folhas das árvores indicava que ainda havia a brisa da manhã por ali. Enquanto Gabriel tagarelava com a animação própria da idade, Vicente o acompanhava caminhando sobre os cascalhos e dirigindo-se para o estábulo, carregando um saco de compras que continha dez maçãs. Quando chegaram ao seu destino, o menino mal se conteve. Foi direto acariciar os três cavalos que Vicente garantiu que eram mansos, mas o maior, o famoso Hisíodo, não pareceu muito contente com a aproximação do visitante e lhe deu as costas. Em seguida, a égua matriz também se afastou. Contudo, um deles o recebeu bem, um corcel de porte médio e pelagem castanho-clara. Então, este foi o primeiro a ganhar maçã das mãos do garoto, que logo solicitou:

— Posso montar neste aqui?

— Claro. Este potro é o ideal para você.

— Ele é muito lindo. E parece que gostou de mim.

– É, gostou sim. – Vicente pegou uma sela que estava pendurada na parede da cocheira. – Já montou alguma vez? – investigou.

– Meu avô tinha um haras, mas eu não costumava ir muito lá. Não que eu não quisesse, mas meu pai sempre estava ocupado e não tinha tempo de me levar. A última vez que fui, eu ainda era tão pequeno que só pude montar em um pônei – revelou com certa vergonha.

– Hum... – Vicente ficou quieto por um momento. Estava receoso em fazer a próxima pergunta, mas sentiu-se estranhamente curioso. – E o seu pai, por que não veio para cá com vocês?

A pequena mão que acariciava o cavalo passou a se mover com mais lentidão. Gabriel não o encarou quando respondeu:

– Meus pais se separaram. – Houve uma mudança perceptível em seu tom de voz. *Seria tristeza?* Vicente vislumbrou-o de canto de olho enquanto passava um pano na sela para tirar a poeira.

– Ah, bem, sinto muito – resmungou afetado.

– Eu não. – Gabriel pegou mais uma maçã do saco e deu para a fêmea, que estava ao seu lado. – Ela já está se acostumando comigo também.

Ok, o menino pretendia mudar o rumo da conversa, e Vicente resolveu respeitar. Mas ficou se perguntando, numa revolta velada, se aquela mancha quase boa no olho dele tinha a ver com seu desinteresse pelo pai.

– Como eu disse, todos são mansos. Mas é melhor você começar com o Zori mesmo.

– Ótimo. Você também vem?

– É claro.

Sob as instruções de Vicente, Gabriel ajudou a selar os cavalos enquanto acenava com a cabeça a cada dica sobre montaria que recebia. Em seguida, colocou o capacete preto que o novo amigo lhe ofereceu. Quando estavam prontos, foi a sua vez de montar primeiro. Assim que o fez, o garoto se sentiu poderoso e sorriu de prazer enquanto Vicente também subia em Hisíodo. Logo ambos saíram da cocheira e começaram a trotar devagar, enquanto o mais jovem, num afã de expectativa deliciada, acostumava-se com o ritmo do animal.

Assim que se sentiu mais seguro em relação ao garoto, Vicente estalou a língua, e ambos aceleraram o ritmo, galopando em direção ao campo aberto. Paciente, emparelhou com Gabriel, dando todo tipo de instruções: sobre posição da coluna, modo de segurar as rédeas e orientar o caminho do animal. Para o seu deleite, o pequeno montava bem e atendia com esmero as suas orientações, como se já estivesse habituado à atividade. Então, ambos começaram a explorar mais o terreno.

* * *

Quando acabou de servir o café da manhã na pousada com dona Gema, Agatha tinha a impressão de que ambas já se conheciam havia séculos. A velha senhora passou muito tempo contando os "causos" da região, enquanto sua nova ajudante ouvia tudo com bom humor e ceticismo. Entre fofocas locais e risadas, já haviam colocado o leite para coalhar e agora precisariam esperar por mais meia hora. Sendo assim, Agatha resolveu ir até o lado de fora para observar a diversão do filho, para passar o tempo.

Assim que saiu da cozinha, uma brisa leve agitou seus cabelos. Estreitou os olhos contra o brilho do sol matinal. O céu estava tão azul que fazia seus olhos doerem, então os fechou. Respirando fundo, sentiu o ar fresco e quente deslizar sobre o seu rosto suado. Servir as mesas para os clientes da pousada havia sido uma correria maluca, mas estava feliz em ter ajudado. Impressionou a si mesma com a sua agilidade e recebeu vários elogios de clientes pelo seu desempenho.

Ao abrir os olhos, deliciou-se com a visão de Gabriel ao longe, esfregando um dos cavalos, descalço. Estava com a roupa encharcada e o rosto vermelho, acompanhado do novo amigo. Um calor espalhou-se pelo seu coração ao ver o filho tão feliz e entretido naquela tarefa. Ela ainda não havia se acostumado àquele estado de espírito, no qual não precisaria ficar alerta a cada passo que dava na vida. Estava adorando a paz que se instalara.

Sorrindo, resolveu caminhar até lá, observando que Vicente, mais habituado ao serviço, já secava o pelo de Hisíodo com uma toalha. Seu braço moreno estava coberto por pelos castanho-claros que, ao sol, tinham um aspecto de poeira de ouro. E os cabelos escuros, já úmidos pelo suor, também tinham um brilho dourado na ponta dos cachos desarrumados. Era um caubói e tanto, ela precisava admitir. Quando ele ouviu seus passos, virou a cabeça levemente de lado, a tempo de subir o olhar do tornozelo até as pernas da pessoa que se aproximava. Não foi difícil deduzir a quem pertenciam. Ficou ereto, em uma postura defensiva, e apontou para o estado do menino.

— Eu prometi pés e mãos intactos, não posso fazer nada quanto à sujeira.

— Tudo bem. — Ela riu, observando em sigilo o movimento dos músculos dos seus bíceps enquanto torcia um pano nas mãos. — Já, já, vou virar essa mangueira para esse fedorento.

— Fala sério — reclamou Gabriel. Um gato gostaria mais de tomar banho do que ele.

— Ainda vou ajudar o seu Pedro lá no sítio. Vou me sujar. Pra que me lavar?

Agatha cruzou os braços e ergueu uma sobrancelha. Tinha dezenas de vídeos mentais dos artifícios linguísticos do filho para não encarar o chuveiro.

— Quanta energia… Só quero ver como vai ser na segunda-feira, no seu primeiro dia de aula.

O garoto estremeceu só de pensar.

— Ele monta muito bem. — Vicente bateu de leve com o pano no braço do menino. — Se treinasse um pouco mais, poderia até competir.

— Não gosto muito de competições — avisou Gabriel, e o mais velho lançou a Agatha uma feição indagadora. Afinal, nessa idade, os garotos não perdiam uma oportunidade de disputar o que quer que fosse. Consternada, a mãe explicou:

— O pai dele era muito exigente com esse tipo de coisa, o filho precisava ser o melhor em tudo, e, quando isso não acontecia, ele se frustrava. Então, Gabriel resolveu sair de todas as atividades competitivas.

Vicente observou o moleque, que agora já enxugava o cavalo e, assim que acabou, largou o pano no chão e saiu correndo ao avistar uma pipa que caía solitária no terreno. Como avançar a conversa não era sua especialidade, limitou-se a enxugar as mãos na toalha fedorenta e colocou-a de lado, deixando para a visita romper o silêncio.

– Você não vai entrar para comer alguma coisa? Acabamos de servir o café da manhã, mas dona Gema guardou tudo que você gosta.

– Ela sempre faz isso... – Deu uma piscadinha tão sexy que Agatha estranhou a oscilação que sentiu no estômago. – Me ganha pela boca.

– É uma pessoa maravilhosa. Do tipo que a gente quer por perto quando teve um dia ruim.

– É verdade. Vendo aqueles dentes grandes, a gente esquece dos problemas. – Vicente fez um trejeito de reprovação quando percebeu o modo atrapalhado com que Gabriel estava empinando a pipa. *Por Deus!* Parecia que o menino estava dançando, balançando o quadril de um lado para o outro na esperança de que a pipa fizesse o mesmo e subisse como que por milagre no ar. Nem havia linha suficiente para isso... Em seguida, bateu as mãos e encarou outra vez a mãe do dançarino. – E você, como se sentiu trabalhando num restaurante?

Agatha sorriu de satisfação.

– Exausta, mas feliz. Passei tanto tempo sem trabalhar que agora adoro fazer qualquer coisa. É bom me sentir útil.

– Você não trabalhava lá no Rio? – Os braços dele se cruzaram, a face interessada.

– Não. Meu mari... ex-marido – corrigiu-se, gaguejando – era muito ciumento. E rico. Por isso não queria que eu trabalhasse.

Vicente a estudou com mais atenção, mordendo os lábios por dentro. Agatha não parecia o tipo de mulher que se permitia ser dominada. Será que estaria tão enganado sobre as mulheres?

– E você concordou com a ideia ou simplesmente a aceitou?

Ela olhou os próprios pés e começou a se balançar, para frente e para trás.

– É complicado...

– Sempre é complicado. Foi por isso que vocês se separaram?

Ao ouvir a pergunta, os olhos dela se abriram só um pouquinho, pensando em quanto o filho havia dito àquele homem que, por mais gentil que tivesse sido permitindo que frequentasse a sua cozinha, ainda era um estranho.

– Não, não foi por isso. Isso só é parte da coisa toda. Meu casamento foi um incidente infeliz.

– Incidente? – Vicente enxugou a testa com o punho. – Você se casou grávida ou algo do tipo?

– Não… – Seu meio sorriso foi triste. – Foi uma escolha. Uma escolha errada. Fui eu que saí perdendo com tudo isso. E quem mais saiu marcada da relação.

O cavaleiro suspirou, depois olhou para frente.

– Eu entendo…

– Entende? – Agatha espichou os olhos para o rosto bronzeado, decidindo que era a sua vez de perguntar. – Por acaso também se separou?

– Não. Nunca me casei. Eu quis dizer que entendo de perdas que marcam.

– Por acaso perdeu alguém?

Vicente passou as mãos na calça para limpá-las melhor. Hesitou um pouco antes de responder.

– Não *alguém*, mas perdi algo que era importante para mim. – Com essa evasiva, calou-se e fingiu estar interessado em um casal que deixava a pousada de mãos dadas. Olhando na mesma direção, Agatha achou melhor não insistir no assunto. – Pelo menos, vocês ficaram amigos?

– Quem? – Seus pensamentos estavam distantes. – Eu e meu ex? Oh, não… – Fez uma leve careta. – O retrato de nosso último momento juntos não foi nada bonito.

Quando disse isso, Agatha viu o peito de Vicente subir e descer em uma profunda respiração. Ele não a olhou, mas suas suspeitas sobre o rosto do menino agora estavam confirmadas.

– Desculpe…

– Pelo quê?

– Por enchê-la de perguntas, eu só queria entender…

Agatha examinou seu perfil.

– O quê exatamente?

– Como um homem pode perder uma mulher como você.

Ela não entendeu se a frase era um elogio ou uma referência à mulher submissa que havia sido num passado não tão remoto. Vicente apontou com o queixo para Gabriel, que corria pelo gramado.

– Ele é um ótimo garoto.

Como toda mãe, ela sorriu de orgulho. Mudou o próprio peso de uma perna para a outra.

– Eu sei.

– Estou mesmo precisando de mão de obra gratuita na fazenda. E, pelo visto, arrumei dois ajudantes no mesmo dia.

Com uma risada, Agatha deu um leve empurrão em seu braço, mas, antes que dissesse alguma coisa, ambos foram surpreendidos por uma cadela da raça boxer que veio correndo e se lançou com tudo nos ombros de Vicente, lambendo sua face.

– Meu Deus, como foi que você fugiu dessa vez? – pareceu surpreso.

Achando engraçado, Agatha perguntou o nome do cão.

– Não é ele, é *ela*. – O dono avisou. – O nome é Luna. Só costumo soltá-la à noite, pois muitos hóspedes têm medo de cachorro. Mas a danadinha sempre dá um jeito de fugir do canil. Este ano, começou a cavar para fugir por baixo da grade.

– Ela é linda…

– Não tem medo? – Vicente perguntou enquanto afagava as orelhas do animal.

– De cachorro? Não.

Com um olhar zombeteiro, ele virou o rosto para Agatha.

– Tem medo de cavalos, mas não de cachorro grande? Que mulher complexa.

Rindo, Agatha afagou a cabeça de Luna por trás, que logo colocou as quatro patas no chão e se virou, abanando o rabo para a desconhecida. Contudo, ao ver Gabriel correndo pelo campo aberto e puxando a linha da pipa, correu para lá.

– Ela não vai morder o meu filho, não é?

– Não, não… Luna é tudo, menos perigosa. Uma vez, chegou a se soltar da coleira na cidade, em pleno carnaval, e nem mesmo o barulho dos blocos a fez ficar agressiva. Só correu feito uma desesperada. Fiquei quase 15 minutos tentando pegá-la de volta no meio da multidão. Derrubei várias cervejas correndo atrás dela.

Agatha achou aquilo engraçado.

– Caramba, que situação...

– Pois é.

Riram juntos e tornaram a se calar. Alguns segundos se passaram enquanto o zumbido dos insetos preenchia o abismo de som entre eles. Quando o silêncio se prolongou por tempo demais, Agatha olhou as horas no celular que retirou do bolso do short.

– Acho que está na hora de eu voltar para a cozinha.

– Tudo bem. – Vicente ficou grato por ter um motivo para encerrar a conversa. – Eu, hum, também preciso entrar para organizar algumas coisas.

Disseram isso, mas ficaram ambos ali parados por mais alguns segundos, cada um em sua pose, como se estivessem pregados no chão. O silêncio ficou tão profundo que se ouviu no pátio o murmúrio dos clientes do restaurante, além das patadas e dos ruídos dos cavalos no estábulo. Os dois espiaram-se ao mesmo tempo e desviaram os olhos para a casa grande. Por fim, Vicente pigarreou e esticou a mão.

– Vamos?

Colocando os polegares nos bolsos do short, Agatha passou na frente em direção à porta de trás da casa, que dava para a cozinha. O dono da pousada admirou-a alguns segundos a mais, até que, relutante, preferiu ir pelo outro caminho, entrando pela porta da sala, onde se sentou no sofá e deitou a cabeça para trás, fitando o teto.

Capítulo 10

Quando a noite é a aliada mais fiel para concretizar os nossos desejos, os mais indiscretos nos invadem o pensamento.

James Leme

A semana que transcorreu não trouxe muitas novidades para Agatha, que passava por uma gradual adaptação à nova rotina. A princípio, reconheceu que havia subestimado o trabalho que teria pela frente. Todo dia tinha um novo desafio a enfrentar, como matar uma galinha, limpar um chiqueiro ou algo simples como aprender a fazer feijão. Por sorte, dona Gema agora visitava-a com frequência para ajudar com os queijos e acabava ficando sempre um pouquinho mais, para colaborar nas tarefas da casa. No início, Agatha ficava sem jeito, achando que estava explorando a velha senhora. Mas, ao que parecia, a energia de dona Gema era inesgotável. Agatha deu-se conta disso quando foi alimentar os animais pela primeira vez em sua companhia e passou a seguir, ofegante, o rastro da velha senhora ladeira acima, que ainda segurava um saco de ração.

— Anda logo! — gritava para a mais jovem. — Desse jeito, não vamos conseguir alimentar nem a metade dos animais antes de meio-dia.

Agatha suspirou, exausta, o suor porejando em seu rosto.

– Deus que me perdoe, dona Gema. Como a senhora consegue? – *Pelo visto, todos os anos que fiz de corrida e pilates não se comparam à resistência física adquirida por uma vida inteira de trabalho na roça.*

– Deixa de moleza, os porcos estão com fome – resmungou a velha senhora, desbravando a colina.

No entanto, apesar de toda trabalheira e cansaço, suas noites de sono ainda não eram profundas e revigorantes, pois, com frequência, tinha pesadelos e acordava assustada ao menor barulho na área externa da casa. Tinha dias em que despertava suando frio, com um pressentimento ruim. Nesses momentos, abraçava os joelhos e orava em silêncio, intercedendo por ela e pelo filho, com as lágrimas descendo pelos olhos.

Já Gabriel nunca estivera tão contente. Era como se tivesse exorcizado a sua vida passada. Já havia feito amigos no colégio e estava sempre nas residências vizinhas, ajudando no que podia. Por amizade, seu Pedro até deixara uma bicicleta velha com o garoto, para que pudesse explorar a vizinhança e ir e voltar da escola sozinho. Todos ao redor simpatizaram com Gabriel, tanto crianças como adultos. Pela primeira vez em sua vida, o menino se sentia popular. E embora sua nova casa fosse infinitamente mais humilde do que a antiga, vivia cheia, pois a pergunta que sua mãe mais ouvia agora era:

– Meu amigo pode vir aqui mais tarde brincar comigo?

Então, Agatha enxugava a testa com um punho e preparava uma nova massa de bolo, que em geral ficava esturricado e era servido como biscoito. Afinal, quando seu filho falava em trazer um amigo, na verdade, vinham cerca de sete. Com o tempo, seus quitutes foram ficando cada vez melhores. O caos constante na casa transformou-se quase numa nova forma de ordem, de tão perene. No fundo, Agatha estava adorando.

Devido a tanta popularidade, Gabriel acabou ganhando o seu tão sonhado cachorro. Na verdade, um de seus coleguinhas de escola viu um vira-lata recém-nascido abandonado na rua e o presenteou. No início, a mãe resistiu à ideia de ficar com o pequeno animal encardido.

– Isso aí não vai assustar nem os gatos da região!

– Mas, mãe, não posso largá-lo na rua outra vez...

Os olhos dela se reviraram, vencida. Não teria mesmo coragem de despachar o bichinho.

– Tudo bem, tudo bem... Mas não me traga mais nenhum filhote que encontrar pela rua, ok?

Gabriel quase explodiu de contentamento.

Pulguento, como foi devidamente batizado, precisou ser higienizado dos pés à cabeça e vacinado. E não satisfeito com o tratamento de rei ao qual foi submetido, passou a latir a noite inteira até que seu novo dono, persistente como sempre, convenceu a mãe a deixar o cachorro dormir na parte de dentro da casa, para ser mais preciso, ao pé da sua cama. Resumindo, seu suposto "cão de guarda" não servia nem sequer para latir, caso algum ladrão invadisse o terreno.

Agatha decidiu que precisaria instalar uma cerca elétrica.

Por fim, chegaram as festividades de carnaval, época bastante agitada na cidade, quando passou a trabalhar o triplo, pois o pedido de queijos das pousadas nos arredores aumentara consideravelmente. Sem querer perder as oportunidades de negócios, Agatha contratou uma menina, indicada por dona Gema, que passou a fazer as compotas doces. Tinha apenas 16 anos, uma aparência magrinha e frágil, e cabelos lisos e negros que iam até a cintura. Parecia a irmã mais nova que não tivera. O rosto afilado, com as bochechas rosadas, ainda era bastante infantil, embora surpreendentemente ágil e caprichosa. Tão rápida com os quadris quanto com o cérebro. Para ser justa, Agatha pagou à funcionária uma excelente comissão, era quase sua sócia nos ganhos.

No último sábado de carnaval, entretanto, resolveu se dar uma folga e curtir a badalação na cidade.

– Gabriel vai dormir hoje na casa de um amiguinho – comentou com Bianca, a ajudante, que havia chegado bem cedo para colher amoras e framboesas no jardim –, só assim vai conseguir jogar o seu saudoso PlayStation, já que ainda não temos televisão.

A garota continuou a lavar a louça e sorriu para a patroa.

– Mas com todo serviço que temos tido, já, já, a senhora poderá comprar um.

– Espero que sim... – Agatha fez uma pausa, mordendo os lábios, observando o serviço da menina. – Eu... estava pensando em dar um pulo na cidade. Sabe como é, para ver a agitação e distrair a cabeça.

– Por mim a senhora pode ir. Já estou quase acabando aqui e, quando eu sair, posso deixar a chave no lugar de sempre.

– Pare de me chamar de senhora. Tem certeza de que não precisará mais de mim?

– Claro que não don... quer dizer, Agatha. – Sorriu acanhada. – Acho mesmo que você deve se divertir um pouquinho.

Sendo assim, a patroa afagou o ombro da ajudante em agradecimento e foi se arrumar para sair. Estava cansada das atividades do dia, não podia negar, mas achava justo que tirasse algumas horinhas para si mesma. Abriu o armário e colocou um dedo sobre a boca fechada. Nenhum de seus trench coats, blusas de seda ou escarpins pareciam a peça ideal. Aliás, nem sabia quando os usaria de novo. Devia tê-los deixado para trás.

Ou não. Resolveu considerá-los uma indenização pelos seus dramas passados.

Como o tempo andava abafado demais, optou por colocar um short de brim que não usava havia anos, uma regata com estampa de miniflores e sandálias de dedo. Em seguida, arrumou o cabelo em um rabo de cavalo no alto da cabeça e olhou-se no espelho. Soltou-o novamente.

O rosto, antes pálido, agora estava corado devido ao trabalho constante na área externa do sítio, principalmente quando cuidava da horta, o que passou a ser a sua atividade favorita. Inclusive, sob a supervisão de seu Pedro, havia comprado mil sementes de plantas diferentes e esperava com grande expectativa que começassem a germinar. Alguns consumidores de produtos orgânicos já lhe faziam encomendas de temperos e hortaliças. Fora isso, suas frequentes corridas pela manhã deixavam-na mais disposta para as tarefas do dia. Não se sentia fadigada, e sim renovada.

Mesmo assim, ao estudar o próprio reflexo, sentiu que ainda faltava alguma coisa. Um lado feminino, que havia tempo estava perdido, aflorou dentro dela.

Brincos! É claro.

Convencida disso, colocou nas orelhas duas pequenas argolas de ouro que ganhou dos pais quando tinha 15 anos, uma das poucas joias que fez questão de manter. Sentia-se tão bem consigo mesma que ainda resolveu passar um brilho labial e aplicar dois jatos de 202 VIP Rose no pescoço. Bianca veio se despedir no mesmo momento que Agatha ficou pronta. Em seguida, ela pegou a bolsa, a chave do carro e saiu.

Assim que chegou à praça da cidade, uma felicidade efervescente cresceu em seu peito, como quando um adolescente vai a uma festa badalada sem a permissão ou o conhecimento dos pais. O que era ridículo, advertiu a si mesma, sem conseguir evitar o maravilhamento proporcionado pela liberdade ao ouvir aquela batida baiana ensurdecedora que vibrava vinda do trio elétrico. Mal se lembrava da última vez em que estivera em um evento qualquer sem a observação intensa de Bruno. Aliás, mesmo antes de se conhecerem, fora a poucas festas sozinha. E estava sempre com as amigas ou com o namorado da vez. No entanto, havia algo de extraordinário e libertador no fato de estar ali, sozinha, sem conhecer ninguém, podendo se comportar como bem entendesse.

Contudo, poucos minutos depois, enquanto andava pela multidão, começou a ficar um tanto apreensiva quando alguns foliões mais atrevidos começaram a abordá-la de forma grosseira. Agatha ria de nervoso e tentava ignorar, andando rápido a fim de sair do meio da aglomeração de pessoas e ir em direção às barracas de bebidas e comidas locais, onde planejava comprar alguma coisa para beber e ficar discreta, dançando num canto qualquer para observar o movimento. Porém, quase deu um grito quando sentiu alguém comprimir seu cotovelo com força e virá-la para si. Expirou de alívio ao esquadrinhar sua face. Não era Bruno; só um rapaz vestido de índio, cujos olhos continham um brilho febril estimulado pelo álcool. A falta de pelos no maxilar e a pele de bebê denunciavam que era cerca de dez anos mais novo que ela. Mesmo assim, o gesto bruto deixou-a intimidada pelas recordações agressivas, por isso ficou paralisada.

– Oi... – A voz entrecortada bafejou em seu ouvido. – Que tal a gente ir para um lugar mais reservado? Você está uma delícia com esse shortinho curto... – Com a outra mão, ele alisou sua perna de baixo para cima. Nesse momento, Agatha reagiu.

– Me solta, por favor – ordenou com voz fraca, porém decidida, empurrando os dedos invasivos com a bolsa que segurava.

– Por quê? Por acaso estou te machucando? Eu só quero te fazer um carinho... – Beijou o braço dela, sem soltá-la. O cheiro de álcool que exalava de sua boca deixou-a enojada.

– Estou procurando o meu namorado – mentiu Agatha.

Ao ouvir isso, uma risada de deboche escapou dos lábios com hálito fétido.

– Namorado? Em pleno carnaval? – Sacudiu a cabeça, com nítida reprovação. – Bom, presumo que o malandro deve estar por aí, metendo a língua na garganta de alguma vadia. Mas eu estou aqui, caso você queira dar o troco.

– Eu já cheguei. – Avisou uma voz dura acima deles. O rapaz olhou para o lado e, em seguida, um pouco espantado, ergueu os olhos para encarar o sujeito de ombros largos e punhos cerrados. – Agora você já pode soltá-la, ou prefere que eu te ajude a fazer isso?

Repentinamente sóbrio, o folião recuou com as mãos para cima.

– Não sabia que a gatinha tinha dono, já que estava solta por aí. Foi mal, fui... – E, sem querer se envolver em nenhuma briga, enfiou-se por entre os corpos dançantes em busca da sua próxima vítima, passando a mão pelo próprio peito malhado e nu, em proveito das solteiras espevitadas.

Agatha olhou para Vicente com gratidão, sentindo uma súbita onda de afeto pelo seu salvador, mas, antes que agradecesse, foi puxada pela mão para fora dali. O calor da palma grande e cheia de calos envolvendo a sua causou um aquecimento inesperado nas faces dela. Um calor tão gostoso, uma sensação de proteção há tanto tempo esquecida, que seus olhos arderam enquanto caminhava atrás do seu protetor, confusa com os próprios sentimentos. Para sua surpresa, isso a assustou ainda mais do que a situação que passara minutos antes.

Que estúpida! Como poderia ficar tão emocionada com um simples gesto amigável? Devia estar mesmo muito carente, admitiu com ar de derrota.

Para seu desconsolo, assim que chegaram perto das barracas, Vicente a soltou, e Agatha lamentou ver sua mão deslizar para o vazio outra vez. Indiferente, seu defensor se virou e pediu uma bebida no balcão. Com as mãos inexplicavelmente suadas, ela admirou-o de costas, notando o modo espetacular como a calça jeans se ajustava ao quadril e às coxas musculosas. Afinal, não estava morta.

Vicente retornou com duas batidas de coco nas mãos, mantendo os copos longe de sua camisa branca.

— Toma — ofereceu-lhe uma. — Acho que você precisa disso. Está pálida como um defunto.

— Obrigada… — Ela aceitou e deu logo um longo gole. — Pela bebida e por ter me tirado dali. O cara estava sendo muito inconveniente.

O queixo dele destravou. Estava tenso desde que a avistara.

— Eu vi. Por que você não reagiu? Podia ter gritado, puxado o seu braço…

— Não sei… — Agatha rodou o copo nas mãos. — Acho que fiquei meio assustada na hora. Não costumo passar por esse tipo de assédio.

— Sorte sua eu ter te visto quando atravessou o mar de pessoas.

A testa dela enrugou.

— Você me seguiu?

— Não tive escolha. — Vicente torceu um lado da boca. — Vivo nessa cidade há bastante tempo para saber como os turistas se comportam no carnaval. Uma mulher como você não deveria passear por aqui sozinha.

— Eu não pretendia me meter em confusão, só queria vir para cá e ficar observando. Tenho trabalhado tanto que achei justo me dar uma folga para esfriar a cabeça… — Parou de falar, focando no perfil de Vicente enquanto sorvia a bebida com aquela mão imensa, o dobro da sua. Sua barba escura e serrada despontava no rosto, demarcando o maxilar.

Parecia muito sério. Agatha não sabia o que ele tinha de especial. Talvez fosse o jeitão áspero, truculento, viril até o caroço. Não podia negar que se sentia atraída por ele. – E você, também está sozinho?

Assim que terminou de beber, ele amassou o recipiente de plástico com a mão e jogou em uma lixeira próxima, esquadrinhando a galera.

– Por enquanto, sim. Mas combinei de encontrar uma amiga que não vejo há algum tempo.

A informação veio como se Vicente tivesse esticado um elástico e soltado contra ela, pois estava implícito: *Foi bom te ver, mas agora é melhor você vazar.*

– Ah… Então acho melhor eu ir, não quero atrapalhar.

Não houve objeção, como Agatha esperava. Não que quisesse alguma coisa com o sujeito, mas temia ficar sem companhia no meio daqueles homens alterados pela bebida. Vicente podia, pelo menos, oferecer-se para escoltá-la até o carro. Arrependeu-se na mesma hora de ter vindo sozinha. Entretanto, quando terminou de beber e jogou seu copo no lixo, já pronta para partir, virou-se e esbarrou com uma visão bastante enternecedora. Havia começado uma canção de Jorge e Mateus, e seu Pedro e dona Gema dançavam o ritmo sertanejo, agarradinhos, destacando-se no meio dos foliões. E seu queixo caiu mais ainda quando seu funcionário sussurrou algo no ouvido da esposa que a fez dar uma gargalhada seguida de um beijo apaixonado. Agatha colocou a mão sobre a boca para esconder um sorriso chocado e encantado ao mesmo tempo. Em seguida, olhou para Vicente, que admirava a mesma cena e esboçou um leve sorriso nos olhos.

– Com o tempo você se acostuma. – Deu uma piscadinha. – Os dois são sempre assim.

– Aí está você! – Uma voz feminina interrompeu o contato visual dos dois, que avistaram uma mulher de olhos e cabelos castanho-claros andando apressada na direção de Vicente. Usava um vestido solto, comprido e colorido, que ia até os pés e, por ser tomara que caia, deixava as marcas de biquíni em seu ombro à mostra. Tinha uma aparência tão radiante e saudável que Agatha sentiu seus defeitos se intensificarem.

— Pensei que tivéssemos marcado do outro lado, estou há um tempão te procurando.

O sorriso de Vicente ao vê-la foi largo o suficiente para que suas maçãs do rosto sobressaíssem, diminuindo seus olhos. Agatha em nenhum momento o vira tão expansivo.

— Agora achou. — Acolheu a mulher com um abraço apertado, cheio de ternura. E ficou satisfeito quando notou, ao longe, o olhar ferino de dona Gema batendo nele com toda força. A velha não só queria que o patrão desencalhasse, como queria escolher *com quem*. E sua eleita, no momento, era Agatha. Em seguida, Vicente se afastou para observar a face da velha amiga. — Fico feliz que tenha conseguido vir.

Isabelle beijou o canto de sua boca com carinho e intimidade, depois ambos ficaram conectados pelos dedos mindinhos.

— Deixei as crianças com a minha mãe, já que o pai não iria buscá-las neste fim de semana.

— Você devia levar os meninos lá no sítio para dar uma volta nos cavalos; da última vez, os dois adoraram.

— E voltaram cheios de carrapatos. — Ela o lembrou com uma risada; em seguida, virou-se para Agatha, que contemplava tudo com semblante ressentido. — E você é...

— Agatha. — Vicente apresentou. — É nova na cidade.

— Olá. — Estendeu a mão, com um sorriso receptivo. — Meu nome é Isabelle. Ex-moradora. Quer dizer que você veio *mesmo* morar aqui?

— Sim. — Agatha forçou o sorriso e apertou sua mão, obrigando-se a ser educada. — Me mudei há algumas semanas.

— Nossa... — A mulher jogou uma mecha de cabelo para trás. — Eu nasci aqui, mas não sosseguei enquanto não me mudei para uma cidade maior. Hoje moro em Valença.

— Ah... É perto daqui, não é? Ainda não tive oportunidade de visitar, mas irei em breve. Mas, bem... — Agatha ajeitou a bolsa no ombro, sem direcionar a visão para Vicente. — Eu já vou indo, não quero atrapalhar a conversa de vocês.

— Não vai ficar para o show mais tarde? — bisbilhotou Isabelle, com uma simpatia genuína.

– Não. Estou ficando cansada mesmo. Boa noite. Divirtam-se. – Sorriu e começou se afastar.

– Ei... – gritou Vicente. Então, Agatha se voltou para trás, pensando que iria exigir que ela se despedisse de maneira apropriada ou que passasse mais algum tempo com eles. – Peça para Gabriel ir lá na fazenda amanhã, vou dar banho nos cavalos mais uma vez.

Os olhos da mãe do menino se espremeram, gracejadores.

– Ah, sim, a mão de obra gratuita...

Vicente olhou-a de modo estranho.

– Não será gratuita; em troca, o moleque pode levar os amigos lá para montar quando quiserem. Fora isso, estou ensinando-o a soltar pipa como se deve, já que ninguém fez isso. Este foi o nosso acordo. Seu filho tem feito muito isso nos últimos dias, não te contou?

Agatha se sentiu apunhalada por um momento. Iria ter uma bela conversinha com seu rebento, que, pelo visto, não lhe dava mais satisfações sobre aonde ia de bicicleta. O danadinho precisava de um freio.

– Bom... – pigarreou e mentiu. – Deve ter dito e eu não prestei atenção. Mas vou passar seu recado.

– Tudo bem. – Vicente puxou a amiga pelo pescoço e encaixou-a de costas em seu peito, ficando numa pose que nem de longe parecia de amigos. – Tenha uma boa-noite. – Despachou a vizinha, mas seus olhos se mantiveram nela mais um momento.

Deprimida, Agatha fez um leve aceno com a mão e partiu, afundando num estado de humor turvo e cinzento. Conforme voltava para o carro, tentou se tornar invisível apertando o queixo contra o peito ao atravessar a multidão. Todas aquelas pessoas acompanhadas à sua volta fizeram-na sentir-se patética e solitária, como jamais havia se sentido. Pelo menos, não fora abordada por nenhum folião afogado no próprio bafo. Não sabia onde estava com a cabeça quando decidira ir para um lugar tão abarrotado de gente sozinha. Não tinha sequer um amigo com quem jogar conversa fora em uma noite quente de verão. Ficou tentada a ligar para Paula, mas temia que o telefone dela estivesse sendo rastreado pela família do ex-marido ou algo do tipo.

Droga! Estava se sentindo tão bem quando saíra de casa... Será que tinha perdido a habilidade de se divertir? Por um momento, olhou para o céu em busca de alguma estrela, mas não encontrou. Só havia um manto negro e sem luar. Nuvens escuras bloqueavam qualquer ponto de brilho no firmamento.

O aperto em seu peito se intensificou. Por que estaria tão angustiada? O que havia sido o detonador? Chegou à conclusão indubitável de que fora Vicente. Os breves olhares que ambos haviam trocado na fazenda ainda estavam em sua mente. E o resquício de apreciação que vira nos olhos negros ao examinar as suas pernas deixara-a lisonjeada. Afinal, não era porque havia desistido dos homens que não sentia prazer em ser desejada por um. Ainda mais se fosse como Vicente, cujos charme e discrição sobrepujavam de longe a beleza. Ao menos, ele fizera com que se sentisse atraente de novo. Viva. E, para uma mulher que vinha sendo criticada com constância em tudo pelo marido, isso já fora como uma brisa fresca e bem-vinda.

Pena que durara pouco, pois naquela noite ele a fizera sentir-se uma mosca incômoda rodeando o casal de pombinhos.

Não podia negar que, na maior parte do tempo, não se sentia à vontade perto daquele homem. Desconfiava que Vicente não simpatizava muito com ela. Nas poucas e casuais vezes em que se encontraram na cidade ou quando estava correndo em frente à Pousada Esperança, o cara, no máximo, acenava de longe quando era inevitável e depois virava de costas, seguindo para outro lugar. Ora bolas, o que teria feito de errado para que não pudessem se tornar bons amigos? Aquilo a irritava, e Agatha não sabia o porquê.

Bem, no fundo, ela supunha que a rejeição que sentia nesses momentos estava atrelada, de forma intrínseca, à rejeição que havia sentido por si mesma durante muito tempo. Mas estava tentando superar isso, mesmo com a fuga tardia.

— Já vai? — Dona Gema a alcançou pelo caminho.

— Ah... oi. É, estou com um pouco de dor de cabeça — mentiu. — Melhor voltar para casa.

— Hum, sei... Não liga para o seu Vicente, viu? Ele, às vezes, é meio estúpido, mas tem um bom coração.

Agatha sorriu com ternura. Até ela já havia percebido as intenções da velha senhora. Mas sua única solução aparente, pelo visto, seria arrumar outro amigo, ou amiga, para poder desabafar e se sentir aceita. Estava longe dos interesses de Vicente.

– Ele tem sido bom para mim. E você ainda mais, dona Gema. – Segurou a mão dela. – Não sei se já agradeci apropriadamente o que a senhora tem feito por mim. A senhora é uma alma boa e solidária, tem dedicado o seu tempo a me ensinar a tocar a vida neste novo lugar. Serei eternamente grata.

Os olhos da senhora ficaram marejados.

– Ah, deixa disso… Pode contar comigo. Inclusive para conversar.

Agatha agradeceu, mas tinha dúvidas se a nova amiga, que via a vida de modo tão prático e simples, poderia captar as complexidades dos sentimentos e problemas que haviam-na levado até ali.

Quanto à sua vida amorosa, na verdade, também duvidava que fosse se abrir para alguém outra vez. Confiara em Bruno de todo coração, arriscando tudo que tinha, e havia pago um preço alto demais. E agora, no lugar onde seu coração costumava ficar, havia uma zona seca, adormecida, em sua opinião, com um dano irreparável. Mas não se angustiava por isso. Pelo menos, estava feliz pelo entrosamento do filho, e era isso o que mais importava.

– Bom, agora vou para o meu cantinho – declarou. – Aproveitem a noite por mim.

Despediram-se, Agatha abriu a porta do carro, decidida a voltar para casa e ler um bom livro. De tudo que havia deixado para trás, lamentava por sua incrível biblioteca. Contudo, havia trazido alguns volumes que ainda não tinha lido e outros que considerava essenciais para serem relidos de vez em quando. Mas a madrugada ainda lhe reservava muitas surpresas. Aliás, a noite estava apenas começando.

Capítulo 11

O amor não prospera em corações que se amedrontam com as sombras.

William Shakespeare

O vento soprava forte quando o carro de Agatha ganhou a estrada, prognosticando uma mudança de clima. Pouco tempo depois, um clarão no céu iluminou a cidade, seguido de um som de trovão, que fez com que pisasse fundo no acelerador. Costumava ouvir que as tempestades de verão eram fortes por ali, e, em alguns lugares dos arredores, suas consequências haviam sido devastadoras. A estrada para o seu sítio era de barro, e Agatha não gostaria de pegar muita chuva pelo caminho.

Com isso em mente, sentiu-se satisfeita por ter deixado a festa mais cedo. Porém, logo sua alegria se esvaiu quando todas as luzes ao seu redor se apagaram. Com os postes desligados, precisou contar somente com os faróis e dirigir com o dobro de cautela. A estrada até sua casa era íngreme e acidentada, e sempre havia a possibilidade de um animal cruzar o caminho.

Minutos depois, como previsto, um barulho estrondoso começou a batucar no teto do carro, e gotas violentas castigaram o para-brisa. Agatha ligou o limpador e diminuiu a velocidade. Estava bastante tentada a parar e esperar a chuva torrencial passar. No entanto, não havia acostamento e tinha medo de parar e acabar provocando um acidente com algum carro que viesse por trás. Sendo assim, prosseguiu.

Graças à sua habilidade como motorista, chegou sã e salva à sua propriedade, mas ficou encharcada no caminho do carro até a varanda coberta. Agatha não se importou. Com aquele tempo, o clima durante a noite, pelo menos, ficaria mais fresco. Planejava tomar um bom banho, enfiar-se debaixo das cobertas e devorar algum livro. Contudo, assim que entrou em casa, seus planos, literalmente, correram por água abaixo. A sala estava inundada. Havia goteiras por toda parte e poças d'água pelo caminho. Por sorte, o lugar onde ficava o sofá não estava molhado.

Procurando reagir, Agatha arrastou alguns móveis e acendeu uma vela. Em seguida, pegou um rodo velho e começou a empurrar a água para fora de casa. Isso feito, espalhou panos de chão nos pontos mais críticos e, sobre eles, colocou várias panelas e baldes posicionados com estratégia a fim de aparar os pingos do teto. Foram sete ao todo. No entanto, nas caçarolas mais rasas, a água que batia no fundo respingava para fora.

Nervosa, Agatha esfregou o rosto com as mãos, procurando pensar. Quando abriu os olhos de novo, viu o cesto de roupas do banheiro. Pegou várias roupas sujas e colocou-as dentro das panelas menores, na esperança de que os pingos não pulassem mais para fora e fossem absorvidos pelos tecidos. Seu plano deu certo, mas, lógico, depois de todo trabalho que teve, um minuto depois, parou de chover.

Exausta, Agatha se jogou no sofá e se envolveu com uma manta que estava ali para se secar. A fim de acalmar os nervos, pegou o celular e colocou uma música lenta baixinho. Mal havia fechado os olhos quando um barulho de motor interrompeu seu momento silencioso. Ouviu o ronco de um Jeep se aproximar. Alarmada, ergueu a cabeça. Quem poderia ser? Não estava esperando ninguém. Ao que se lembrava, os pais do amiguinho de Gabriel não tinham esse tipo de carro; portanto, não deveriam ser eles trazendo seu filho de volta por um motivo qualquer. Tomou um susto quando ouviu alguém subindo as escadas da varanda e batendo na porta, e, num surto de adrenalina, correu para pegar sua arma pela segunda vez. Envolveu-se com a manta para escondê-la em uma das mãos, caso fosse alguém pedindo uma informação ou ajuda. Uma neurótica em potencial. Quando a pessoa bateu na porta de novo, Agatha indagou com voz firme:

– Quem é?

Demorou dois segundos para ouvir a resposta.

– Sou eu, Vicente. Vim ver se você chegou bem por causa da chuva.

As sobrancelhas finas se uniram. O que Vicente estava fazendo ali, preocupado? Não estava havia pouco se aninhando, todo desavergonhado, com uma velha amiga na praça?

Bom, talvez não fosse tão insensível assim, no final das contas. Agatha colocou a arma de volta na gaveta, meditando que qualquer dia iria assustar um vizinho com a pistola em punho, e abriu a porta para recebê-lo.

– Oi – cumprimentou Vicente, os cabelos pingando, com um antebraço apoiado no batente. A visão do seu peito molhado na camisa branca era bastante desconcertante para Agatha.

– Oi. – Ela lhe ofereceu um sorriso nervoso.

– Pelo visto, você chegou bem. – Examinou-a de cima a baixo, como se conferindo.

– Cheguei, sim.

Com uma pausa curta, o visitante inesperado mordeu os lábios e olhou para trás.

– Nem todo mundo consegue dirigir aqui nessa lama. A estrada é muito irregular.

– Foi tranquilo para mim. – Ela ergueu o queixo um pouquinho.

– Ainda bem.

Como sempre, ambos caíram num silêncio pesado, e Vicente deu uma rápida espiada no interior da casa. Devido à falta de luz, a saleta estava iluminada por uma única vela tremeluzindo no canto, e uma música suave rolava baixinho. Ambos se encararam, e Agatha sustentou o olhar.

– Goteiras? – perguntou ele de repente, referindo-se aos baldes e panelas espalhadas.

– Pois é. – A dona da casa apertou a manta em torno de si, um pouco embaraçada com a catástrofe que estava a sua simplória residência. – Quando cheguei aqui estava tudo alagado. Passei um tempão organizando tudo.

Vicente ergueu os olhos para o teto, avaliando os danos.

– Provavelmente, vai precisar refazer o telhado, é muito antigo. – Examinou as telhas mal-impermeabilizadas, resultado de materiais de baixa qualidade. – Se quiser, posso lhe indicar um excelente profissional.

O meio sorriso dela foi rápido quando recusou:

– No momento, vou ter que me conformar com os aparadores de pingos improvisados. Fazer reparos ou obras é algo que está fora da minha alçada.

– Mas vocês não podem ficar assim. – Vicente tornou a fitá-la. – Tem alguma goteira no seu quarto? Você pode dormir lá na pousada, se precisar...

– Não, muito obrigada. Só tem essas goteiras na sala e mais uma na cozinha que, graças a Deus, cai direto na pia – relatou ela, como se fosse uma grande bênção.

Como ninguém disse mais nada, Agatha achou melhor convidá-lo a entrar. Quando fez isso, Vicente fixou nela um olhar um pouco mais demorado, mas depois sacudiu os cabelos como um cachorro e deu um passo à frente com aquelas pernas intermináveis, aceitando o convite. Agatha acendeu mais uma vela, e uma luminosidade bruxuleante tomou conta do ambiente; depois, pediu que a visita sentasse enquanto preparava um chá para os dois. Não que quisesse tomar chá àquela hora da noite, mas não tinha mais nada para servir. Sendo assim, remexeu nas folhas que havia colhido durante o dia e colocou água na chaleira para ferver. Enquanto se movimentava pela cozinha, não reparou que Vicente fitava-a de modo incisivo.

O que estava fazendo ali? Era o que ele queria saber. *E por que a infeliz tinha sempre que usar um short tão curto?*

Agatha preparou um chá verde para ambos, quente e perfumado, com pedaços de folhas de hortelã e um tasquinho de gengibre, ambos retirados de sua horta. O som da chuva voltando a castigar o telhado preencheu o silêncio quando ela retornou com as xícaras, ofereceu uma a Vicente e sentou-se ao seu lado no sofá, cobrindo as pernas com a manta.

— E sua amiga, por que não veio com você?

A resposta saiu áspera, mas os olhos estavam cheios de timidez.

— Deixei-a na pousada pelo caminho.

Agatha deu um gole em seu chá, analisando-o; em seguida, pousou a xícara com calma no pires.

— Pensei que fossem matar as saudades, varar a noite conversando ou algo assim...

— Esse era o plano, mas como começou a chover...

— O que veio fazer aqui? — Agatha foi direta.

Vicente encarou-a por cima da xícara que estava prestes a tocar os lábios.

— Vim aqui ver como você estava.

— Por quê? — questionou ela sem rodeios, virando-se mais e apoiando o cotovelo no sofá. — Você não pareceu muito entretido comigo lá na praça. Por que esse súbito interesse pelo meu bem-estar?

Havia uma nota de ciúme naquela voz? Vicente mudou de posição. Ao que parecia, Agatha havia ficado ressentida em não ter a sua atenção exclusiva na festa. Bom, em outros tempos, de fato, ele a cobriria com toda atenção que merecia. Mas não agora.

— Você é minha vizinha. E mora só. Não tem ninguém para te socorrer.

— Sei... — Ligeiramente envaidecida, Agatha terminou de beber o chá e colocou a xícara de lado, rindo por dentro. *Homens*... Podia até fazer muito tempo que não era alvo do interesse de alguém, mas reconhecia todos os sinais, e todos estavam ali, reluzentes como as luzes de um cassino em Las Vegas. — Então, resolveu bancar meu herói pela segunda vez no dia... Que sorte a minha... — brincou, sorrindo.

– Bom… – Vicente colocou a xícara já vazia de lado. – Uma vez que está tudo bem por aqui, vou seguir o meu caminho.

– Não! – O pedido esganiçado saiu sem que raciocinasse, assim que seu convidado ameaçou se levantar. – Fique mais um pouco. Por favor… Não estou com sono e gostaria de conversar com alguém.

Vicente deu um suspiro longo, depois tornou a se recostar e pousou as duas mãos sobre as coxas, fixando os olhos nesse ponto. Não queria admitir, mas também gostaria de ficar e desvendar mais sobre a mulher que havia arrastado seus pensamentos de forma irresistível para ela nos últimos dias. Quando ergueu os olhos e viu o sorriso agradecido que Agatha abriu, com seu lindo rosto iluminado à meia-luz, praguejou em silêncio pelo que estava fazendo e instruiu o seu coração a continuar a bater. Não conseguia mais sustentar uma máscara dura e indiferente quando estavam tão perto, inalando aquele perfume divino.

– Me fale mais sobre você. – Agatha tocou o seu antebraço. – Foi fazendeiro a vida toda? Sempre morou aqui?

Estimando precipitar logo o desinteresse dela por ele, Vicente virou o corpo em sua direção, com um olhar direto. Talvez fosse bom mesmo acabar logo com seu suspense particular.

– Já morei lá no Rio de Janeiro por alguns meses, quando era mais novo, por volta dos 20 anos.

– Sério? – Ela pousou o cotovelo no sofá e o queixo na mão fechada. – Sempre tive a impressão de que o conhecia de algum lugar. Será que também fomos vizinhos por lá? Eu morava no Leblon.

– Eu morava em Laranjeiras.

– Bem, ambos os bairros ficam na Zona Sul. O que você foi fazer lá, estudar?

– Eu competia, já fui bicampeão de equitação. Minha modalidade era obstáculos.

– Nossa, que interessante… – Agatha cutucou seu ombro com o dedo indicador. Já era a segunda vez que o tocava sem perceber. – É por isso que você monta tão bem. Eu costumava ir ver algumas corridas de vez em quando, meu ex-sogro tem um haras. Creio que devo ter visto alguma competição sua. Ou, então, vi você em alguma dessas revistas de equitação.

– É possível, já fui capa de duas. – Riu de modo tímido.

– E por que parou? – Agatha espremeu os olhos. – Você fala da sua carreira no passado...

O coração de Vicente começou a bater mais rápido. Não era todo dia que tinha esse tipo de conversa.

– Sofri um acidente às vésperas do Campeonato Sul-Americano de Hipismo.

De imediato, a rosto dela se enterneceu.

– Foi alguma coisa grave, que exigiu muito tempo de recuperação?

– Bem, mais ou menos. As consequências foram meio definitivas.

Agatha ficou com medo de se inteirar dos detalhes e ser inconveniente; então, mudou o rumo da pergunta:

– E quanto tempo tem isso?

– Um ano.

– Caramba, então é bem recente.

– Pois é.

– Mas, você... pretende voltar a montar algum dia? Digo, de modo profissional... Já vi você montando várias vezes e dá para ver que está em ótima forma.

Vicente abaixou a cabeça. Era isso o que mais atormentava o seu coração.

– Eu não posso.

– Por quê?

– Porque a minha modalidade não existe nos jogos paraequestres.

Agatha ficou alguns segundos fitando-o, arquivando a informação. Em seguida, com um abrupto constrangimento, examinou-o de cima a baixo com um embrulho no estômago.

– Você...

– Eu perdi uma parte da perna. – *Pronto, agora foi. Rápido e sem preâmbulos. Como arrancar um curativo.*

Agatha sentiu a bile subir à garganta.

– Mas... como pode ser... Olhando assim, você é... absolutamente perfeito... quer dizer... – Tornou a encará-lo, sem graça. – Não estou dizendo que você não é perfeito, é que...

– A parte que eu perdi fica cinco dedos acima do tornozelo, abaixo do joelho, do meio da canela para baixo. Hoje eu uso uma prótese transtibial, que me permite repor todos os movimentos.

Passaram-se cinco segundos antes que ela voltasse a falar, incrédula, analisando a esbelta constituição física de Vicente.

– Então... por que você não pode mais competir? Eu sempre ouvi dizer que a equitação é um esporte que está aberto para a participação de atletas com qualquer tipo de deficiência.

– E está. Mas, segundo as regras da confederação, uma pessoa amputada só pode concorrer no campeonato paraequestre. E só na modalidade adestramento. Eu gostava de saltar, era isso que me fazia feliz, por isso parei...

Agatha se recostou no sofá. Lá estava aquele olhar penalizado que lhe lançavam toda vez que contava a sua história. Reconhecê-lo nos olhos dela foi mais duro do que Vicente poderia supor.

– Acho que eu já te deprimi o bastante por hoje, é melhor eu ir.

– Nada disso. – Sua anfitriã segurou-o pelo braço. – Eu estou adorando conhecê-lo mais. Eu... – Abaixou os olhos, aturdida. – Também tive um passado difícil. É bom saber que não fui a única azarada...

Diante do raciocínio ridículo, Vicente não pôde evitar sorrir.

– Ai, desculpe. – Agatha cobriu o rosto, sentindo as orelhas ficarem quentes. – Esse comentário foi tão egoísta... Eu falei sem pensar.

– Não tem problema. Prefiro assim, prefiro pessoas sinceras.

– Que bom, então. – Ela abraçou os joelhos e ficou encarando-o, mordendo o lábio inferior.

Vicente balançou a cabeça e sorriu, como faria com uma criança pequena.

– Se você quer ver, é só pedir.

Os olhos curiosos se abriram um pouquinho.

– Você deixa? Não quero que se sinta um animal em exposição ou algo do tipo...

A risada dele ecoou no silêncio.

– De fato, você fala sem pensar... Pera aí...

E assim, muita mais descontraidamente do que poderia imaginar, Vicente tirou uma das botas e ergueu a barra da calça esquerda. Agatha se aproximou e apertou os olhos, observando com interesse a prótese branca com um aspecto moderno, que esculpia com perfeição o formato de um tornozelo. Olhou para Vicente como uma menina travessa pedindo permissão para tocá-la.

— Vai em frente — incentivou-a.

Agatha aproximou a mão devagar, como se estivesse prestes a tocar um milagre da tecnologia, e, quando o fez, Vicente deu um uivo de dor que a fez recuar a mão, apavorada, com os olhos arregalados, ao que seu convidado caiu na gargalhada.

— Não precisa de tanta delicadeza — avisou, ainda rindo e enxugando o canto dos olhos. — É só uma prótese. Pode me beliscar que não sinto dor nessa área.

Ela lhe deu um tapa de leve.

— Seu ridículo, quase me matou do coração. Se fizer isso de novo, arranco a sua perna e bato com ela na sua cabeça.

Ainda mais à vontade, Vicente explicou a Agatha como o aparelho funcionava. Em seguida, ficou descalço do outro pé e deu pulinhos para que sua audiência particular compreendesse o processo todo. A explanação a entreteve por mais tempo do que deveria, e Agatha desferiu mil perguntas. Além do quê, estava achando reconfortante conversar com outro adulto, tomando chá, as pernas cobertas pela manta, ambos acalmados pelo som rítmico da chuva.

— Como foi que isso aconteceu com você? — Deu outro gole no líquido verde.

Vicente ergueu as sobrancelhas grossas ao se sentar outra vez.

— Acidente de moto — revelou, apoiando um cotovelo no encosto do sofá. Depois começou a falar acompanhando as palavras com gestos das mãos. — A moto é um veículo amputador por princípio, mas eu adorava pilotar. Se você parar para pensar, o motoqueiro *cavalga* a moto, abraça--a com as pernas. Por isso, qualquer choque atinge primeiro os nossos membros inferiores, que são os para-choques da motocicleta. E foi isso que aconteceu comigo.

Agatha estremeceu só de pensar.

– Nossa, você deve ter sentido muita dor...

– Na hora, não senti nada. Eu bati com a cabeça contra um muro e simplesmente apaguei. Nem vi o carro que me pegou no túnel Rebouças. Quando acordei, já estava no hospital e sem essa parte da perna esquerda.

Com um olhar carinhoso, Agatha tocou seu punho de modo consolador.

– Eu sinto muito. Pela sua perna e pelo seu sonho.

Vicente ficou sério e encarou-a por alguns segundos, antes de dizer:

– Eu construí outros sonhos. Na verdade, eu e meu pai sempre conversávamos sobre transformar a fazenda em uma pousada, algum dia.

– Conversavam? Ele morreu?

– Sim, meses depois do meu acidente. Infarto.

Agatha recolheu a mão.

– Que dureza. Pelo visto, vocês se davam bem.

Vicente coçou o canto do olho direito.

– Pois é, éramos muito parecidos nos gostos. Se não fosse nossa diferença de cor de pele, seria um a cópia do outro.

– Por que diz isso?

– Meu pai era negro, ele me adotou quando eu tinha seis anos.

– Ah... – Ela se reclinou no sofá. Pelo visto, Vicente tinha uma bagagem de vida bem maior do que a sua. – Você... se lembra da sua família de origem?

– Vagamente. Minha mãe era solteira, uma empregada que trabalhava e dormia na fazenda. E como meu pai só tinha uma filha, fruto do casamento com sua falecida esposa, que morreu no parto, resolveu ficar comigo quando minha mãe foi embora e me abandonou.

– Que horror! Como você se sentiu?

– Não muito bem. – Vicente torceu os lábios. – Mas, na verdade, eu não era muito apegado a ela. Era uma mulher fria. Me deixava sozinho desde pequeno para sair à noite. Me batia por qualquer coisa. Quando o meu pai descobriu que eu ficava sozinho no quarto dela, passou a me chamar para jogar futebol de mesa e ficava comigo até ela voltar, mesmo que chegasse de madrugada. Ele fazia chocolate quente para mim e minha irmã. Passei a amá-lo desde aquela época, e minha mãe notou isso. Acho que por essa razão não teve medo de me deixar para trás.

— Sorte sua que seu pai era um homem tão bom.

— Verdade, foi um presente de Deus. — Precisou fazer uma pausa pela lembrança. — Quando eu era moleque, sonhava em ter um pai, e ele me disse que também sonhava em ter um filho. Prefiro acreditar que fomos destinados um ao outro. Nossos laços se fortaleceram rápido. Apesar de tudo, tive uma infância muito feliz.

Agatha abriu um sorriso terno.

— Que bom. Fico feliz em saber que ainda existem pessoas assim, com um coração gigante. Aposto que ele era uma pessoa serena.

— Não se engane. — Vicente riu rápido. — Meu pai era muito prático e agitado. Tinha energia para dar e vender. Lembro que ele costumava tomar café sentado na privada para poupar tempo. — Agatha gargalhou. — De todo modo, após a morte dele, eu decidi transformar nossa residência em uma pousada, com o objetivo inconsciente de me manter ocupado e não me sentir tão sozinho. Eu sinto muita falta dele até hoje. Sei que meu velho adoraria ver como as coisas deram certo com o negócio que sempre sonhamos juntos. Pena que não está mais aqui para ver o que fiz.

— E fez muito bem — elogiou ela. — Vejo que você sempre tem hóspedes por lá.

— Graças a minha irmã, que mora em São Paulo e é advogada — confessou Vicente, um pouco acanhado. — Para a minha sorte, também é viciada em internet e cuida das redes sociais da pousada. Seu marido, que é designer gráfico, faz as artes.

— Mas é você quem recebe os hóspedes bem, quem faz os clientes desejarem voltar... Dona Gema me contou que existem famílias que vêm todos os anos.

— É verdade... — Vicente se virou mais para a sua anfitriã, decidindo que era a sua vez de perguntar. — Mas agora me conte a sua história. Por quanto tempo seu marido bateu em você?

A pergunta soou como um tapa; então, Agatha segurou a respiração e seu ar alegre se dissipou. Como tinha conhecimento daquilo?

– Não fique com essa cara – prosseguiu ele. – Eu reparei na mancha do rosto de Gabriel, que, com certeza, não foi queda de bicicleta. E também percebo como você fica tensa quando fala do seu passado.

Procurando o equilíbrio, Agatha soltou o ar, preparando-se para dizer a verdade. Nada mais justo depois de todo o relato sincero que ouvira.

– Eu me casei muito cedo, cometi um grande erro e depois passei anos pagando por isso nas mãos de Bruno. No início, meu ex-marido só era agressivo com as palavras, muito possessivo e ciumento, e me via como um objeto pessoal. Mas, dois meses depois de morarmos juntos, ele me bateu no rosto pela primeira vez... – A recordação fez com que um mal-estar se remexesse dentro dela, mas algo em seu interior motivou-a a continuar. – Eu o amava, por isso o perdoei nas primeiras vezes. Além do quê, era um homem tão convincente nos seus argumentos que cheguei a pensar que eu merecia apanhar. Mas, com o tempo, comecei a conviver com o medo, pois cada atitude minha fora das suas expectativas me gerava uma nova surra. Cheguei a pensar que me batia por esporte...

Vicente cerrou os dentes ao ouvir algo tão absurdo; ela continuou:

– Quando fiquei grávida pela primeira vez, nem cheguei a saber. Perdi o bebê quando cheguei ao hospital depois de uma surra, e Bruno me obrigou a dizer que eu havia caído da escada. Quando o médico me contou que eu tinha perdido o neném que nem cheguei a ter ciência, chorei por dois dias seguidos. No terceiro, Bruno fez de tudo para me agradar. Chorou, pediu perdão e mandou rezar uma missa para o nosso filho que não vingara. Jurou que não ia mais me bater, acho que se sentiu um pouco culpado. Mas não durou muito tempo. Algumas semanas depois, estávamos num almoço na casa de um de seus sócios, que veio elogiar meu vestido e acabou ficando por meia hora conversando comigo. Eu comecei a suar frio e até tentei me esquivar, mas o rapaz era tão simpático que não consegui fazer isso. Bruno ficou o tempo todo nos analisando de longe. E, assim que pisei em casa, me deu uma bofetada tão forte que fui parar do outro lado da sala...

– Que covarde... – Vicente deixou escapar, tocando involuntariamente a face de Agatha, que sentiu o sangue esquentar com o toque. – E por que você permaneceu em casa? Por que não fugiu ou buscou ajuda?

Ela balançou a cabeça para os lados.

– Meus pais não me queriam de volta, e eu não tinha para onde ir. Também não confiava na polícia... Daí, então, eu herdei essa casa... – Seus olhos voltaram-se para o teto danificado, emocionados. – Para alguns pode parecer simples, até feia, mas para mim foi a salvação. As últimas semanas aqui com meu filho têm sido as melhores da minha vida. E tenho certeza de que as de Gabriel também. Mas eu ainda sinto muito medo de que meu marido me encontre. Tenho pesadelos com isso quase todas as noites... – Voltou os olhos martirizados para Vicente. – Ninguém da minha vida passada pode saber que estou aqui. E ninguém daqui pode conhecer a minha história. Eu sou uma fugitiva...

Vicente tocou sua mão com delicadeza, depois puxou a cabeça de Agatha para se recostar na curvatura de seu ombro, um gesto que a fez fechar os olhos e deixar uma lágrima de tristeza cair. Mesmo assim, não se arrependeu de ter contado tudo. Era tão bom, após tanto tempo, poder colocar aquilo para fora. Descortinar seu passado sem medo. De repente, as lágrimas em seu rosto se intensificaram, como águas que encontravam fuga pela represa de uma barragem; então, após um arquejo, permitiu-se soltá-las. No mesmo momento, Vicente se virou mais para a mulher desamparada e a abraçou forte, deixando que extravasasse. Foi como se criassem uma conexão.

Alguns minutos depois, quando se recuperou, Agatha se afastou e tirou uma mecha de cabelo do rosto. Vicente envolveu sua face nas mãos e enxugou suas lágrimas com os polegares.

– Obrigado por ter confiado em mim – agradeceu baixinho. – E pode ficar tranquila, seu segredo estará bem guardado comigo.

– Obrigada por me ouvir. – Ela fungou, sentindo-se exposta, mas também aliviada. – E desculpe ter molhado mais ainda a sua camisa. Eu não sei o que deu em mim. Foi uma noite muito intensa.

– Foi mesmo.

Ambos se encararam por um momento, a dez centímetros de distância. Agatha olhava seus olhos amendoados e bondosos sem nenhuma dificuldade, pois estavam no mesmo nível. E o hálito cálido de Vicente, perfumado com o odor de hortelã em seu rosto, saindo daqueles lábios cheios e convidativos, estava fazendo-a perder os sentidos. A tristeza que sentia minutos antes se converteu em um formigamento quente no ventre. Seus rostos estavam perturbadoramente próximos, e Agatha estava prestes a tomar uma atitude impulsiva...

Vicente também podia sentir a força do seu desejo crescer, tomando todas as suas células. Então, quando uma chuva estrondosa tornou a açoitar o telhado, inclinou-se para a frente e contornou o lábio inferior de Agatha com o polegar, numa carícia gentil, mirando aquele ponto. Extinguiu a distância existente entre ambos e roçou seus lábios nos dela, e, quando sentiu a sua doçura, engoliu sua boca num beijo molhado e arrebatador.

Imediatamente, ela se derreteu. Segurou o rosto másculo com as mãos, sentindo a aspereza de sua barba. Quando poderia imaginar que ainda pudesse sentir aquilo de novo? Uma vibração, uma fraqueza maravilhosa demais para explicar. Por isso, deixou fluir o sentimento. Envolveu o pescoço de Vicente e lançou a si mesma contra seu corpo rijo, num desejo febril, ardente e pulsante... Suas línguas dançaram uma na outra de modo voraz, com lambidas urgentes, enquanto sentimentos contraditórios despertavam em seus corações. As mãos de ambos apalpavam um ao outro, apertando, sorvendo... Vicente se afastou o suficiente para avançar pelo seu pescoço, depositando beijos e mordidas do maxilar à orelha, onde mordiscou o lóbulo. Num impulso desesperado de prazer, Agatha sentou-se sobre suas coxas, fazendo-o prender a respiração. Seus cabelos negros, agora num coque desarrumado, caíam sobre a testa de Vicente, enquanto ele apertava seus quadris. Ele abriu os olhos da cor da noite por um segundo para encará-la, enquanto Agatha puxava sua camisa para cima. Ela era bonita demais... perfeita demais... Como diabos poderia desejar um homem como ele? Incompleto... Imperfeito...

Atormentado por esses pensamentos, e antes que sua crescente excitação viesse à tona, Vicente abaixou a própria camisa. Em seguida, com cuidado, colocou Agatha sentada ao seu lado para normalizar sua pressão arterial. Depois, levantou-se e andou para longe, com uma das mãos na cintura e a outra espremendo o topo do nariz. Precisava organizar os pensamentos. Precisava pensar. O acidente ainda era muito recente, e ele ainda não tinha certeza de como lidar com aquele novo corpo mutilado. Fora isso, estava claro o que estava acontecendo ali. Havia acabado de contar a sua história a Agatha, que também estava sensível, e esta acabara lhe oferecendo sexo por piedade. Vicente não podia aceitar a oferta. Alguém acabaria se magoando.

Especialmente ele.

– É melhor eu ir embora – murmurou, tirando a chave do Jeep do bolso da calça. – Me desculpe por tudo isso. Eu fui… impulsivo. Não devia ter atacado você…

Com o rosto em chamas, Agatha demorou a falar. Estava perplexa.

– Atacado? O que você acha que sou? Uma menininha inocente?

– Você é uma mulher maravilhosa, íntegra, e eu respeito você. Eu não quero me aproveitar da sua fragilidade neste momento. – *E também não quero me magoar quando você acordar amanhã, arrependida…*

Indignada, Agatha colocou-se de pé e abraçou a própria cintura. Não ia aceitar uma desculpa genérica tão facilmente.

– É ela, não é?

Vicente estreitou o espaço entre os olhos, perdido.

– Quem?

– A Isabelle. Você se lembrou de que sua amiguinha está esperando-o. – Os olhos dela se tornaram mais frios. Já havia vivido isso com Bruno. – Vocês têm alguma coisa, deu para perceber…

Não havia necessidade de Vicente lhe dizer que Isabelle era só uma amiga de infância e namoradinha de adolescência. Sim, haviam transado algumas vezes no passado, por diversão, mas chegaram à conclusão de que eram melhores como amigos. Sendo assim, preferiu deixar Agatha à mercê dos próprios desvarios, ainda que isso a ferisse.

– Eu preciso ir embora. Amanhã vou enviar alguém para consertar o seu telhado.

– Eu não preciso da sua caridade – explodiu a dona da casa, arrasada. – Pensei que quisesse ser meu amigo.

O olhar, antes angustiado, encheu-se de pesar.

– Acho que ficou claro que não podemos ser apenas isso, embora eu quisesse muito. Por isso mesmo, vou mandar o pedreiro.

– Não mande.

Ele respirou fundo. *Como era birrenta...*

– Boa noite, Agatha. E, mais uma vez, me desculpe por tudo isso.

– Mande minhas lembranças a Isabelle – devolveu ela com amargura.

Vicente se deteve em seu rosto decepcionado, de modo inexpressivo, e em seguida bateu a porta quando saiu. Frustrada, Agatha fechou os olhos e imaginou-se martelando a própria cabeça.

– Bem feito! – sussurrou, chutando uma cadeira enquanto ia em direção ao banheiro, já que não podia fazer o mesmo com seus hormônios tristemente descontrolados. – É isso que dá não cumprir as promessas que fez a si mesma. Basta o primeiro fazendeiro sensual bater na sua porta para você se jogar em cima dele como uma gata desesperada no cio. Mas a partir de amanhã... – olhou-se de modo incisivo no espelho – vou colocá-la na linha, dona Agatha. Ah, vou. Nada de homens, entendeu bem? Nada de homens...

Capítulo 12

*Toda e qualquer maldade
provém de um ressentimento.*

Matheus Urruth

Há modos e modos de se resolver algumas pendências quando se tem dinheiro. Essa foi a primeira coisa que Bruno aprendeu com o pai, um aristocrata carioca, quando o viu dar uma alta gorjeta para o segurança de uma boate para que deixasse o filho menor de idade entrar. Ou quando molhou a mão de um guarda rodoviário que havia retido o garoto em uma blitz. Ou quando o ensinou a burlar contratos comprando os advogados de seus parceiros comerciais para fechar negócios que os favoreciam. Ou quando vociferou exigências ao gerente do banco até conseguir melhorar seus investimentos. Tudo que Rômulo Albuquerque desejava, dava um jeito de conseguir.

No entanto, nos últimos tempos, seu velho andava um pouco mais agarrado aos métodos tradicionais, como apelar para a justiça e para a força policial quando tinha um problema. De preferência, lógico, para uma das autoridades do seu círculo de contatos. Contudo, Bruno não estava disposto a ficar à mercê de um delegado que o libertara diversas vezes, como quando, adolescente, ateara fogo no jardim de um desconhecido somente por ter colocado a bandeira de seu time rival na varanda da casa. Certamente, o amigo de seu pai tinha mais o que fazer do que encontrar a esposa de um "delinquente de costas quentes", como ele mesmo o chamara na época. Sendo assim, decidira apelar para outros métodos.

— Tem certeza de que o cara é confiável? — perguntou ao velho amigo de infância, ao pegar o cartão de visita.

— Claro — confirmou Lucas. — O sujeito faz o que foi pago para fazer e depois dá o fora, some feito fumaça. E sua boca é um túmulo.

Lucas havia conhecido o indivíduo em questão quando precisara de seus serviços para caçar uma pessoa que lhe devia dinheiro de drogas. Garantiu que o tal "detetive particular" poderia achar até um alfinete no meio da areia da praia. E, se fosse o caso, sumir com ele com a mesma sutileza. Bruno estudou o papel por um tempo.

— Eu só quero que a encontre, não quero que seja violento.

— Aí é com você. — Lucas ergueu as mãos. — É você quem vai dizer o que o profissional deverá fazer.

— Ótimo. — Bruno reconheceu ao longe seu carro saindo da garagem do prédio onde trabalhava, o manobrista trazendo-o. — Fico lhe devendo mais essa.

— Você não me deve nada, irmão. Sabe que pode sempre contar comigo. — Apertou o ombro do colega de forma camarada. — Mas… você está com uma cara péssima. Tem certeza de que não quer levar algo para te deixar mais alegrinho?

Os olhos azuis fitaram-no, interessados, em seguida o cliente assíduo apontou com o queixo para o terno de Lucas.

— O que você tem aí?

— Aqui, nada. Mas na mala do meu carro tem o que você quiser.

O veículo chegou, o manobrista desceu e segurou a porta para o seu dono entrar. Com um aceno, Bruno dispensou o subalterno para falar em particular com Lucas.

— Tudo bem. Manda o gesso para a minha casa mais tarde.

O sorriso do fornecedor foi triunfante.

– Vou te mandar da melhor. – Satisfeito com o negócio, bateu no teto do veículo. – Agora vai. E não esquece de avisar ao cara que não quer que Agatha se machuque.

Bruno guardou o cartão do detetive no bolso interno do terno, entrou em sua BMW e bateu a porta ao seu lado.

– Não foi bem isso que eu disse… – Ligou o motor e olhou o amigo de modo feroz. – Só não quero que *ele* encoste nenhum dedo nela. Esse serviço vai ficar para mim.

Capítulo 13

Para compreender as pessoas devo tentar escutar o que elas não estão dizendo, o que elas talvez nunca venham a dizer.

John Powel

Estresse. É nisso que se converte a frustração sexual de uma mulher, e com Agatha não foi diferente. Nos dias seguintes ao episódio com Vicente, procurou ocupar a cabeça com o máximo de afazeres. Lavou, passou, cozinhou e arou a terra com tanta raiva que seu Pedro fez questão de se manter à distância da pá. Agatha não queria mais pensar no maldito homem que tivera a ousadia, a *ousadia,* de dispensá-la de uma noite de sexo descompromissado. Precisou tomar um banho... Não, *dois,* para apagar o fogo que se alastrou dentro dela depois que Vicente foi embora.

O cretino!

Como pôde ter feito aquilo? Ainda mais depois de ter-lhe dado todos os sinais de que a desejara também. Agatha sentia-se um lixo. Por isso, andava emotiva, zangada e lamurienta. Toda vez que se lembrava das sensações que tivera quando beijara Vicente, mesmo contra a sua vontade, algo se agitava em seu íntimo. Passou algumas noites revirando o travesseiro e revivendo aquele momento. *Caramba!* Quanto ardor ainda havia dentro dela...

Claro que sua mágoa já havia arrefecido um pouquinho, mas o problema era que, no fundo, não conseguia se arrepender pelo que tinha feito. Sentia, sim, uma satisfação indolente quando se lembrava do toque dos lábios dele em sua pele. E não se envergonhava por isso. Para falar a verdade, se o visse tão de perto outra vez, provavelmente acabaria se afogando com o próprio desejo numa poça. Era consciente de tudo isso. Então, melhor ambos darem um tempo.

Sendo assim, Agatha não apareceu na pousada nos dias seguintes, muito menos correu por aquelas bandas. Sufocaria o que estava sentindo até que se apagassem todas as faíscas.

Porém, não podia fazer nada quanto ao mau humor e à insegurança que se instalaram dentro de si. Para ilustrar seu deplorável estado de espírito, começou a perseguir Gabriel, achando que, a qualquer momento, o filho seria raptado. Flagrou-se questionando a si mesma se não estava com síndrome de pânico, mas depois descartou a ideia.

Na esperança de melhorar o humor da patroa, Bianca acrescentou alguns jarros com margaridas ao interior da casa. Indiferente, Agatha agradeceu dando duas palmadinhas em suas costas e se dirigindo para a cozinha. Mas Bianca, no afã da persistência própria da idade, estava determinada a dar um basta em seu mau humor.

– Ainda chateada com o seu Vicente? – especulou, enquanto manuseava uma frigideira.

– Não me fale naquele estrupício.

Bianca suprimiu uma risada. Para desabafar, Agatha havia contado tudo que acontecera para a menina que, aos 16 anos, ansiava por esse tipo de melodrama romântico.

– Mas a senhora vai ter que falar com ele alguma hora, não é? Afinal, precisa agradecer pelo pedreiro que seu Vicente enviou. – Estava ansiosa pelos próximos capítulos da história.

Em benefício do bem-estar de seu filho, Agatha acabou aceitando o conserto no telhado, mas fez questão de se informar do valor do serviço para devolver cada centavo, no futuro, a Vicente.

– Em primeiro lugar, já falei para não me chamar de senhora. Parece que tenho o triplo da sua idade...

– Mas tem quase o dobro.

– Mesmo assim. – Olhou com irritação para a menina, mas logo se enterneceu. – Sei que tenho me comportado como uma velha rabugenta e peço desculpas. E sim, eu vou até a pousada de Vicente agradecer a ele assim que eu tiver o dinheiro para pagar pelo serviço... – Parou de falar e virou a cara feia para a sala, de onde vinham estrondos causados pelo volume alto da nova televisão, enquanto Gabriel jogava videogame.

Bianca remexeu na panela com óleo quente com uma espátula, revirando um bolinho.

– Sabe o que eu acho? – opinou, e Agatha sentiu que a pergunta era traiçoeira, por isso não respondeu. – Acho que ficou com tanta raiva do seu Vicente porque gostou muito do beijo dele.

Viu? Extremamente traiçoeira.

– E eu acho que você está metendo o nariz num assunto que não é da sua conta.

Ao som da irritação, a ajudante sorriu mais ainda.

– Gostou ou não gostou? Se não tivesse gostado, poderia ter se esquivado.

Agatha apertou os olhos.

– Vicente me atacou de repente, me deixou sem fôlego. Sem oxigênio no cérebro. Como eu poderia pensar direito?

– Sem fôlego? – Bianca abraçou a espátula e deu uma giradinha. – Ai, que lindo! Também foi assim comigo e com Jonas, meu novo namorado. Mas minha mãe não pode nem sonhar que estou namorando. Somos prisioneiras da mesma ratoeira, dona Agatha. A ratoeira do amor...

Agatha abriu a boca para contestar, mas, antes que comentasse mais alguma coisa, Gabriel pausou o jogo e veio andando para a cozinha, onde informou, bastante decidido:

– Precisamos de Wi-Fi.

Sua mãe levou a mão à testa, juntando toda paciência que conseguiu reunir, depois expirou, exausta.

— Acabamos de comprar a televisão, não posso fazer novas despesas.

— Mas desse jeito não consigo jogar com os meus velhos amigos on-line.

— E nem deve! — Agatha o advertiu de modo veemente. — Ninguém pode nos localizar. Não quero que tenha contato com os seus velhos amigos.

Não havia necessidade de contar que, às vezes, falava com eles via Facebook enquanto usava o computador na casa de Vicente, decidiu Gabriel. Se sua mãe descobrisse, os gritos dela ecoariam lá em Valença.

— Se eu souber que você mandou um e-mail ou mensagem para alguém lá do Rio, você vai perder o seu celular.

— Você já me falou isso. — *Umas cem vezes.* — E com os meus novos amigos, também não posso jogar?

— Não vamos ter internet neste momento. — Agatha pôs fim à conversa. — Deus do céu! Mal consegue uma coisa e já vem me pedindo outra.

Desapontado, o menino fungou e indicou os quitutes que Bianca estava tirando da frigideira.

— Isso aí é bolinho de chuva?

Com um gesto neurótico, a mãe ergueu o queixo dele e examinou seu rosto de perto.

— Esta sua alergia está ficando pior, seu nariz está todo vermelho... — Soltou o rosto do menino e começou a remexer o interior de sua bolsa. — Droga... esqueci de comprar o seu maldito remédio, mas me lembrei de trazer o meu hidratante. Que espécie de mãe eu sou?

— Uma mãe estressada — confortou-a Bianca, dando um tapinha de repreensão na mão de Gabriel, que tentou tocar o bolinho quente. — Quer que eu vá lá na farmácia para você?

Arrasada, Agatha descartou a oferta com a mão.

— Deixa disso. O caminho que faço em oito minutos de carro você demora uma eternidade para fazer de bicicleta. Eu vou sozinha.

— Quando eu vou poder comer um desses? — protestou Gabriel. — Tá cheiroso pra caramba...

Sua mãe se exaltou.

– Pelo amor de Deus! Dá logo um bolinho de chuva para essa criança antes que eu perca a cabeça.

Neste momento, descontraída, dona Gema entrou pela porta, que agora costumava ficar aberta direto.

– Ô de casa...

– Estamos na cozinha – informou Bianca, feliz por ter uma nova companhia.

A visita inesperada caminhou para lá.

– Deus que me perdoe! Que fumaceira de fritura é essa aqui dentro?

Bianca lhe dirigiu o olhar.

– Agatha disse que precisava comer um doce, então estou fazendo bolinho de chuva.

– Pelo menos, abra esse basculante. – Dona Gema fez o que aconselhou, abanando a fumaça com os braços corpulentos.

– Pronto! – Exasperada, a dona da casa jogou a bolsa com força na pia. – Agora não sei onde enfiei a porcaria da chave do carro. – Infelicíssima, sentou-se em uma cadeira e pôs a cabeça nas mãos. Dona Gema olhou para Bianca de modo suspeito.

– Está naqueles dias? – indagou num sussurro, apontando com a cabeça para a mulher.

– Acho que sim – murmurou a menina de volta, erguendo um dos ombros.

Condoída, dona Gema olhou para Agatha com ar de sábia compreensão, como faria se tivesse uma filha. Em seguida, esticou os braços de forma amistosa.

– Vem, minha querida. Estou com o meu Fusquinha aí fora e vou levá-la aonde precisa ir.

Sentindo-se miserável e desamparada, Agatha mirou a amiga com os olhos vermelhos. O cuidado e a atenção em sua voz foram tão tocantes que ela quase perdeu o controle e chorou.

– Nem sei como lhe agradecer. – Passou o dedo pelo nariz. – Não acho uma boa ideia eu dirigir neste estado de nervos. E preciso comprar o remédio de Gabriel.

– Claro. – Gema ajudou-a a se levantar. – Será que não precisa comprar absorventes também?

A mais nova ficou surpresa.

– Ah, sim. Preciso sim... Como a senhora sabia?

A senhora sorriu com ternura.

– E que tal uma barra de chocolate? – reiterou.

Adorando a ideia, Agatha passou seu braço pelo dela e apoiou a cabeça em seu ombro. Depois perguntou:

– O que acha de ser minha nova mãe? A vaga, por enquanto, está aberta.

Sentiu um beijo em sua cabeça antes de ouvir a resposta.

– Acho que seria uma honra, querida. Minha vaga para filha também está.

Capítulo 14

*No homem, o desejo gera o amor.
Na mulher, o amor gera o desejo.*

Jonathan Swift

Fevereiro virou março, e as festividades de carnaval ficaram para trás. Duas semanas depois, Vicente estava sentado à mesa, após ter tomado seu banho, quando ergueu os olhos sem mover a cabeça para avaliar a pequena criatura que invadiu sua cozinha.

– Oi, tio...

Sem cerimônia, Gabriel, que estava suado devido às pedaladas até ali, dirigiu-se à geladeira e serviu-se de água. Estava de uniforme e com a mochila pendurada nas costas. Costumava aparecer na pousada mais tarde, porém, nos últimos tempos, andava vindo cada vez mais cedo.

– Sua mãe sabe que você está aqui? – Vicente parou o dedo que somava no aplicativo de calculadora do celular.

– Claro. – O garoto deixou o copo na pia. – Vim direto da escola.

Os olhos do mais velho examinaram-no, desconfiados. Deu dois toquinhos com o dedo indicador no aparelho.

– Tem certeza?

Gabriel franziu a testa e forçou o sorriso convincente.

– Claro que tenho. – Deixou seus pertences na mesa e veio apoiar o antebraço no ombro de Vicente, para ver o que ele estava fazendo. – O que são todos esses papéis?

O dono da pousada olhou a bagunça que tinha feito na mesa, distraindo-se com a resposta do garoto, que sorriu em segredo.

– Contas a pagar. Quer quitar alguma?

– Talvez. Você vai começar a me pagar para lavar os cavalos?

Um sorriso mínimo tocou os lábios de Vicente. Colocou o telefone de lado.

– Você está parecendo a sua mãe.

– Urgh… – Gabriel fez um chiado repulsivo. – Por que está dizendo isso?

– Porque estive com ela há algum tempo e também jogou isso na minha cara. Aliás, me pareceu que não tinha ideia de que você vinha sempre aqui.

O menino empalideceu; então, ganhou um tapa de leve na nuca.

– Pois é, mané. Por que não me avisou que estava vindo escondido?

– Se eu contasse, você me deixaria vir?

– Sim.

Não era a resposta que o estudante esperava, por isso sorriu.

– Você é meu amigo e eu não pretendo te enxotar. É sua mãe quem tem que ficar atrás de você – esclareceu Vicente, mas depois apontou o dedo para o nariz dele. – Só que não gosto de mentirosos.

– Desculpe. – A voz do garoto desceu alguns decibéis quando deu uma espreitadela para os azulejos do chão, mas uma quentura se firmou em seu coração por ter assimilado a palavra *amigo*.

Vicente suspirou e largou a caneta em cima de mesa.

– Vou perguntar mais uma vez: sua mãe sabe que você está aqui?

– Não.

– Acha que virá atrás de você?

– A qualquer minuto. Agora deu para ficar atrás de mim feito uma louca.

– Ótimo. – O homem tornou a organizar os papéis. – Quero mesmo falar com ela.

Gabriel ficou parado ao lado do novo amigo, que perguntou:

– Já almoçou?

– Ainda não.

– Gemaaaaaaaaaaa! – berrou Vicente, assustando o menino, e a empregada correu desembestada para a cozinha. – Serve alguma coisa para esse bezerro.

– Epa, bezerro não...

– Não acredito que me gritou por causa disso, quase tomei um tombo correndo pra cá... – Dona Gema constatou a presença de Gabriel, em seguida sorriu com afeto. Já se considerava avó honorária do menino. – Oi, meu benzinho. Vou preparar um prato de rabada pra você.

– Rabada? – O rosto pueril fez uma careta.

– Come e fica satisfeito – ordenou Vicente.

Reprimindo um protesto, o garoto puxou uma cadeira e se sentou à mesa com ele. Segundos depois, dona Gema serviu um prato com rabada para cada um, acrescentando um copo com suco de laranja para Gabriel e uma taça de vinho tinto alentejano para Vicente, que juntou as contas e colocou-as de lado.

– Vamos poder soltar pipa hoje? – perguntou o pequeno, jogando a comida de um lado para outro com o garfo e observando o vapor que subia.

Vicente examinou o líquido rubro e depois deu um gole.

– Vamos ver, se sua mãe não prestar queixa do seu desaparecimento e aparecer aqui com um carro da polícia...

Essa perspectiva atormentou um pouco o garoto.

– Você acha que ela faria isso?

O mais velho ergueu os ombros, mas a resposta veio um segundo depois.

– Ah, aqui está você... – Desvairada, Agatha irrompeu a cozinha com tudo e veio para perto do filho, que assumiu uma feição imediata de horror. – Você quer me deixar maluca? QUER ME DEIXAR MALUCA? – gritou, com os cabelos despenteados e o rosto quase roxo.

– Mãe, eu só queria...

– Você não queria nada! – rosnou ela, ofegante. – Não sabe tudo o que tenho passado? Pelo amor de Deus! Estou cansada de ficar atrás de você, adivinhando onde você está...

Com cautela, Vicente ergueu a mão. Era a primeira vez que se viam depois do que acontecera entre eles.

– Calma, Agatha. A culpa foi minha, eu...

– Não estou falando com você! – Os olhos dela fulminaram-no como se fosse um inseto. – Estou falando com o meu filho. Gabriel, vamos embora para casa. *Agora!*

Observando tudo, Dona Gema ouviu o timer do forno soar e tirou a torta que estava fazendo para mais tarde. Pegou a tigela com uma luva e colocou-a no balcão para esfriar. O cheiro de banana alastrou-se pela cozinha. Espantada, concentrou-se no rosto de Agatha. Em nenhuma outra ocasião vira-a naquele estado de nervos.

– Deixa, pelo menos, o menino acabar de comer – sussurrou, tentando ajudar.

– Eu não vou esperar nada.

Gabriel empurrou o prato. Até que ficar sem a rabada não seria má ideia.

– Agatha. – Vicente respirou fundo, depois pediu em tom de consideração: – É melhor você se sentar. Fica calma. Está muito nervosa.

Ao ouvir isso, dona Gema riu e balançou a cabeça em reprovação.

– Nunca mande uma mulher ficar calma, o efeito é totalmente contrário.

– É claro que estou nervosa! – Agatha confirmou sua afirmativa. – Vou buscar o meu filho no colégio, e adivinha? Não está lá. Chego em casa e também não o vejo. Também não vi a bicicleta. O que quer que eu pense?

– Que está na casa de um amigo? – a voz de Vicente foi baixa.

Tremendo, Agatha esfregou os olhos com as pontas dos dedos. Seu coração palpitava, frenético.

– Gabriel, se levanta!

– Que saco! – O garoto lançou o garfo com força no prato. – Não aguento mais você me vigiando.

Magoada, a mãe tirou as mãos do rosto e olhou para ele.

– Como não aguenta? Você só tem nove anos!

– Pois é, e por isso pago o maior mico toda vez que você me acha e quase me arranca a pele com tantos beijos.

– Mico? Você vai ver o que é mico... A próxima vez que você for a algum lugar sem me dar satisfação, eu... – Sua mão se ergueu de modo ameaçador.

O ruído da cadeira de Vicente afastando-se para trás estalou na cozinha.

– Preciso conversar com você. – Agarrou o punho da vizinha no ar.

– Me solta!

– Fica aqui, Gabriel. Eu e sua mãe já voltamos.

E, fingindo estar conduzindo-a – e não arrastando-a –, Vicente levou Agatha para a sala enquanto ela, estarrecida, despejava baixinho uma lista surpreendente com todos os palavrões de seu extenso vocabulário. Em seguida, sentou-a num banco alto do bar e serviu-lhe uma dose de vinho do Porto.

– Beba.

Imediatamente, ela tirou os cabelos dos olhos e ficou de pé, louca de raiva.

– Quem você pensa que é para me trazer até aqui desse jei...

– Beba!

As narinas da mulher se alargaram quando trincou os dentes. Mesmo assim, Agatha pegou o copo e virou o líquido de uma vez só, depois bateu-o na bancada com força, e ficou lá, empertigada.

– Não percebe o que está fazendo? – indagou Vicente, abaixando o tom de voz. – Está sufocando o garoto.

– Eu estou é enlouquecendo, isso sim. E você sabe muito bem o porquê.

Neste momento, ele notou que as bordas dos olhos dela estavam vermelhas.

– Você chorou?

Embaraçada, Agatha não respondeu, surpresa com a sua percepção.

– Olha... – Compadecido, Vicente segurou-a pelos ombros. – Eu entendo que esteja aflita, sua situação é mesmo muito complicada. Mas você não pode prender o Gabriel para sempre.

– Eu só quero proteger o meu filho daquele monstro – murmurou ela, com a voz embargada.

– Eu sei, mas não é batendo no menino que você vai fazer isso.

Agatha se lembrou de sua reação na cozinha, seus olhos arderam.

– Eu não iria agredi-lo – afirmou, incerta.

– Mas você levantou o braço.

– Eu só estava nervosa.

– E eu entendo... – Vicente envolveu suas mãos, para dar apoio. – Sei que você está muito assustada, mas Gabriel está feliz. Por que tirar isso dele?

Agatha sentiu um enfraquecimento no corpo ao contato, por isso puxou as mãos e cruzou os braços contra o peito. A sensação havia sido causada pelo mal-estar que sentira ou pela proximidade de Vicente?

– Você tem razão, eu estava nervosa e acabei fazendo besteira. Mas preciso saber onde meu filho está; afinal, só tem nove anos.

– Ele *já* tem nove anos – enfatizou Vicente. – E já tem capacidade de conversar sobre a sua preocupação. Argumente, explique-se. Um menino tão inteligente e atencioso, com certeza, irá te entender.

– Atencioso *com os outros* – resmungou ressentida. – Eu sou comida requentada quando o ingrato está perto dos amigos. De você, então, nem se fala. Desde que chegamos aqui, Gabriel mal me dá atenção.

– Não seja infantil. – Vicente abriu um sorriso enviesado. – Ele só está experimentando a liberdade pela primeira vez, fazendo novos amigos, mas é um ótimo garoto. E, enquanto estiver na minha casa, estará protegido. Prometo que ninguém tocará num fio de cabelo dele sem o meu consentimento.

Infeliz, Agatha examinou o rosto de Vicente, com um misto de gratidão e apreensão. A verdade é que mal suportara conviver consigo mesma nos últimos dias. Estava agindo como uma megera. Por que seu filho a aturaria?

O homem à sua frente olhava-a com ternura e compreensão. Pronto, já não parecia tão fácil seguir o próprio conselho. Por que, às vezes, ele era tão doce? E tinha aquele magnetismo... Não que fosse obviamente atraente; Vicente era o tipo de cara que você tinha que olhar mais de uma vez para notar os detalhes. E por que tinha de ser tão adorável com o seu filho quando tudo que queria no momento era repudiá-lo até a morte? E também não precisava estar com aquele delicioso cheirinho de sabonete... Por que não podia ser um fazendeiro decrépito, centenário e fedorento?

Maldito!

Para desviar o pensamento, abaixou a cabeça, mas Vicente segurou-a pelo queixo e puxou seu rosto em sua direção.

– Quer almoçar com a gente?

– Acho melhor, não. – Recuou o rosto abalado.

– Por que não? Dona Gema faz uma rabada de primeira.

– Bem. – Agatha finalmente olhou para ele, desejando que a recordação de seus lábios carnudos não estivesse tão fresca em suas memórias. – Você mesmo deixou claro que não podíamos ser amigos.

Vicente coçou a cabeça, estreitando os olhos para a bancada do bar.

– É, eu sei... – Silenciou por alguns segundos. – Mas acho que teremos que fazer isso, pelo bem do menino. Gabriel está sempre vindo aqui e não quero que pare de vir.

O tom dela foi amargo quando falou.

– Fique tranquilo. Não vou proibir a amizade entre vocês. Seus cavalos ainda serão limpos por um bom tempo.

– Também não quero que você pare de vir – confessou Vicente. – Senti sua falta.

Dividida e confusa, Agatha ficou tentada a esmurrá-lo. O que aquele homem estava fazendo com a sua cabeça?

– Olha, eu não sei que tipo de joguinho você está fazendo comigo, mas não tenho tempo para isso.

– Eu não estou fazendo joguinho nenhum. Só estou sendo sincero.

– Então, você muda de ideia com muita frequência, não é?

– Não, eu não mudo de ideia. Apenas tento me ater às minhas convicções.

Agatha ergueu o queixo de modo desafiador, depois deixou a cabeça inclinar para o lado.

— E quais são as suas convicções a nosso respeito?

— Que eu não paro de pensar em você — admitiu ele.

Os olhos dela se arregalaram com a franqueza da declaração, e seus braços caíram, sem força, ao lado do corpo.

— Não me pareceu tão interessado na última vez que nos vimos.

— Acho que já está na hora de virarmos essa página.

— Antes eu virava a página, agora eu queimo o livro todo. — Ela ameaçou ir embora, mas Vicente a segurou pelo pulso.

— Este você não vai queimar.

— Só se eu tiver uma boa razão. Convença-me. — Agatha puxou o braço e encarou-o com o rosto erguido.

Vicente respirou fundo.

— Bom, posso começar dizendo que adoro quando você anda pela minha casa, quando corre aqui em frente, adoro o som da sua risada, o seu perfume, o tamanho do seu short... — Apontou para o que ela estava usando com uma cara de sofrimento. — Fico com vontade de morder o seu traseiro quando você veste isso. Você está me deixando maluco... — O queixo dela se abaixou um pouquinho. — Tudo isso é muito novo para mim, Agatha, eu não me relaciono com ninguém desde o meu acidente. Se fosse uma coisa estritamente carnal, seria mais fácil de lidar, mas não é. Esse afastamento entre nós nos últimos dias me deu chance para pensar, em vez de sentir. E eu ainda não sei o que você sente por mim, mas suponho que esteja muito vulnerável com todas essas mudanças na sua vida, com medo, se sentindo sozinha. Tenho medo de ser só um ponto de apoio para você. Eu posso ser isso, mesmo sendo só seu amigo, você não precisa dormir comigo para... — Sua boca parou de se mover quando Agatha encurralou-o contra a bancada, pulou em seu pescoço e grudou sua boca na dele, arrebatada por suas palavras.

Foi como uma explosão de luz, como um clarão atordoante. No início, Vicente ficou sem reação, pois não esperava ser calado daquela forma vertiginosa. Mas, depois, passou os braços em volta dela e a trouxe mais para si, rendendo-se. O beijo de Agatha parecia querer lhe dar um recado: *Eu também pensei em você este tempo todo, seu idiota!* E Vicente lhe devolveu a mensagem quando sua língua avançou para um contato mais íntimo: *Já que você abriu a porteira, então eu vou invadir com tudo.* A sensação de tê-la em seus braços de novo foi inebriante. Mas, pouco depois, da mesma maneira repentina como o havia agarrado, Agatha afastou-se.

— Posso ter me deixado de lado por muito tempo — declarou —, mas sei reconhecer quando quero alguma coisa. E acho que agora deixei bem claras as minhas convicções.

Dito isso, ela se virou para voltar gingando para a cozinha, com o sangue fluindo para as bochechas, mas Vicente interrompeu seu gesto dramático quando a segurou pelo braço.

— Não.

— Não o quê?

— Você não pode me beijar desse jeito e depois me deixar assim, me sentindo nocauteado.

Um sorriso vaidoso aflorou nos lábios dela, um resquício de felicidade após o que pareceu muito tempo.

— Pois agora você sabe como me senti.

— Tudo bem. Já deixou seu ponto claro. Já podemos avançar?

— O que propõe?

— Saia comigo. Só nós dois. Temos muito que conversar.

Agatha demorou alguns segundos para responder, fazendo suspense. Compreendeu que aquele era um momento decisivo para ambos. E estava simplesmente adorando ter tomado as rédeas da situação.

— Tudo bem. Gabriel vai dormir na casa de um amigo no próximo sábado, então estarei livre.

— Te pego às oito.

— Ótimo. — Ela virou-se de novo, abafando um grito de satisfação.

— Ei... — Vicente chamou-a, e Agatha olhou para trás. — Se me receber com um beijo desses no sábado à noite, informo que posso enveredar por um comportamento inaceitável.

Orgulhosa de si, ela ergueu uma sobrancelha.

— Isso é uma ameaça?

— Não. — Vicente desencostou do balcão. — Isso é uma promessa.

Capítulo 15

Os defeitos da alma são como os ferimentos do corpo; por mais que se cuide de os curar, as cicatrizes aparecem sempre e estão sob a constante ameaça de se reabrirem.

François La Rochefoucauld

— Você vai mesmo sair com ele? – perguntou Bianca, agora mancomunada com dona Gema.

— Ao que tudo indica, vou sim. – Agatha sorriu com ar sonhador, enquanto olhava-se de costas no espelho. Usava um vestido preto até abaixo dos joelhos, de um ombro só, que lhe deixava maravilhosamente curvilínea. O salto número 15 e o coque no alto da cabeça lhe davam um ar sofisticado. Ia passear em Valença com Vicente.

Excitada com as novidades, sua ajudante jogou-se de barriga na cama, fazendo seu vestido leve e de renda voar, depois apoiou o queixo nas mãos.

— E o que seu filho acha disso?

— Gabriel ainda não sabe, vai dormir na casa de um amiguinho. Por enquanto, vamos deixar assim, até ver no que dá.

— Hum... – Bianca examinou a patroa de cima a baixo. – Caprichou na roupa de baixo?

Arregalando os olhos, Agatha se virou para ela.

– Bianca! Estamos saindo para jantar. Nada mais.

Em descrédito, a menina fez um aceno rápido com a mão.

– Mas sabe como é, seu Vicente vai acabar te oferecendo alguma bebida pra descontrair, uma coisa leva à outra... Você não contou que só o beijo dele já te deixou com a cabeça girando?

Agatha sentiu um estremecimento de prazer ao lembrar.

– Para falar a verdade, vi estrelas – confessou.

– Então, pronto. E olha que você estava sóbria. Acha que vai conseguir resistir se estiver mais alegrinha?

– Eu acho é que esse papo está muito avançado para a sua idade. – Girou o corpo e fez uma pose. – Como estou?

– Tão linda que deveria ser banida de Rio Preto. – Bianca deu uma piscadela.

Neste momento, ambas ouviram um barulho de motor, e a menina espichou o pescoço na janela para ver quem se aproximava. Em seguida, soltou um gritinho contagiante.

– É ele!

Um calor espalhou-se pelo coração de Agatha, que conferiu as horas no celular.

– Mas já? Vicente combinou que só viria às oito horas, ainda faltam 20 minutos...

– Deve estar tão ansioso quanto a gente. Isso é tão emocionante! – Bianca uniu as mãos, como se o encontro também fosse dela. – Ainda bem que você começou a se arrumar bem cedo. Já passou o perfume?

– Oh, ainda não... – Agatha correu para espirrar dois jatinhos no pescoço. – Como está a minha maquiagem? Está muito forte? Estou parecendo uma vagabunda?

– Infelizmente, não.

Insegura, voltou o rosto para a funcionária.

– Você está linda. – Bianca sorriu.

Ambas ouviram o barulho de sapatos subindo as escadas da varanda.

– Eu vou lá atender – avisou Agatha, mas a garota segurou-a pelo braço.

– Pera aí! Você não vai querer parecer ansiosa demais. Finja que ainda está se arrumando, eu vou lá recebê-lo pra você. – E correu para a sala. Mas, antes que a mão dele tocasse a porta, Bianca a abriu.

– Ela está quase pronta – avisou, antes de qualquer cumprimento.

O visitante ofereceu um sorriso curto.

– Eu posso esperar.

E, assim, ficaram ambos ali parados, sem jeito, olhando um para o outro, Bianca sufocando várias risadinhas insinuantes. Quando Agatha apareceu na sala, Vicente ficou abalado, como um andarilho que havia meses caminhava pelo deserto e enfim havia encontrado uma fonte de água pura. Uma ruga funda de tensão brotou entre as suas sobrancelhas, e ele passou a língua no céu da boca. Sempre achara Agatha uma mulher bonita, mas, produzida, estava deslumbrante. Muito além da sua pessoa. Conjecturou que a luz que emanava dela cegaria toda a população de Valença. Por ele, acabaria com aqueles lábios cor de carmim naquele momento, mas preferiu esperar. Um pouco de paciência tornaria as coisas muito melhores.

Da mesma forma, Agatha ficou admirando o modo como Vicente ficava bem quando arrumado para sair. Estava com uma camisa cinza com estampa amarela, blazer por cima, calça jeans e uma bota preta de cano curto. Nenhuma das peças era de grife, mas em sua opinião, a combinação aparentou ser bem descolada. O cabelo cacheado estava molhado e sua barba, aparada.

Como nenhum dos dois dizia nada, Bianca deu um empurrão desnecessário nas costas de Agatha, na direção de seu par.

– Tenham uma ótima noite e não se apressem para voltar. Vou deixar tudo arrumadinho por aqui. Inclusive o seu quarto, tá, dona Agatha?

Um canto da boca de Vicente curvou-se para cima, enquanto o rosto da patroa ficou em chamas.

– Obrigada, querida. Deixe a chave no lugar de sempre – pediu entredentes.

– Pode deixar. – Bianca sorriu para ambos.

Quando a garota bateu a porta da sala, Agatha estacou na varanda e fixou o olhar em seu par, torcendo para que a beijasse, mas o queixo másculo apontou para o Jeep.

– Vamos? – Seu acompanhante obrigou os pés a se moverem em direção ao carro.

Desapontada, Agatha abriu um sorriso fraco e o acompanhou ao descer as escadas.

– Aonde vai me levar? – perguntou pelo caminho.

– Você vai ver.

O carro destravou automaticamente.

– Conta...

Vicente sorriu.

– Você vai ver. – Lançou uma piscadinha enigmática, em seguida abriu a porta do carro e cedeu espaço para a sua convidada entrar.

Quando passou por ele, Agatha sentiu um cheiro de colônia masculina, nada muito requintado, mas achou bonitinho que tivesse se esforçado.

Assim que a porta bateu ao seu lado, Vicente deu a volta no carro enquanto Bianca espionava-os através da janela. Queria ser uma mosquinha para ir junto com eles e ficar sabendo de tudo. Quando seus olhos encontraram o da patroa, a garota usou os indicadores para desenhar um coração na vidraça. Agatha riu e balançou a cabeça para a menina.

Partiram para a estrada que dava para Valença – seria cerca de meia hora de viagem. Vicente não parecia muito ansioso para chegar, visto que dirigia um pouco abaixo da velocidade permitida. Entretanto, também não puxou assunto. Agatha reparou que, para um homem de mais de 30 e poucos anos, parecia razoavelmente nervoso. Mesmo assim, durante o trajeto, várias vezes uma de suas mãos soltou o volante e pousou sobre a dela de forma carinhosa. Um gesto que deveria ser casual, mas que a fez suspirar. Como também estava um pouco nervosa, afinal era seu primeiro encontro em anos, Agatha resolveu puxar conversa:

– Você costuma ir muito a Valença?

– Não muito. – Ele franziu o nariz. – Tenho tanta coisa para fazer na pousada que não arrumo muito tempo para passear. E, para falar a verdade, gosto da quietude de Rio Preto.

Agatha sorriu, compreensiva.

– Surpreendo a mim mesma ao dizer isso, mas também estou me acostumando ao ritmo lento da cidade.

Vicente espiou o rosto dela com admiração.

– Você é uma mulher forte.

Os olhos dela focaram seu rosto.

– Sou?

– Muito mais do que acredita. Tenho reparado em como você tem levado as coisas por lá, no sítio. Quer dizer, foi uma mudança e tanto na sua vida, mas você arregaçou as mangas e está encarando tudo.

Olhando o rosto moreno, Agatha reprimiu um suspiro. Era impressionante a capacidade que aquele homem tinha de fazê-la sentir-se bem consigo mesma. Essa era uma de suas melhores características. Também se deliciava com seu sotaque, com uma ênfase animada durante as vogais. Aliás, adorava tudo em Vicente.

– Nem todo dia é fácil. Não vou mentir para você e dizer que não sinto falta de algumas coisas da minha antiga vida, em especial o micro--ondas. Não era muito fã de cozinhar no dia a dia, mas até que agora gosto do processo de fazer os queijos.

Vicente assentiu com bom humor.

– Seria de estranhar que você não sentisse falta de nada.

– Pois é, mas aos poucos vou mobiliando esta nova casa com o que acho indispensável para o nosso conforto. Dei prioridade à televisão porque Gabriel estava surtando sem ela. Depois comprei o fogão para mim. As coisas estão caminhando.

– E você – ele apertou o joelho dela – não gosta de assistir às novelas? Dizem que as mulheres adoram…

Ela fez uma careta.

– Prefiro ler. Esse é meu entretenimento preferido. Quisera eu que Gabriel também fosse assim. Agora está insistindo para que eu coloque internet na nossa casa, mas não posso fazer isso neste momento. E também tenho medo que meu filho faça alguma besteira, que mande e-mail para alguém e que, mesmo sem querer, revele a nossa localização atual.

Agora mais sério, Vicente apertou a mão dela.

– Você não poderá viver assim a vida toda, Agatha. Não pode viver como uma fugitiva da polícia. Chegará o momento em que precisará enfrentar a situação e resolver tudo isso na justiça.

– Eu sei... – Pensativa, ela continuou a apreciar a estrada através da janela, onde árvores negras ficavam para trás. – Mas preciso de um tempo para decidir como fazer isso.

Para não estragar a noite, Vicente mudou de assunto. Focou os olhos na estrada, um farol vinha contra na pista ao lado e passou por eles.

– Soube que você desenvolveu um interesse por botânica – comentou.

Sorrindo, Agatha virou o corpo em sua direção.

– Como sabe disso?

Com as duas mãos ao volante, em vez de responder, Vicente esticou os lábios.

– Gabriel, suponho – deduziu ela. – Esse menino é tão tagarela... Mas é verdade, estou apaixonada pelo cuidado com as plantas. Neste ponto, gostaria de ter internet para pesquisar mais sobre o assunto. – Riu sozinha. – Se bem que, para ser sincera, quem precisa de internet quando se tem o seu Pedro por perto?

– Ele e dona Gema são muito especiais.

– Dois anjos.

Vicente deu um sorriso de lado.

– Eu não iria tão longe; a velha, às vezes, até que é bem rabugenta.

Agatha riu, concordando.

– Não posso julgá-la, eu mesma andei bem rabugenta nos últimos dias.

– Algum motivo em especial?

Ela cravou os olhos nele de modo cínico.

– Bom, tirando o fato de que um certo fazendeiro bagunçou com meus hormônios e depois me deixou a ver navios...

Um brilho orgulhoso surgiu nos olhos dele.

– O efeito foi tão duradouro assim?

– Eu desejei esganá-lo naquela noite.

Rindo, ele tornou a olhar para a faixa.

– Confesso que não imaginei que um dia ficaria feliz em ouvir isso.

– Ainda desejo um pouquinho, só para deixar registrado, por ter feito eu me sentir daquele jeito. _

– Que jeito?

– Desprezada.

As feições de Vicente mudaram drasticamente.

– Agatha, pelo amor de Deus... Não foi nada disso, eu... – Inspirou fundo, tomando coragem para falar. Não era nada confortável fazer certas declarações num primeiro encontro. – Eu não estive com nenhuma mulher depois do meu acidente.

Ela ficou calada por dois segundos.

– Como?

– Nunca fiquei tão exposto para alguém depois disso tudo, não transei com ninguém.

Um pouco chocada, Agatha ponderou sobre a informação.

– E por quê?

Vicente não respondeu. Ela tocou em seu braço.

– Por favor... – insistiu.

– Bem, você sabe...

– Não, não sei.

Uma ardência repentina se instalou nos olhos dele, que respirou fundo. Agatha tocou em seu rosto com delicadeza.

– Vicente, você não precisa ter vergonha do seu corpo, garanto que é lindo.

– E incompleto – declarou com dificuldade.

Recusando-se a deixar o clima de autocomiseração se instalar, Agatha apertou o início das coxas dele com a mão, causando-lhe uma quentura inesperada, depois aproximou-se de sua orelha para dizer:

– Pois, para mim, você parece possuir todas as ferramentas fundamentais. – Sentindo um calor passageiro, Vicente emitiu o som de um sorriso. – E quer você se espante ou não – continuou ela, voltando para seu lugar. – Eu achei supersexy essa parafernália mecânica na sua perna. Tem algo de Robocop...

– Você é maluca. – Ele deu risada do seu ponto de vista.

A única resposta dela foi rir. Pronto. O clima ruim estava desfeito. Vicente tirou os olhos da estrada e examinou-a com atenção.

– Já te disse como você está linda hoje?

– Não, mas, para a sua informação, esse tipo de repetição não me incomoda.

Minutos depois, pouco antes de chegar a Valença, Vicente tirou o carro da estrada e adentrou em uma rua de barro, esburacada, que parecia não levar a lugar nenhum. Não havia sequer um poste margeando o caminho, que era ladeado por mato alto. Mesmo sem querer, os sentidos de Agatha ficaram alertas. O medo apertou-a por dentro.

– Para onde está indo? – Suas mãos começaram a suar.

– Já estamos chegando – respondeu ele, em tom tranquilo.

Lívida, Agatha ficou examinando a estrada e segurando no porta-luvas por conta dos sacolejos.

– Tem certeza de que não errou o caminho?

Vicente estudou sua face e enrugou o espaço entre os olhos.

– Você ficou tensa ou é impressão minha?

Agatha arfou, mas não respondeu. Estava perdida em recordações tortuosas. Sua calça arriada de qualquer maneira até os calcanhares. As roupas íntimas arrancadas com violência. Seus cotovelos e joelhos debatendo-se, tentando se livrar. Estranhando, Vicente parou o Jeep e puxou o freio de mão. Só havia natureza em torno do veículo, nenhum ponto de luz.

– Agatha, você está bem?

Os olhos dela se encheram de lágrimas. Fechou as pernas com força para afastar a lembrança da dor.

– Desculpe. – Ela olhou as mãos.

– Pelo quê?

– Eu não sei. Quando você virou nessa estrada, eu...

Agora mais preocupado, Vicente tocou em seu ombro rígido, incentivando-a a continuar.

– Meu marido fazia isso comigo, às vezes.

A confusão no cérebro de Vicente aumentou ainda mais.

– Fazia o quê?

Ela fungou e enxugou os cantos dos olhos, consciente de que estava arruinando o passeio.

– Não quero estragar a nossa noite, não quero falar sobre isso.

– Agatha... – Vicente segurou suas mãos. – Não precisa esconder nada de mim, eu não te julgo.

Ganhando confiança, as mãos dela apertaram as dele.

– Às vezes, Bruno desviava do caminho de casa e me levava para algum lugar mais deserto. Em geral, quando estava zangado comigo. O desgraçado não me batia sempre na nossa casa, pois tinha medo que os vizinhos ouvissem e acabassem chamando a polícia. Uma vez, me levou para um lugar como esse... – Olhou para os lados, os lábios trêmulos com a recordação. – Pediu que eu descesse do carro e depois me açoitou nas costas com um galho de árvore. – Os olhos dele se arregalaram de horror. – Tudo isso porque havíamos discordado em uma discussão com um dos sócios da empresa. Bruno tirou minha roupa toda para me bater. Posso jurar que vi prazer naqueles olhos... – Os dentes dela cerraram. – Ele sempre gostou de me marcar para que eu tivesse vergonha de me mostrar para outro homem, achava que isso inibiria minha traição. E tenho impressão de que isso também o excitava, pois ele sempre... queria algo depois. Mesmo assim, eu jamais o traí... – Sentiu as lágrimas empoçarem ao narrar situações tão degradantes. – Foi uma das piores noites da minha vida.

Apavorado com a brutalidade daquela violação, Vicente puxou-a para um abraço apertado, com o coração inflamado de ódio por uma pessoa que nem sequer conhecia. Jamais havia encostado um dedo de forma violenta em uma mulher. Nem mesmo em sua irmã, com quem brigara com frequência na adolescência.

Alguns segundos depois, ainda amparada por Vicente, Agatha parou de tremer. Sentia-se mais forte quando o cheiro da pele dele penetrava suas narinas. Mas não poderia ser sempre assim. Chegaria o dia em que precisaria resolver sozinha aquela batalha particular. Colocar um fim na história. Quando se afastou de Vicente, enterneceu-se com o modo doce com que lhe beijou os lábios, para lhe passar segurança. Era exatamente disso que ela precisava naquele momento, de um pouco de ternura. Tendo tido um pai e um marido tão implacáveis, Vicente a fazia renovar a fé nos homens.

As grandes mãos dele moldураram seu rosto.

– Não quero que sinta medo de mim – pediu.

– Não sinto medo de você. – Ela segurou o seu pulso com carinho. – Só não consegui controlar a lembrança. Me perdoe.

– Não se desculpe. Quero ter acesso a tudo sobre você. Esse foi o motivo de tê-la convidado para sair.

Mais calma, Agatha se recuperou e então seguiram caminho. Dez minutos depois, foram recebidos por tochas acesas e um portão grande coberto por um arco de folhas de palmeira. Agatha viu ao longe uma casa de tijolos, que parecia iluminada por luzes de velas. Tinha uma enorme varanda que cercava toda a residência e várias mesas com clientes jantando. Voltou os olhos curiosos para Vicente.

– Como descobriu esse lugar?

– É de um amigo meu. O melhor restaurante tropical. E não precisa de nenhuma propaganda, os clientes que vêm aqui só o conhecem pelo boca a boca. Mas, como o atendimento e a comida são excelentes, ninguém vem uma vez só.

Vicente estacionou perto da casa, e Agatha ficou maravilhada com o clima aconchegante do restaurante. De longe, flores frescas podiam ser vistas em todas as mesas, além de velas e tochas espalhadas. Em vez de pratos, as comidas eram servidas em cascas de frutas e legumes. Na parede, dando um toque acolhedor e receptivo, havia temperos frescos plantados em garrafas pet, aos quais os clientes podiam ter acesso a qualquer momento.

De modo elegante, Vicente ofereceu-lhe o braço, e ambos caminharam para a varanda. De pronto, o dono do restaurante veio cumprimentá-los e acomodou-os em uma mesa próxima. Aceitando a sua sugestão, Agatha pediu um suco de graviola e Vicente uma taça de vinho verde. Para o jantar, ele escolheu cogumelos naturais com molho de cream cheese envolvidos por uma tira de presunto de parma e ela, camarões fritos com molho agridoce e apimentado, que foi servido dentro da metade de um abacaxi sem miolo. O proprietário do local assentiu solenemente, aprovando os pedidos.

Quando os pratos chegaram, Agatha colheu um pouco de cebolinha que estava ao seu lado para jogar por cima da comida e suspirou ao sentir o aroma.

– Deus do céu! – derreteu-se, pegando o guardanapo de pano e desenrolando os talheres. – Há quanto tempo não como algo assim... Quer provar o meu?

– Nem pensar. Com uma mordida eu cairia no chão, inchado e inerte. Tenho alergia a frutos do mar.

Ela colocou o guardanapo no colo e deu a primeira garfada. Revirou os olhos quando sentiu o sabor picante explodindo na língua, e gemeu de prazer.

– Hum... azar o seu. Está divino!

– A comida daqui é viciante. – Vicente experimentou o próprio pedido.

Agatha inclinou-se um pouco para a frente e perguntou, sem cerimônia:

– Você vai ficar constrangido se eu encomendar uma quentinha?

Ele deu risada, satisfeito com a sua aprovação.

– Claro que não. Pode levar o que quiser. Mas sugiro que guarde espaço para a sobremesa – piscou.

– Que ótimo, mas não posso negar; apesar da minha humilde condição no momento, uma das coisas que aprendi em meu tempo no Rio de Janeiro foi comer bem. Minha cozinheira era maravilhosa. Já havia trabalhado em um restaurante francês e preparava iguarias dignas de uma rainha.

– Talvez você tenha sido uma em outra vida. – Ele brincou, engolindo uma garfada.

Rindo, Agatha fez um gesto de descarte com a mão.

– Não acredito em reencarnação. Já reparou que, toda vez que alguém pesquisa sobre suas vidas passadas, descobre que foi um herói, um mártir, um faraó ou um artista famoso? Ninguém nunca foi uma ratazana ou a faxineira de Dom Pedro I.

Vicente riu e limpou a boca com o guardanapo.

– É verdade. Também não acredito nessa teoria. Mas talvez isso seja um consolo para alguns sobre a sua situação atual, como se a vida hoje fosse apenas uma etapa entre um personagem maravilhoso e outro. Como um estágio.

Agatha pousou na mesa o cotovelo da mão que segurava o garfo.

— Pois é, mas eu acredito no aqui e agora. Acredito que preciso me esforçar ao máximo para fazer as mudanças necessárias. Por isso, fiz essa maluquice de fugir. Preciso tentar ser feliz enquanto estou viva.

— Não foi maluquice, foi um ato de coragem.

Ela sorriu, olhando o rosto dele por algum tempo.

— Tem razão. — Tornou a dar uma garfada na comida. — E você, já fez alguma loucura na vida? Alguma loucura de amor?

Um sorriso envergonhado dominou o rosto dele.

— Uma vez, quando era adolescente. — Agatha pousou o queixo nas mãos, interessada. Ele girou os olhos e depositou seu talher na mesa. — Eu tinha me apaixonado por uma garota que viera passar um feriado aqui. Soube que ela faria intercâmbio no ano seguinte, em Boston. Enchi o saco do meu pai para ir para lá nas férias de janeiro, e meu velho deixou, achando que eu pretendia estudar inglês. Eu queria surpreendê-la. Chegando lá, fui direto para a frente do curso que a menina fazia e dei de cara com ela beijando outro cara. Fiquei arrasado. Me senti um palhaço. Passei os sete piores dias da minha vida lá. Além da depressão, peguei um inverno rigoroso. Acho que testemunhei uma das maiores nevascas já registradas. Eu tinha que esperar um tempão o dono do albergue tirar a neve da entrada para eu sair. Rodovias de quatro pistas foram reduzidas a duas, engarrafando tudo. Os tetos de algumas casas dos arredores desabaram. Represas de gelo taparam o esgoto provocando inundações. Foi uma catástrofe.

Agatha deu risada.

— Pelo menos, você tem uma história para contar.

— É verdade. E aprendi a nunca mais viajar para um lugar de neve no inverno.

— Teve muitas outras paixões? — À pergunta seguiu-se um sorriso sapeca.

— Algumas. — Ele sorriu com os olhos.

— E por que nunca se amarrou a ninguém?

Vicente deu um gole lento no vinho.

– O sapatinho de cristal não coube em nenhuma delas – piscou –, até agora.

Durante o jantar, ambos falaram abertamente sobre os seus medos e expectativas. Passaram deliciosos momentos revezando os cotovelos na mesa e a cabeça na mão, entre risadas e toques rápidos. Flutuavam entre segredos e conversas levianas, mudando o aspecto e a cor do clima a cada frase. Gestos interrogavam, fisionomias respondiam, um olhar sobre a taça expressava um pensamento mais audaz. Compartilharam aquele momento suspenso no tempo com uma franqueza renovada. Agatha nunca imaginou que Vicente pudesse ter tantas respostas engenhosas, observações finas e zombarias excelentes. Descobriu que, por mais que ele tentasse se esconder atrás daquela capa dura, depois que se descobria o sorriso enternecedor, o acolhimento nos olhos, era impossível não se sentir seduzida. Também jamais imaginou que iria contar a alguém sobre como era complexada com suas orelhas, o motivo de ter colado na prova de física e por que preferia fazer amor no meio da noite. Não se lembrava de ter se divertido tanto com outra pessoa. Muito menos com Bruno, cuja especialidade era soltar frases difusas que proporcionavam feridas de longa duração. Seu humor era, no máximo, esnobe. E, mesmo que os restaurantes que ele costumasse levá-la precisassem ser reservados com anos de antecedência por pessoas comuns, nada se comparava ao lugar em que estava agora.

O assunto passou por diversos temas. Desde a receita do que estavam comendo até onde cada um se encontrava quando caíra a represa de Mariana. Um quarto de hora depois, dividiram a sobremesa, um cheesecake de açaí e uma dose de licor.

– Estava tudo maravilhoso – elogiou Agatha. – A comida e o papo.

– Acho que nunca falei tanto de minha vida para uma pessoa. – Relaxado, Vicente colocou sua taça mais afastada.

Ela ergueu o copo para um último gole do líquido rubro.

– Sempre achei que se falava mais naturalmente diante de uma sobremesa deliciosa, em companhia de alguém agradável. Não só falar, mas também escutar. Acho que quem inventou a mesa estava pensando mais nessa interação do que em um lugar para comer. Aliás, na minha opinião, até a digestão deveria ser feita à mesa.

Ele se debruçou, entrelaçou as mãos e apoiou o queixo sobre elas, encantado.

– Nunca pensei sobre isso, mas concordo com você.

– De vez em quando, eu tenho meu momento Newton. – Vangloriou-se ela, piscando. Saciada, esquadrinhou ao redor. – De onde você conhece o dono daqui?

– Na verdade, sou mais amigo do irmão dele, que também pratica equitação e foi campeão brasileiro no ano passado. Começamos juntos.

– Ah... – Ela limpou a boca com o guardanapo. Não fez nenhuma intervenção no assunto.

– Eu estava lá na plateia – continuou Vicente. – Torcendo por ele, mas é claro que senti certa inveja.

Agatha tocou sua mão.

– Suponho que tenha sido meio frustrante. – Fez uma pausa e encarou-o. – Não sei você, mas, às vezes, fico me perguntando por que Deus permite certas coisas?

– Todo mundo se pergunta isso alguma vez.

– Não, é sério – continuou ela. – Não seria bom se houvesse sempre equilíbrio no universo? Se os maus fossem punidos e os bons, recompensados? Por que acontece coisa ruim com gente tão boa?

Cruzando os braços sobre a mesa, Vicente sorriu de lado.

– E quem faria essa divisão entre os bons e os maus? Os homens?

Agatha torceu os lábios, depois deu uma risadinha.

– É verdade, acho que não daria muito certo. Mas que seria muito mais simples, seria. Pelo menos, saberíamos o resultado de nossas ações.

– Pois eu acho que tudo é como tem de ser. O problema está no controle. Nós sempre queremos ter o controle de tudo. Veja o meu caso, eu planejava construir uma carreira internacional. E, de repente, meu mundo virou de cabeça para baixo, mas isso não significa que a mudança de rota foi ruim. A verdade é que nós não temos domínio sobre nada, e isso nos assusta.

Agatha passou os olhos pelo seu rosto com encantamento. Vicente era mesmo um homem especial.

– Eu acho incrível você pensar dessa forma depois da perda que passou.

Ele riu, depois apontou para o restinho de cheesecake no prato.

– Posso matar?

– À vontade. – Ela recuou na cadeira; após isso, olhou para os lados. – Com certeza, vou trazer Gabriel aqui. O menino é bom de boca e adora frutas.

Vicente colocou a colher que havia usado de lado, pensando no quanto já havia se afeiçoado ao menino.

– Semana que vem podemos voltar aqui e trazê-lo – sugeriu.

Sua acompanhante curvou os cantos dos lábios para cima, feliz com a perspectiva de Vicente já tê-la convidado para sair mais uma vez. Um pedaço de salsinha estava bem aparente em seu dente da frente. Divertido, Vicente apontou a própria boca.

– Você...

– O quê? – Ela levou a mão a gengiva e cutucou, achando a salsinha. Em seguida, riu de si mesma. – Sabe, se fosse com outra pessoa, em outro tempo, eu morreria de vergonha com essa gafe. Mas me sinto tão bem com você que não consigo me constranger.

Ele continuou olhando-a com um sorriso amoroso.

– Que bom.

– É engraçado. – A visão dela focou no arranjo de mesa. – Vivi tanto tempo com... aquele cara, mas nunca me senti completamente à vontade em sua companhia, mesmo antes das agressões.

– Então, por que fugiu com ele?

– A gente se dava bem em outros setores, pelo menos no início. Foi com ele que perdi a virgindade. – Ela fez uma careta.

Com um suspiro, Vicente apoiou os cotovelos na mesa.

– Relacionamentos baseados somente em conexão sexual não costumam durar. São quentes e intensos no começo, mas a chama se apaga com a mesma rapidez. Já a amizade e o respeito mútuo, não. Esse tipo de intimidade só se constrói com o tempo, quando deixamos as pessoas livres para serem quem são e as aceitamos com seus defeitos e qualidades.

Ao ouvir aquilo, Agatha sorriu de leve, refletindo admiração em seus olhos.

– Estou começando a entender isso. Afinal, mesmo conhecendo você há pouco tempo, estou bastante à vontade com você. Deve ser um bom sinal.

Vicente sorriu com malícia e mordeu o lábio inferior.

– Eu acho que é um sinal excelente, considerando que você ainda não conhece as minhas outras virtudes.

Para sua própria surpresa, Agatha corou, em seguida começou a se abanar.

– Estou achando o clima bem quente esta noite.

Vicente se recostou na cadeira e colocou as mãos sobre as coxas. Adorou o modo como a linguagem corporal dela ficou desconcertada em resposta à sua indireta.

– Você não viu nada. Este ano até que está suportável. No ano passado, o verão foi tão assolador que os fazendeiros da região ficaram seriamente preocupados com a colheita. Eu mesmo só conseguia montar quando o sol se punha. E, mesmo tendo ar-condicionado, passei as noites me revirando na cama. O aparelho não estava dando conta. Eu suava só de ficar deitado.

Não foi a sua intenção, mas o comentário caiu num silêncio pesado enquanto Agatha terminava sua bebida, imaginando a cena que ele havia descrito. Então, ambos se entreolharam de modo intenso, com seus sentidos primários alertas. Com o rosto quente, Agatha debruçou os braços sobre a mesa e murmurou:

– Que tal você pedir logo a conta e a gente ir tomar outro chá na minha casa?

Olhando para ela com um meio sorriso, Vicente ergueu um dedo para o garçom.

– Tinha esperança que você dissesse isso.

Capítulo 16

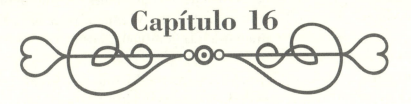

*Gaste seu amor.
Usufrua-o até o fim.*

Martha Medeiros

Enquanto Agatha abria a porta de casa, Vicente abraçava-a por trás, beijando-lhe o pescoço, e ela precisou revirar os olhos quando ele achou um pontinho mágico atrás de sua orelha. Rendida, inclinou a cabeça para o lado, as pálpebras se fechando, para facilitar-lhe o acesso. Quando ainda estavam no carro, voltando para Rio Preto, Vicente provocara-a durante todo o caminho. Beijando, acariciando... Carinhos que Agatha retribuiu à altura, uma vez que sempre que se lançava em uma espiral de desejo por ele, simplesmente não conseguia evitar a queda.

A porta destravou, e ambos avançaram para a sala, ofegantes, ansiosos, quase angustiados. Ela jogou a chave no sofá, a bolsa sobre a mesa e então virou-se de frente para Vicente, aninhando-se em seu corpo. Depois, de modo ousado, colocou as mãos nos bolsos de trás da calça jeans masculina e fez seus lábios se tocarem.

— Tem certeza de que quer tomar o chá? – sussurrou.

Vicente sorriu, a boca ainda colada na dela, e soltou-lhe o coque.

– Acho que vai ter que ficar pra depois.

Com uma risadinha, Agatha balançou a cabeça para que os cabelos deslizassem para baixo. Depois deu duas palmadinhas em seu traseiro e recuou, mordendo o lábio inferior. E como Vicente não fez nada além de ficar ali, parado, admirando-a, ela começou a andar para trás, em direção ao quarto.

Com o coração aos saltos, Vicente sorriu. Mesmo com todos os seus receios particulares, não poderia resistir a um chamado tão sexy.

Agatha já estava quase no outro cômodo quando ele resolveu se mover. Primeiro, tirou a camisa e jogou-a no chão. Em seguida, foi andando até ela, desafivelando o cinto, que pendurou em uma cadeira pelo caminho. A visão de seu abdome rígido foi inebriante para Agatha. O peitoral era desenvolvido, com definição na medida certa. Ela deixou que aquela imagem máscula a acalentasse. Tudo em sua silhueta lembrava força. Dava a impressão de que podia esmagá-la com um simples deslize. O tipo de homem que passava segurança só com o olhar.

Quando chegou perto dela, apesar da sua urgência, Vicente roçou os lábios com carinho em sua têmpora. Depois estendeu a mão e traçou o colo de Agatha com um dedo.

– Tem certeza de que quer fazer isso?

Embevecida com o cheiro masculino, ela não teve outra opção a não ser dizer sim. Não conseguia se recordar de querer tanto uma coisa na vida. Os olhos de Vicente se demoraram nos dela quando parou com a boca a milímetros da sua, para saborear o momento de expectativa, quando a respiração trava e os lábios ficam molhados, prontos para receber o calor. Em seguida, eliminou a distância. Dessa vez, o beijo que lhe deu foi bem mais profundo. Com a língua hábil e suave, apoderou-se dela de uma forma que lhe fez tremer o coração. O desejo que sentia, já impossivelmente forte, apertou em seu ventre, levando embora todos os seus temores. Decidiu que Agatha seria sua a partir dali.

O coração dela também doía com aquele fogo. Estava perdida pela segunda vez em sua vida, só que agora era pior. Tinha muito mais a perder. No entanto, essa constatação não conseguiu evitar que a felicidade do momento invadisse seu coração, estourando como bolhas de champanhe.

Há quanto tempo não era amada assim? Há quanto tempo não se entregava ao desejo sem medo do que viria depois?

Querendo mais, Agatha saboreou com os lábios a pele acetinada enquanto Vicente a empurrava para deitá-la na cama. Seus dentes famintos mordiscaram o ombro feminino, fazendo com que seus olhos ficassem nublados pela paixão. Tudo agora era calor, brilho, perfumes e sensações... De repente, ansiosa demais para esperar, ela rolou para cima dele. Vicente puxou seus cabelos para trás para morder seu queixo... A partir daí, nenhuma palavra seria suficiente para narrar as sensações que a invadiram por inteiro.

* * *

Naquela madrugada, depois de fazerem amor, Vicente foi o primeiro a adormecer. Mas, antes disso, ambos ficaram se entreolhando por muito tempo, num silêncio cúmplice. Um daqueles momentos tão sublimes que as palavras seriam substitutos medíocres dos sentimentos. Porém, depois que ele pegou no sono, Agatha sentou-se na cama e vislumbrou a lua através da janela, a sós com seus pensamentos. O satélite foi sua companhia por longo tempo. Ficou meditando em como tudo dentro dela estava mudando depressa. Como pudera ter se apaixonado tão cedo de novo? Estava apavorada.

E maravilhada.

Sentia como se sua antiga vida estivesse se afastando de forma gradual, como se levada pela maré. E ela esperava fervorosamente que nenhuma onda gigantesca a trouxesse de volta.

No entanto, ao pensar nisso, sentiu um calafrio. Tinha certeza de que nuvens escuras ainda rondavam seu céu cor-de-rosa. Então, com os olhos úmidos, tornou a se deitar e pousou o rosto no peito quente de Vicente, buscando segurança. Não conseguiu dormir, pois o mau agouro da premonição apertava-lhe o peito. Então, mais uma vez, rezou em silêncio. Só que, dessa vez, o homem deitado ao seu lado foi incluído em suas orações.

Capítulo 17

*Só se vê bem com o coração,
o essencial é invisível aos olhos.*

Antoine de Saint-Exupéry

Um pneu de bicicleta furado. Foi isso que levou Gabriel à mercearia de seu Afonso pela segunda vez, algumas semanas depois. O velho senhor estava tamborilando os dedos na caixa registradora e observando a circulação de clientes, esperando a menina do caixa voltar do almoço para assumir seu lugar. De vez em quando, seus olhos cansados se fixavam por muito tempo nas pilhas e caixas de bombons, divagando no que poderia fazer mais tarde para se distrair do fato que seu único filho não se comunicava com ele havia meses. Para deteriorar seu habitual mau humor, não vinha dormindo bem nos últimos dias devido a uma intensa dor na coluna, por isso estava com uma péssima aparência. E sua disposição de ânimo só piorou quando reconheceu o menino tagarela vindo da rua em sua direção, carregando a bicicleta.

— Oi – cumprimentou-o Gabriel.

— Não pode entrar aqui com esse trambolho – rugiu o dono da venda.

Acanhado, o garoto apertou o acento da bicicleta.

– É, desculpe... É que tenho medo de deixar lá fora e alguém roubar. Na verdade, só vim pedir uma informação. O senhor sabe onde eu acho um borracheiro?

A contragosto, o velho avaliou o pneu furado.

– Não tem nenhuma oficina aqui perto.

Era o que temia ouvir. Desanimado, Gabriel apertou os lábios e olhou para a estrada que dava para o sítio. Seria, no mínimo, uns 30 a 40 minutos de caminhada debaixo de um sol escaldante.

"Caia logo fora daqui." Foi o que Afonso pretendia dizer, mas viu seus pés andando para o fundo da loja e voltando com outra bicicleta, bastante usada.

– Pode usar esta emprestada. Depois, manda sua mãe vir devolver de carro e pegar a sua.

Agradecido pela súbita oferta, o menino sorriu.

– O senhor não vai precisar?

– Não ando de bicicleta.

– Então, essa é de quem?

– Era do meu filho.

– Alguém mora com o senhor? Não me lembro de ter visto ninguém por aqui. – Olhou para os lados.

– Mora em outra cidade.

– Hum... – Gabriel examinou o pedal antigo. – Pode deixar que vou devolvê-la inteirinha amanhã, seu filho não vai ver nenhum novo arranhão.

Seu Afonso bufou com o comentário.

– Faz tanto tempo que o desnaturado não vem aqui que nem sabe que eu ainda tenho essa bicicleta.

Intrigado, o garoto ficou em silêncio por um momento, pensando no que acabara de ouvir.

– Também não vejo meu pai há muito tempo.

Pego de surpresa, Afonso lhe dedicou alguma atenção.

– E por quê?

– Ele não era bom para mim. O senhor era bom para o seu filho?

Visivelmente incomodado, o velho tornou a olhar a rua e enxotou com um grito um cachorro que entrava na loja.

– E então? – indagou o pequeno.

– E então o quê? Por acaso você é do FBI? Eita moleque pra fazer tantas perguntas...

Sem se abalar, Gabriel apoiou um cotovelo no guidom da bicicleta.

– Eu gosto de você. Se o senhor fosse o meu pai, eu viria te visitar.

Atingido pela confusão, Afonso encarou o moleque que, pelo visto, tinha o cérebro virado do avesso.

– O que acha de vir passar a Páscoa com a gente? – continuou o garoto.

O velho desviou o olhar.

– Já tenho planos.

– O senhor é casado?

Afonso revirou os olhos para mais essa pergunta.

– Não.

– Então, não deve passar a Páscoa sozinho. Talvez seja por isso que o senhor é tão rabugento. Precisa de amigos.

Antes que o dono do estabelecimento se manifestasse, Agatha veio por trás para abraçar o filho.

– Estava te procurando. – Ela lhe fez cócegas no pescoço. – Você estava demorando para voltar.

– Meu pneu tá furado, mas seu Afonso me emprestou essa bicicleta.

– Puxa... – A despeito da antipatia que sentia por ele, Agatha ergueu os olhos para o senhor e sorriu. – Muito obrigada pela gentileza.

– Não foi nada.

– Como agradecimento – emendou Gabriel, – eu o convidei para almoçar com a gente na Páscoa.

Paralisada, sua mãe deu um sorriso sem graça. Depois, fingiu procurar alguma coisa na bolsa, como se seu celular estivesse vibrando. Seu Afonso corou até as orelhas.

– Não precisa me agradecer – avisou. – Agora sua mãe está aqui para levá-lo de volta.

– Preciso, sim. O almoço vai ser na Pousada Esperança, o senhor conhece?

O velho assentiu, encabulado.

– Espero o senhor, então. E, se quiser trazer um desses ovos pendurados na sua venda, todo mundo vai adorar.

– Vou pensar a respeito – prometeu Afonso.

Sem ter o que fazer, Agatha despediu-se polidamente e carregou o filho para o carro. Não chegou a chamar atenção do menino pelo que tinha feito, pois notou uma faísca de surpresa e interesse nos olhos do velho, embora duvidasse que ele fosse aceitar o convite. No entanto, queria que Gabriel mantivesse um coração puro e generoso com outras pessoas, mesmo que, muitas vezes, ela mesma não entendesse o motivo. Distraída, entrou no carro e seguiu caminho para sua casa, ignorando que, logo atrás, um Honda preto ligou a chave na ignição e começou a segui-la discretamente.

Capítulo 18

*A incerteza é uma âncora
que não o deixa voar.*

Irene Aguiar

— Vamos, vamos, vamoooos... — Sozinha no banheiro, ela olhava atentamente para a ponta absorvente do teste de gravidez mergulhado em sua urina recém-colhida. Já fazia duas semanas que sua menstruação estava atrasada, e sua ansiedade sobre o assunto aumentava a cada dia.

Depois de dois intermináveis minutos, apareceu. Estava ali, nítido para quem quisesse ver: positivo! Suas mãos foram parar na cabeça, em sinal de desespero. Aquilo não podia ter acontecido em pior momento. O que seria daquela criança?

Nervosa, enrolou o teste no papel higiênico como se o seu simples desaparecimento fizesse o problema sumir. Em seguida, jogou tudo na lixeira. Ainda estava trêmula quando saiu do banheiro e tomou um susto ao esbarrar em alguém.

— Bia?
— Oi, Agatha.

– Eu estava mesmo te procurando. Dona Gema está toda atrapalhada lá na cozinha. Ela me pediu para buscar você para ajudar a descascar as batatas para o bolo de bacalhau.

– Tá, tudo bem... – A menina já se dirigia para lá quando notou a preocupação da patroa. – Aconteceu alguma coisa? – investigou.

– Não, não... – Com a mão sobre o peito, Agatha olhava através da janela. – É só uma sensação... Bobeira minha. Essas datas festivas sempre me deixam assim.

Bianca não levou muita fé na explicação, mas resolveu mudar o rumo do assunto.

– A propósito, eu e a senhora ainda temos muito que conversar. Ainda não me contou tudo que aconteceu no seu encontro com seu Vicente. Claro que deu pra notar que foi um sucesso, já que estão juntos desde então, mas ainda quero ouvir os detalhes românticos. Não tenha medo de ser específica. – Alargou um sorriso travesso.

– Vou pensar no seu caso. – Agatha riu; em seguida, Bianca resolveu ir ajudar dona Gema antes que ela viesse atrás dela, carregando um rolo de massa.

Agatha foi para o salão da pousada e sentou-se no sofá por um breve momento. O clima estava muito abafado e suspeitava-se que uma forte chuva estava por vir. Nem mesmo as grandes janelas abertas da pousada, que iam quase do teto ao chão, estavam facilitando a passagem de ar. Pelo menos, ela estava feliz porque Vicente havia decidido não alugar os quartos naquele fim de semana. Preferira se dar ao luxo de comemorar a Páscoa somente com pessoas íntimas. Devido ao seu novo romance, ele andava muito festivo, com humor renovado. Tinha até convidado sua irmã para vir com a família para Rio Preto.

Agatha, entretanto, apesar de inebriada por tantos momentos bons vividos nos últimos dias, ainda sofria noites em que uma inquietude inexplicável se instalava em seu peito. Algo sombrio. Como uma premonição de algo terrível que estava por vir. Não conseguia desviar a sensação. E a cada minuto maravilhoso com Vicente entregava-se como se fosse o último.

Ainda estava entretida em pensamentos perturbadores quando sentiu o som de um sorriso em sua orelha.

– Pensando em mim? – O namorado cercou seu pescoço por trás com o braço e ofereceu na frente do seu rosto uma taça com água gelada e uma fatia de laranja.

– Sempre. – Ela mentiu, pegando o copo com gratidão. Estava mesmo ficando com sede. – Tirei uma folguinha para sentar. Dona Gema não me deixou parada nem um segundo sequer, me fez desfiar uma tonelada de bacalhau. Estou toda suada e devo ficar fedendo a peixe por uma semana.

– Pois eu não me importo. – Vicente se sentou ao lado dela. – Na verdade, gosto de ver você suadinha. – Sorriu com malícia.

Agatha fez cara de nojo e deu um gole rápido.

– Como os homens podem ser assim? Como podem pensar em sexo quando a mulher está em frangalhos? – resmungou, no fundo, satisfeita em ter descoberto recentemente que ali, debaixo da superfície tranquila, havia um homem de temperamento insaciável.

Rindo, ele pegou sua mão livre e a beijou. Depois olhou para trás.

– Acha que dona Gema sentirá sua falta nos próximos...

– Oh, mãe! – Emburrado, Gabriel irrompeu pela sala, acabando com os planos do anfitrião de carregar sua amada para o celeiro mais próximo. – A intrometida da Bianca disse que eu não posso mais comer chocolate!

Achando engraçado, Agatha semicerrou os olhos.

– Ela só está transmitindo as minhas ordens.

– Mas...

– Nada de "mas". Você não parou de comer chocolate desde a hora que abriu os olhos.

– Mas hoje é Páscoa!

– Pois é, a data tem a ver com a *ressurreição de Jesus*, não com *morrer empanturrado*. Você vai acabar arrumando uma diarreia.

Sentindo-se injustiçado, Gabriel lançou um olhar de súplica para Vicente, que ergueu as mãos.

– Não olhe pra mim. O que acontece comigo se eu me meter?

– Vai acabar sem a sobremesa também – esclareceu Agatha.

SEM OLHAR PARA TRÁS 141

– Mas eu nem ligo para sobrem... – Fez uma pausa quando uma sobrancelha dela se ergueu. – Ah... – A ficha caiu; então, Vicente virou-se para o garoto, derrotado. – Nada de chocolates – frisou. O menino caiu em tristeza, mas o amigo se inclinou para a frente de modo cúmplice. – Ei, não precisa ficar assim. Eu ainda não te dei o meu presente de Páscoa.

Aquilo não animou Gabriel.

– De que adianta? Não posso mais comer chocolates.

– E quem disse que é isso que vou te dar? – Vicente tirou duas notas de cinquenta reais da carteira e entregou para o menino. – Compre algo legal para você.

– Caramba! – Gabriel ficou excitadíssimo. – Há quanto tempo não vejo uma dessas... Quanto mais duas!

– Faça valer a pena.

Hiperenergizado por conta dos chocolates antes devorados, o menino pôs o dinheiro no bolso do short e saiu correndo para brincar na área externa da casa, seguido pelo Pulguento. Vicente ouviu uma simples inspiração, mas foi o suficiente para concluir que Agatha não havia aprovado a sua atitude.

– Que foi? – Encarou-a de modo ingênuo.

– É assim que vai ser? Eu o proíbo de comer um bombom e você recompensa o moleque dando dinheiro para comprar dezenas de caixas? Sabe, você não precisa comprá-lo, meu filho já mais do que aprovou esse nosso namoro...

Vicente riu.

– Não tem nada a ver. Eu já ia dar isso de presente, de qualquer maneira. O menino quase não pede nada.

Ela suspirou.

– Bom, azar o seu. Aquele lá não guarda dez reais no bolso por mais de cinco minutos. – Bateu nas pernas e ficou de pé. – Vou voltar para a cozinha para ajudar dona Gema e Bianca.

Recebeu dele um olhar contrariado.

– Poxa, mas eu tinha planos para nós... – Deu uma piscadinha.

Os olhos dela se arregalaram, forçados.

– Vicente, ainda nem é meio-dia, pelo amor de Deus.

– Você precisa entender que passei por um grande período de escassez.

– E sobrou para mim colocar o saldo em dia?

– Vai reclamar?

Ela deu um meio sorriso e terminou de tomar o copo d'água, depois enrijeceu o corpo quando viu através da janela um carro entrar pela porteira e seguir pelo caminho de pedras até o casarão. Vicente estudou o seu rosto por um tempo, depois se levantou para ver o que era.

– A minha irmã chegou – anunciou com cautela.

Aliviada, Agatha expirou.

– Ah, é... Tinha me esquecido dela.

Cansado de ver sempre a mesma cena, Vicente ficou de pé.

– Você precisa tratar isso, não pode ficar branca feito uma vela cada vez que algo diferente acontece. Por que não procura um terapeuta?

– Vai passar. – Ela baixou os olhos, sem graça.

A mão dele tocou seu queixo para erguê-lo um pouquinho.

– Eu espero que sim. Você está segura aqui comigo. Não vou deixar ninguém fazer mal a você e ao Gabriel. Me parte o coração ver você com medo toda vez que...

– Manoooo! – Cheia de energia e vitalidade, Sarah invadiu o casarão e largou suas malas no piso. Usava um vestido de alcinha branco que fazia um lindo contraste com sua pele negra. Os cabelos crespos e bem tratados estavam envolvidos por uma faixa colorida, e suas sandálias altas, que favoreciam sua baixa estatura, estalaram no piso quando correu para o irmão. Deu um abraço caloroso no que parecia ser um gigante engolindo-a, depois voltou os olhos negros sob os óculos de aro branco para a mulher parada na sala, com os lábios vibrantes e vermelhos esticados para os lados. – E você deve ser Agatha, muito prazer. Dona Gema já me falou tudo sobre você. Sempre soube que meu irmão tem bom gosto... – Envolveu a estranha num enlace igualmente forte, como se fossem amigas de longa data. – Onde está Gabriel? Larinha veio a viagem toda animada para conhecer o primo postiço.

– Vamos com calma – pigarreou Vicente, um tanto vermelho. Não queria colocar nenhuma pressão sobre Agatha. – Só estamos no começo do namoro.

Após um estalo de boca, Sarah deu uma cotovelada em seu bíceps.

– Ora, não seja tolo! Se deixar escapar um mulherão desses, é porque merece dormir o resto da vida com o seu violão. Cadê dona Gema?

– Está na cozinha terminando os preparativos – avisou Agatha, tonta, observando enquanto Eduardo e a pequena Lara entravam no recinto.

Vicente foi cumprimentá-los e fez as apresentações. Sem pestanejar, Sarah seguiu o aroma fabuloso de bolinho de bacalhau.

– Precisam de ajuda com as malas? – ofereceu-se Agatha.

– Não, pode deixar – recusou Eduardo, polido. – Já estou acostumado a virar burro de carga. Viemos passar dois dias, e sua irmã trouxe o armário inteiro. Eu devia ter me casado com uma mulher mais minimalista.

– Já vi esse filme. – O cunhado riu.

– Tio, cadê o seu novo filho? – perguntou Larinha.

– Lara… – ralhou o pai.

Vicente e Agatha sorriram, encabulados, um para o outro. Ela chegou a abrir a boca para tentar explicar a situação, mas o namorado a interrompeu.

– Gabriel está lá fora brincando com os cavalos. Vá procurá-lo no celeiro.

A menina saiu correndo na mesma hora. Constrangido, Eduardo se virou para o cunhado.

– Me desculpe, sabe como são as crianças… falam sem pensar.

– Imagina – acalmou-o Agatha, escondendo com perfeição a mágoa despropositada que sentiu quando Vicente informou à irmã que ambos estavam apenas "começando o namoro". Tudo bem que era a verdade, mas a rotina em que viviam agora sugeria que eram muito mais do que namorados. Vicente tornara-se seu parceiro, alguém com quem podia contar. E o jeito como se preocupava com cada detalhe da vida de Gabriel, como ajeitava a mochila nas costas dele, como ouvia as suas ideias malucas, como o envolvia em suas atividades masculinas... Agatha observava tudo isso calada, com um sorriso de canto de boca.

Estava sendo uma tola. O que esperava que Vicente tivesse respondido? "Oh, sim, pretendemos nos casar o quanto antes..."

Claro que não. Nem ela mesma tinha certeza se queria aquele tipo de compromisso outra vez. Depois da primeira experiência, duvidava que fosse envolvida pelo fervor matrimonial novamente. Para falar a verdade, ainda estava muito confusa com toda a situação. Tudo bem que dava um jeito de passar cada minuto livre do dia ao lado de Vicente, como um satélite girando ao seu redor. E, quando iam para a cama juntos, o cheiro dele ajudava-a a adormecer mais rápido. E, quando comiam pipoca do mesmo pote assistindo a um filme, sorria ao perceber que ele sempre deixava-a pegar a última mão. E que ficara um dia inteiro ao lado de dona Gema só para aprender a fazer a feijoada do jeito que ele gostava, mas não podia ficar especulando sobre colocar rótulos em seu relacionamento e...

– Agatha!

Ela tomou um susto e fez contato visual com Vicente.

– Que foi?

– Estou te chamando há horas. Eu e Eduardo vamos abrir uma cerveja, você quer?

– Não, não... Tenho muito o que fazer. – Atrapalhada, tropeçou na mesinha de centro e foi andando ressentida para a cozinha, meditando se já não havia entregado o coração ao homem errado mais uma vez.

Se soubesse o que Vicente estava guardando no bolso da calça, talvez não estivesse se sentindo tão insegura.

Capítulo 19

A verdadeira amizade é aquela que nos permite falar, ao amigo, de todos os seus defeitos e de todas as nossas qualidades.

Millôr Fernandes

Entretida, dona Gema colocava uma caçarola sobre o fogão enquanto regalava Sarah com fofocas da cidade, por isso nem reparou quando Agatha entrou, taciturna, na cozinha. Discreta, ela se sentou e ficou observando o movimento à sua volta. Precisava arrumar algo para fazer e não ficar pensando em besteiras. Resolveu lavar a louça que estava na pia. Assim, não acumulariam panelas e pratos após o almoço. Como a empregada já havia tomado a frente de quase tudo na refeição, era o mínimo que ela podia fazer para colaborar: limpar o ambiente.

— E aí? — especulou a velha funcionária com a irmã do patrão, que havia criado desde pequena. — Quando vai dar um irmãozinho para a Larinha?

Mal acabou de fazer a pergunta e ouviu-se um barulho de bandeja estalando no chão. Olharam e viram Bianca catando os talheres.

— Desculpe, eu... — Para espanto de todas, a menina começou a chorar enquanto recolhia. — Eu...

Confusa, Agatha aproximou-se para ajudá-la.

– Bianca, você se machucou?

– Não.

– Essa aí anda muito desajeitada nos últimos dias – comentou dona Gema, voltando a se distrair com os preparativos. Já havia utilizado uma dúzia de temperos e provava a comida a cada cinco minutos para testar. Queria ela própria sentir na boca o que esperava que os convidados sentissem. – Essa semana mesmo, essa mão furada quebrou um jarro antiquíssimo de seu Vicente.

Revoltada, Bianca colocou-se de pé.

– Não foi de propósito! Sou geneticamente estabanada, não posso fazer nada quanto a isso. Pelo menos, não sou tão fofoqueira como você! – E saiu correndo para dentro da casa.

Perplexa, dona Gema ficou parada com a colher de pau na mão, como uma boneca barraqueira de gesso na versão europeia. Sarah também parou com um chocolate a um dedo da boca. Agatha achou melhor ir ver como sua funcionária estava passando e se adiantou, a tempo de ver Bianca subindo para o segundo andar da pousada. Foi atrás dela escada acima e, após um estrondo de porta batendo, encontrou-a chorando jogada em uma cama de um quarto destinado a clientes. A patroa entrou, fechou a porta e aproximou-se com cautela da garota.

– Bia, minha querida, por que você está assim?

Inconsolável, a menina não parava de soluçar.

– Bia…

– Minha vida está acabada! – declarou em voz alta, de modo dramático.

Agatha conteve um sorriso, achando graça do colapso adolescente.

– Por que está dizendo isso? Você é jovem, linda, cheia de saúde…

– Estou grávida! – revelou de supetão. – Minha mãe vai me matar.

Perplexa, Agatha engoliu em seco a notícia. Não soube o que dizer num primeiro momento. Pelo menos, nada muito consolador. Então, era por isso que a risada fácil e contagiante de Bianca estava mais rara nos últimos dias?

– Quem é o pai? – Foi só o que conseguiu perguntar.

– O Jonas, meu ex-namorado.

– Ex?

Bianca encarou-a com fúria.

– Sim, *ex*. Falei com ele no celular e o babaca sugeriu que eu tirasse o bebê.

– Oh, querida, vem aqui... – Voltando a si, Agatha sentou-se na cama e puxou a cabeça dela para o seu colo. – Pois você fez muito bem. Filhos são uma bênção. E aborto é o mesmo que assassinato.

– Também penso assim, por isso vou ter o bebê, mas não posso criá-lo. Não tenho dinheiro suficiente e estou juntando para fazer faculdade, e meus pais mal ganham para se sustentar...

– Não diga bobeira, daremos um jeito. O importante agora é você ficar calma. Não é bom para o seu neném que você fique nesse estado de nervos.

Procurando se controlar, Bianca fechou os olhos com força.

– Eu não consigo evitar. Estou morrendo de medo de contar aos meus pais. Com certeza, vão me expulsar de casa por causa da minha burrice. Fizeram isso com a minha irmã mais velha quando ela engravidou.

Os olhos de Agatha arderam, e ela sentiu um nó na garganta. Viu-se a si mesma, anos antes, na sala de parto, desolada, colocando no mundo um filho de um homem que a agredia e sem nenhuma opção de voltar atrás. Passou as mãos pelos cabelos da gestante à sua frente, para oferecer conforto, algo que ninguém havia feito com ela. Era absolutamente injusto recusar carinho e abrigo a alguém naquela situação, fosse quem fosse. E aos seus olhos, Bianca ainda era uma menina. Tinha traços tão delicados que beiravam feições infantis. Fora isso, sua personalidade ativa e feliz era peculiar à idade, cheia de sonhos e esperanças. Deus do céu... Como seria mãe?

– Não tire conclusões precipitadas – tentou animá-la. – Seus pais podem te surpreender. E eu estarei aqui, caso preciso de mim.

Comovida com a oferta de apoio, Bianca enxugou os olhos. Sentiu uma onda tão grande de gratidão que quis abraçar a patroa.

– Eu gosto de você. Queria que fosse minha irmã. Você não julga ninguém.

Agatha deu um sorriso autodepreciativo ao sair do abraço.

– Isso não é bem verdade. Sou perita em culpar a mim mesma.

– Mas não devia. Você é uma pessoa maravilhosa.

O sorriso de amargura permaneceu.

– Nem todos pensam assim.

– Pois danem-se todos! – enfureceu-se Bianca, somatizando tudo. – Seus pais erraram feio com você. E seu marido, então, nem se fala...

– Eu também errei muito na vida, Bia. Errei muito com eles, por isso sofri.

– Sabe de uma coisa? – A garota sentou-se para olhá-la com firmeza nos olhos. – Eu não tenho pena de você. Minha avó, que Deus a tenha, sempre me dizia que tudo que Deus permite em nossas vidas tem um propósito. Se você não tivesse passado por tudo isso, não seria essa pessoa maravilhosa que é hoje. Você é forte. Passou por tudo e agora está seguindo em frente. Tenho certeza de que ainda vai ser muito feliz. Você merece.

Emocionada com aquela declaração espontânea, Agatha abriu um sorriso terno para a adolescente.

– Você é muito sábia para uma menina da sua idade. Agora use essa sabedoria para compreender esse propósito aqui. – Pôs a mão direita delicadamente em sua barriga.

Bia pôs a mão sobre a dela e acenou com a cabeça que sim.

– Promete que não conta pra ninguém por enquanto?

A patroa fez um xis com os dedos e os beijou.

– Promessa de amiga.

Ambas foram surpreendidas por um grito de alegria de Gabriel fora da casa. Intrigada, Agatha foi até a janela e estreitou os olhos, incrédula. Andando pelo gramado, vinha seu Afonso com uma caixa de papelão debaixo do braço quando as primeiras gotas de chuva começavam a cair.

– Era só o que me faltava...

– Melhor a gente descer para arrumar a mesa. – Aprumou-se Bianca ao avistar a cena, pois tinha conhecimento de que o menino havia feito o convite. – Pelo visto, vai ser uma tarde longa.

– Pois é. – Agatha coçou a testa. – Um pouco mais longa do que eu esperava. Ainda tenho que explicar a Vicente a presença desse antipático convidado surpresa. – Resolveu quebrar o clima. – Acho melhor eu dizer que estou grávida antes de dar a notícia.

Os olhos de Bia se arregalaram.

– Você está?

– Claro que não, mas ninguém se enfurece com uma gestante.

Divertida, Bianca empurrou-a com o quadril.

– Bom saber disso, mas deixa de ser plagiadora. Se for pra ficar contando miséria, arrume o seu próprio drama de Páscoa.

Capítulo 20

Problemas existem para serem resolvidos, e não para perturbar-nos.

Augusto Cury

— Eu sabia que você viria. — Gabriel puxou Afonso pela mão livre para dentro de casa. — O que é isso? — Apontou a caixa.

— É... hã, são os ovos de Páscoa da loja que você me pediu. — O velho sisudo tirou a capa de chuva e pendurou-a no cabideiro perto da porta. Estava bastante acanhado e não tinha a menor ideia do impulso que o levara até ali. A solidão esmagadora, talvez. Nessas datas, ela sempre aflorava. — Estão só os que sobraram. A partir de amanhã, ia tudo encalhar mesmo. A maioria está quebrada.

— Mesmo assim, devem estar deliciosos. Muito obrigado. Vou dividir com a minha nova amiga. — O sorriso de Gabriel foi genuíno.

Vicente apareceu na sala e estacou, com um sorriso estranho.

— Mas o que...

— Esse é meu amigo, seu Afonso — apresentou o menino.

— Eu conheço o *seu* Afonso. — A risada do dono da pousada foi sarcástica quando veio cumprimentá-lo com um aperto de mãos. — Ele me dedurou várias vezes para o meu pai quando eu tinha a sua idade. Como vai o Rodrigo?

Ao ouvir o nome do filho, o velho se retesou.

– Não sei. Não temos nos falado muito.

Vicente preferiu se calar. Havia esquecido a velha rixa entre pai e filho, que era seu amigo de infância.

Segurando a caixa, Gabriel abriu a porta da sala com os cotovelos e foi procurar Larinha na varanda, para dividir o presente.

– Seja bem-vindo... – Afoita, Agatha desceu as escadas e cumprimentou o convidado com dois beijos na face. – Que bom que o senhor veio. Espero que goste de bacalhau. Bianca... – Virou-se para a menina, visivelmente agitada. – Leve-o para a cozinha e lhe sirva um aperitivo.

– Claro. – A garota tocou as costas do velho e conduziu-o sem sutileza à sua frente, mas não antes de se virar para Agatha com uma careta e sussurrar: – Você me deve essa.

A patroa respondeu com uma cara agradecida e virou-se para o dono da casa.

– Olha, me perdoe... Isso tudo foi ideia de Gabriel, que fez o convite sem me avisar. Fiquei sem graça e...

– Ei, calma... – Vicente colocou as duas mãos em seus braços. – Esse velho rabugento estava mesmo precisando de companhia. E onde come um, comem dez. Sou muito amigo do filho dele, mas infelizmente os dois não se falam.

– Sério? Por quê?

– Ambos sempre foram geniosos, e, quando a mãe de Rodrigo faleceu, seu pai piorou. Seu Afonso sente muita falta da mulher. Jamais superou a morte dela.

– Ah... – Agora compadecida, Agatha decidiu que tentaria tornar agradável a vinda do velho senhor. Parecia a coisa certa a se fazer. – Acho que a mesa já foi servida. Vamos?

* * *

Durante o almoço, Sarah dominou a conversa. Estava excitadíssima com o progresso de um grande caso em que estava trabalhando. Também falou sobre a nova casa que estavam construindo, sobre a turma de francês em que Lara fora matriculada, sobre as aulas de piano... A única pessoa que a interrompia era dona Gema, que fazia perguntas indiscretas de vez em quando e tomava uma cotovelada de seu Pedro a cada uma delas.

O primeiro momento de silêncio veio quando Bianca saiu correndo da mesa, para vomitar. Agatha, astuta, distraiu a todos dizendo que a menina já não vinha se sentindo bem desde cedo, quando tomara um iogurte fora da validade, o que gerou uma nova discussão na qual seu Afonso, sentindo-se acusado, garantiu que o produto não tinha sido comprado em seu estabelecimento. Acusou a delicatessen do posto de gasolina de ser displicente com esse tipo de coisa.

Em seguida, dona Gema anunciou a sobremesa: manjar de coco e pavê de café com chocolate. Como a senhora já tinha se levantado várias vezes, Agatha achou melhor ajudá-la e pediu que a cozinheira ficasse sentada. Ela mesma serviria tudo na mesa. No entanto, quando chegou à cozinha, passou cinco minutos procurando por pequenas tigelas para servir. Bianca veio atrás dela.

– Vicente me deve vinte pratas. Apostei com ele que você ficaria perdida.

Agatha riu.

– Está melhor?

– Estou. – Pousou uma mão sobre o ventre. – Mas acho que não vou conseguir sentir o cheiro de bacalhau pelos próximos meses.

– Essa fase vai passar. – A mais velha abria diversas gavetas. – Sabe onde dona Gema guarda as espátulas?

Fez-se silêncio.

– Bia! – Agatha olhou para ela e viu que a menina tinha os olhos vidrados na vista através da janela. Ergueu-se para seguir seu olhar. Já havia parado de chover. – O que foi?

A garota estreitou os olhos.

– Não sei. Por um momento, tive a impressão de que vi alguém atrás de uma árvore. Deve ter sido a minha imaginação.

Um arrepio perpassou a coluna de Agatha.

– Onde foi?

– Atrás da amendoeira de tronco mais largo. Eu devo ter visto coisas.

– Claro que sim. – Com as mãos tremendo, a patroa mostrou os dentes num sorriso mecânico. – Leve essa travessa de pavê para a sala. Já, já, eu vou com o resto.

Assim que Bianca saiu, Agatha pegou um facão que estava molhado. Respirou fundo, sentindo os dedos iniciarem espasmos trêmulos, enquanto o secava com uma toalha. A sensação que estava com ela no início do dia retornou com tanta força que até os pelos de sua nuca se arrepiaram. Reunindo coragem, saiu pela porta da cozinha e seguiu na direção que Bianca havia apontado. Embora ainda fossem três da tarde, o céu estava cinza-chumbo, fazendo com que parecesse mais tarde. Seu coração batia mais forte a cada passada enquanto se aproximava da árvore, mas não podia arriscar. Se Bruno tivesse vindo, ou mandado alguém atrás dela, não permitiria que fizesse nada às pessoas que amava.

Tinha os pensamentos perdidos nisso quando um barulho do lado direito a assustou, travando seus pés na grama. Agatha mirou o conjunto de arbustos que margeava o caminho. O vento começou a soprar, interrompendo o silêncio com o barulho das folhas. Ela esqueceu momentaneamente a amendoeira e aproximou-se dos arbustos. Sobressaltou-se, contudo, quando Luna, a cadela de Vicente, pulou em cima dela.

– Ora, sua louca! Quase me mata do coração! – Com o temor amainado, afagou o pescoço do animal com a mão desocupada. A cadela balançava o rabo de modo frenético. Seu coração desacelerou um pouquinho. No entanto, algo perto das árvores chamou a atenção do animal. Suas orelhas ficaram em alerta enquanto ela olhava naquela direção. Agatha resolveu incentivá-la: – Vai lá, garota. Me mostra se tem alguém ali.

Como se compreendesse o pedido, Luna saiu correndo, cheirando o solo, e embrenhou-se pelo meio da mata fechada colina acima. Com passos rápidos, Agatha seguiu-a até onde pôde, mas o caminho foi ficando penoso quando alguns galhos começaram a arranhar sua pele. Precisou interromper a caçada, esperando que a cadela voltasse. Aguardou por uns cinco intermináveis minutos, e nada. Estava quase indo atrás dela quando sentiu alguém segurar seu ombro. Virou-se e posicionou a faca para a frente.

– Opa! – Vicente deu um salto para trás. – O que é isso? Ficou maluca?

Frenética, a mulher trêmula deixou o objeto cair no chão.

– Oh, Deus, me desculpe... – Abraçou-o, pedindo perdão. – Bianca achou que tinha visto alguém por aqui. Fiquei com medo e decidi investigar.

– Sozinha? – O tom foi de reprovação.

– Luna veio comigo.

Vicente assumiu uma expressão severa.

– E cadê ela?

– Foi farejando colina acima.

O olhar dele se voltou para lá, inspecionando. Não viu nada que lhe trouxesse suspeitas. Resolveu acalmá-la.

– Deve ser um guaxinim. Luna sempre os persegue.

– Vicente...

– Agatha, para! – Segurou-a com rigor. – Você está ficando paranoica.

– Pode ser. – Ela abraçou-o mais uma vez, precisando de segurança. – Não consigo evitar a sensação de que algo horrível está para acontecer.

Com um suspiro, Vicente passou os braços em torno dela, de modo protetor. Pelo visto, teria um longo caminho pela frente para ajudá-la a se livrar dos traumas passados. Seus músculos se contraíam com toda força quando pensava no homem que a ferira tanto. Seria um grande desafio. Mas Agatha valia a pena, disso tinha absoluta certeza.

– Nada ruim vai acontecer. Estamos ótimos aqui. O almoço foi superagradável e até seu Afonso se divertiu com as tiradas de Gabriel.

– Eu sei... – Uma lágrima desceu pelo rosto dela.

– Agatha... – Ele envolveu suas faces nas mãos, hesitante, depois resolveu soltar as palavras de forma contundente e direta. – Sei que parece loucura, nos conhecemos há tão pouco tempo, mas eu amo você...

– Os olhos dela se enterneceram ao ouvir a frase pela primeira vez.

As palavras foram do coração para o cérebro tão depressa que ficou atordoada. – Nunca vou deixar você passar por tudo de novo. Acabou. Confie em mim.

– Eu confio. – Ela beijou a palma de sua mão. – E também te amo. Você e Gabriel foram as melhores coisas que me aconteceram. Tenho pavor de que Bruno faça algum mal a vocês.

Convicto, Vicente mirou bem em seus olhos para dizer:

– Pois então me escute: se um dia fizer, valeu a pena ficar com você. Então, já sabe que não me arrependo de nada. A minha vida também andava cinza antes de eu te conhecer. Meu coração estava vazio. Eu sentia saudades de você antes mesmo de tê-la encontrado.

A declaração desceu como mel quente envolvendo seu peito. *Como fora tola...* Em pensar que poucas horas antes estava preocupada com a consistência de seus sentimentos por ela... Sua breve risada descontraiu-os.

– Quem diria que aquela pedra de gelo que você foi comigo a primeira vez se transformaria nesse poeta... – gracejou, enxugando os olhos.

– Para de zombar de mim.

– Não estou zombando, estou maravilhada. Ninguém me disse coisas assim antes. Hoje eu sei que me conformei com muito pouco.

– Bom. – Vicente abriu um sorriso, lento e largo, que fez algo estremecer no ventre dela. – Fico feliz em ter elevado o seu padrão para homens.

– E elevou mesmo. Em todos os sentidos. – Sorriu, sugestiva.

– Falando nisso... – Os braços dele envolveram sua cintura. Depois beijou o lóbulo de sua orelha esquerda e sussurrou: – Acho que você me deve uma sobremesa, doçura.

– Está maluco! – Ela ficou vermelha, mas soltou um risinho abafado quando sentiu um calafrio. Ele examinou a face dela e riu.

– Pensei que mulheres com mais de 25 anos não ruborizavam mais.

– Palhaço. – Tomou um tapinha no braço. – Está todo mundo nos esperando lá dentro.

Vicente exibiu um olhar maroto.

– Quando você falou em sobremesa mais cedo, não estava se referindo ao pavê...

Rindo, Agatha ponderou por um breve momento. Em tempo algum, havia feito coisas assim por vontade própria. Ele estava sugerindo que fizessem amor ao ar livre? Ficou assustada. Sua vida já havia tido tantos altos e baixos – mais baixos, se a verdade fosse dita – que a ideia da posição papai e mamãe num quarto fechado lhe parecia plenamente satisfatória. Aventuras não estavam em sua lista.

No entanto, precisava admitir para si mesma que o que sentia por Vicente também não era corriqueiro. O cara havia roubado o seu coração em um momento em que isso seria impossível. Fizera com que confiasse em um homem outra vez. E, sendo sincera, como parceiro, estava levando sua vida sexual para outro nível. Era tão preocupado em satisfazê-la, tão atento às suas necessidades... Sendo assim, resolveu trair os próprios planos e aumentar o escopo de suas possibilidades, puxando-o pela gola da blusa. Afinal, estava mesmo precisando relaxar.

– Tudo bem, mas só para você não dizer por aí que sou uma mulher sem palavra. – E, com um prévio sorriso travesso, beijou-o na boca, entregando-se ao momento de prazer e ignorando completamente o clique da máquina que os fotografava.

Capítulo 21

*Ter medo inibe nossas ações.
Vence quem enfrenta
os desafios com coragem.*

Hugo Schlesinger

— Aqui está. — Vicente entregou-lhe naquela noite.

Com encantamento, Agatha acariciou o objeto por um instante, parada em frente à porta de sua casa.

— O que é isso?

— Ora, é a chave da pousada. — Ele deu um meio sorriso, achando graça da reação dela. Ambos sabiam que era muito mais do que isso. Agatha não teria ficado mais encantada se tivesse ganhado um cesto cheio de diamantes. — Eu já queria ter entregue há algum tempo. Considere seu presente de Páscoa.

— Mas por quê...

Vicente abraçou-a pela cintura.

— Quero que você tenha acesso a mim sempre que quiser. Se estiver com medo no meio da noite, pode ir para lá.

Ela encarou-o com gratidão, comovida. Afinal, estavam mesmo caminhando para algo sólido.

– Não quero que se sinta obrigado a fazer isso. Não quero que se sinta invadido.

– Tarde demais. – Ele a beijou num piscar de olhos. – Você já me invadiu por inteiro.

Lisonjeada, ela apertou os lábios.

– Se é assim...

– Agora preciso ir. – Vicente soltou-a e deu um passo para trás. – Quero ficar com a minha irmã por um tempo antes de me deitar. Tem certeza de que não quer dormir comigo por lá, com a gente?

– Por mais tentadora que seja a proposta, não, pois tenho que dar um jeito nas coisas por aqui. E também acho que sua família merece um pouco de atenção exclusiva. Amanhã cedo passo por lá para buscar Gabriel.

– Ele e Larinha se deram superbem... – Vicente parecia satisfeito com a amizade das crianças. Agatha também estava.

– Pois é. Amanhã os dois virão para cá almoçar. Gabriel quer mostrar os animais do sítio pra ela, junto com seu Pedro.

Antes de ir para o carro, Vicente oscilou.

– Se mudar de ideia... – Apontou para a chave.

Agatha apertou-a na altura do coração. Ele insistiu:

– Tem certeza de que ficará bem aqui, dormindo sozinha?

Os braços dela se cruzaram sobre o peito. Tentou impor tranquilidade na voz.

– Não será a primeira vez que Gabriel dorme fora. Vou procurar alguma coisa para ler.

Vicente achou graça.

– Sempre caio no sono quando deito com um livro.

– E eu quando você resolve assistir futebol.

– Tá certo. – Ele voltou para lhe dar um último beijo. Abraçou-a com força. – Eu te amo – sussurrou em seu ouvido. – Qualquer coisa me liga.

O sorriso dela foi terno, mas sentiu um aperto no coração.

– Também amo você, e não hesitarei em chamar o meu cavaleiro de armadura, caso eu precise.

Após um beijo apaixonado, ambos se despediram, e Agatha fechou a porta de casa. Por incrível que parecesse, o medo que havia sentido mais cedo havia se dissipado. Mesmo ali, desacompanhada no escuro, não se sentia desprotegida. Talvez, meditou, olhando a chave que ganhara com um brilho fremente nos olhos, a simples presença daquele pequeno objeto fizesse com que não se sentisse mais sozinha no mundo. Agora, tinha alguém que zelava por ela. Que a convidara para entrar na sua vida.

Seus olhos se enevoaram com essa conclusão. *Emocionada como uma tola*, deu uma risadinha. *Uma tola apaixonada*. Mas estava feliz assim, com uma quentura gostosa preenchendo seu coração.

Sentindo-se plena, resolveu tomar um banho antes de dormir. A noite prometia ser calma e sem tempestades. Isso feito, enfiou-se na cama e pegou um belo romance para ler. Ainda bem que tinha trazido um livro de Jane Austen, pois estava se sentindo particularmente romântica naquela noite. Adormeceu com o livro sobre o peito, pensando em Vicente e em cavaleiros de armaduras brilhantes.

* * *

Na manhã seguinte, antes das sete, a pousada retornou sua rotina normal. Um grupo de trilheiros havia chegado e passaria cinco dias explorando a região. Os quartos foram todos ocupados, e dona Gema já trabalhava a todo vapor no café da manhã para os clientes, que chegaram famintos. Sendo assim, Vicente passou direto pelo salão e foi tomar o seu desjejum na cozinha. Fugia de tumulto logo cedo. Por essa razão, não viu quando Gabriel apareceu e se sentou à mesa com um novo visitante.

Renovada pela noite bem-dormida, Agatha acordou cedo para correr. Em seguida, cuidou dos animais e de sua horta antes de ir para a pousada buscar o filho. Diferentemente do dia anterior, o céu estava claro e sem nuvens, pressagiando um clima de sol e calor. Pretendia passar boa parte do tempo trabalhando nos queijos com Bianca enquanto as crianças perambulavam pelo sítio. Após fazer tudo que precisava, pegou a chave do carro e partiu para buscá-los.

Logo na entrada da Pousada Esperança, avistou dezenas de jipes e soube que a paz do dia anterior já havia se extinguido. Pelo menos, isso ajudaria nas suas vendas. Animada, encheu o pulmão com o ar fresco de abril e apressou o passo para ver se dona Gema estava precisando de ajuda, por isso entrou pela porta da cozinha.

— Bom dia. — Beijou Vicente na cabeça quando chegou. Estava tomando café enquanto lia notícias no celular. — Olá, meninas — dirigiu-se às ajudantes. — Estão precisando de uma mãozinha?

— Está tudo sob controle. — Uma delas piscou, agradecendo.

Com um aceno, Agatha sentou-se ao lado do namorado, cantarolando.

— Dormiu bem? — Ele notou, contente, o estado de espírito dela.

— Maravilhosamente. Faz tempo que eu não me sentia tão renovada.

— Era o que eu esperava ouvir. — O sorriso agraciado se abriu mais ainda. — Neste caso, hoje à noite você dorme por aqui, para gastar essa energia.

— Vou pensar na sua proposta. — Ela piscou, brincalhona, depois mordeu um biscoito de aveia. — As crianças já acordaram?

— Ainda não.

— E sua irmã e cunhado?

— Os dois beberam umas quatro garrafas de vinho ontem. Só vão acordar no almoço.

Conversaram um pouco mais sobre as notícias cotidianas e comeram juntos. Em seguida, levantaram-se para ver se Gabriel já havia acordado. Vicente parou no salão para falar com dona Gema sobre um novo fornecedor que faria entrega naquele dia. Quando se voltou para Agatha, para pegar sua mão, foi como se tocasse uma pedra de gelo. Contemplou seu rosto pálido e viu muitas emoções perpassarem seus olhos. Apreensivo, sacudiu-a pelo ombro.

— Agatha, o que foi?

Um dos olhos dela tremeu.

— Agatha?

— B... Bruno — ela emitiu um gaguejo fraco.

Vicente acompanhou seu olhar, inspecionando os clientes matinais.

— Onde?

— Ali — indicou com uma voz sufocada. — Conversando com Gabriel.

O dono da pousada passou os olhos pelo alvoroço dos turistas e identificou o menino conversando com um deles na mesa. Um homem branco, loiro, de porte atlético, com olheiras profundas abaixo dos olhos azuis encaixados num rosto simétrico. Estava bem-vestido, de camisa polo branca Ralph Lauren, bermuda cáqui acima dos joelhos e sapatênis. Ostentava um relógio caro no pulso, e os cabelos estavam muito bem-aparados. O menino não parecia com medo, mas sim interessado no assunto. Preocupado, olhou uma vez mais para a mulher que amava, cuja visão desfocou por um momento, junto à sensação de desmaio.

— Amor, você está bem?

A resposta dela morreu na garganta, e Agatha petrificou. Em questão de segundos, lembranças aleatórias surgiram em uma profusão de eventos apavorantes: o rosto de Bruno tomado de fúria, os olhos do filho cheios de lágrimas enquanto apanhava, ela jogada no chão, sangrando pelo nariz e olhando o punho implacável se aproximar pela décima vez...

— Minhas pernas estão fracas — balbuciou com esforço. — Minha boca está seca...

— Senta aqui. — Nervoso, Vicente puxou uma cadeira para que ela se sentasse e outra para elevar suas pernas. — Sua pressão deve ter caído. — Olhou para os lados e viu Bianca sair da cozinha com dois pratos de pedidos no braço. — Bia! — interrompeu-a. — Larga isso aí e pega um copo d'água pra mim.

Vendo o estado da amiga, a garota apressou-se em colocar os pratos no balcão de bebidas e obedeceu.

— Não posso ficar aqui sentada — protestou Agatha. — O desgraçado vai levar o meu filho...

Tomando as rédeas da situação, Vicente segurou-a na cadeira.

— Fica calma, Bruno não vai levar ninguém. Eu vou lá resolver isso.

— Não! — Ela se levantou de súbito, e a tontura a fez cair sentada de novo, mas agarrou Vicente pela ponta da camisa. — Eu vou lá assim que me recuperar.

Aturdido, ele se sentou ao lado dela e segurou sua mão, que suava frio. Ajudou-a a pôr o copo com água na boca quando Bia voltou.

– O que houve com ela? – A menina segurou o copo vazio, preocupada com a patroa.

– Nada. Ela já vai melhorar. – Vicente não quis alarmá-la. – O que está fazendo aqui essa hora? Hoje não é seu dia de folga?

– Aqui, sim, mas vim encontrar com a dona Agatha. Vamos para o sítio. Daí acabei dando uma forcinha na cozinha.

– Então, por favor, continue seu trabalho. Assim que Agatha estiver disponível eu aviso você.

A garota assentiu com a cabeça e retomou seu trabalho. Vicente voltou sua atenção para a namorada, que se recuperava do choque.

– Deixa que eu me entendo com o cretino – pediu ela.

– Nada disso. Não vou deixar você sozinha com o monstro. – Vicente girou para trás e execrou-o com o olhar mais uma vez. A fúria era como uma tempestade se formando em seu íntimo, crescendo, ganhando força. Estava se esforçando muito para manter as emoções sob controle. Precisava fazer isso, por Gabriel. Não podia permitir que o menino o visse enchendo o canalha de porrada, como desejava fazer. Por mais que o garoto tivesse demonstrado pouco afeto pelo sujeito asqueroso, ainda era seu pai. Agatha resgatou sua atenção quando pediu:

– Eu prefiro ir sozinha. Não sei se Bruno sabe de nós e tenho medo do que possa fazer com você.

– Eu não tenho medo do covarde, é *ele* quem deve ter medo de mim. Quero matá-lo por tudo que fez com você. E, com certeza, o safado já sabe sobre nós, já que teve a audácia de vir procurá-los aqui.

– Então, vamos juntos, mas só se você me prometer que vai ser cauteloso... – Ela decidiu, pois tinha consciência de que não convenceria Vicente a ficar fora disso. Estava apavorada com a possibilidade de colocá-lo em risco. – Bruno é perigoso e obsessivo, não o subestime.

– Imagino que sim. Por tudo que me contou, eu não me espantaria se ele tivesse um altar com fotos suas. – Segurou de modo firme as mãos dela. – Mas agora você não está sozinha, estamos juntos. O verme terá que enfrentar a nós dois.

Com as pernas bambas, Agatha ficou de pé e olhou na direção do ex-marido. Estudou seu rosto, tentando absorver o que transmitia naquele momento. Parecia relaxado conversando com o filho, quase como uma pessoa normal. Contudo, suas olheiras estavam profundas, a barba por fazer e o rosto um pouco abatido. Talvez, o sofrimento que havia passado longe de Gabriel o tivesse humanizado um pouquinho. As últimas semanas haviam ensinado Agatha a esperar o melhor das pessoas.

Entretanto, esse pensamento otimista durou o tempo suficiente até Bruno, por fim, avistá-la de longe. Assim que seus olhos se encontraram, ele lhe ofereceu um sorriso diabólico. Um sorriso que ela conhecia tão bem. Agatha estremeceu e Vicente fitou-a de lado, percebendo o quanto ficara lívida. A sensação que tinha é de que Agatha sairia correndo a qualquer momento, se não precisasse resgatar Gabriel.

— Não deixe que faça isso com você — murmurou Vicente, para fortalecê-la. — O infeliz quer intimidá-la. Fique firme. Eu estou com você.

Agatha acenou com a cabeça em positivo, mas a tremedeira e sua mão diziam que seus nervos estavam descontrolados. Sua mão parecia queimar segurando a de Vicente, como se estivesse cometendo um crime hediondo apenas por tocá-lo. O sentimento de culpa espalhou-se com intensidade. Era sempre assim que Bruno a fazia sentir-se: em débito. Como se sempre merecesse a punição que lhe estava por vir.

Em passos lentos, ombro a ombro, ambos se aproximaram da mesa, e Gabriel olhou para trás. Quando avistou a mãe, ficou em pé de imediato, como se pedindo desculpas.

— Meu pai queria conversar — justificou-se com o rosto vermelho. — Ele estava com saudades de mim.

A garganta de Agatha ardeu diante da ingenuidade do filho. Bruno era muito convincente quando queria manipular alguém.

— Tudo bem. — Ela tocou em seu rosto. — Agora vá acordar Larinha para a levarmos para o sítio. Preciso conversar com seu pai.

Apreensivo, Gabriel não se moveu. Tinha medo do que pudesse acontecer entre eles, devido ao histórico dos dois. Vicente tocou seu ombro de modo reconfortante.

— Pode ir, eu estou aqui com ela. — *E irei protegê-la*, completou com os olhos.

O menino respirou fundo, sentiu confiança no amigo, depois seguiu para o segundo andar. A interferência do estranho fez Bruno apertar os dentes, porém manteve-se calado. Com os olhos semicerrados, limitou-se a se recostar na cadeira e entrelaçou os dedos na mesa, com uma expressão impenetrável. Deslocou o olhar de um para o outro, observando, enquanto o sangue esquentava: o casal de pombinhos parado à sua frente. Depois focou os olhos em Agatha, como se a reivindicasse para si. Ela paralisou, mas o pai de seu filho rompeu o silêncio.

— Você está corada. O ar dessa cidade tem feito muito bem a você.

— Como me encontrou? — A pergunta saiu de lábios trêmulos que Agatha tentou dominar.

— Sou um homem obstinado.

— E o que quer aqui?

— Vim buscar o que é meu.

— Eu não sou mais sua — afirmou com uma coragem inusitada.

Bruno sentiu vontade de esbofeteá-la ali mesmo, na frente dos clientes. Assim, todo mundo saberia quem mandava na situação. Entretanto, precisava esperar a oportunidade certa. Aí, sim, lhe aplicaria o castigo devido.

— Não estou falando de você — seu tom foi gélido.

O barulho da cadeira se arrastando com violência fez os dois virarem os olhos na direção de Vicente, que se sentou e apoiou os dois cotovelos na mesa, com as mandíbulas contraídas.

— Você não vai levar nada daqui — garantiu com voz firme.

Bruno abriu um sorriso de escárnio.

— E quem é você para me impedir? Isso aqui é assunto de família.

Os olhos de Vicente se espremeram de modo ameaçador.

— Agatha agora é assunto meu! E Gabriel também. Se alguém tentar fazer mal a qualquer um dos dois, descobrirá a sensação de ser enterrado vivo no meu terreno.

— Vicente... — trêmula, Agatha tocou em seu ombro.

— Não! — resistiu ele. — Esse covarde precisa ver que você não está mais sozinha. Tem muita gente aqui disposta a defendê-la.

– Olha... – Bruno recuou um pouco, para espanto da ex-mulher. Pelo visto, não era tão valente quando acuado por alguém maior. – Eu não vim aqui arrumar confusão, só quero levar o meu filho comigo. Ela o roubou. – Apontou um dedo acusador para Agatha. – Já coloquei advogados nesse caso e já estou providenciando uma ordem do juiz para levá-lo comigo.

Com ousadia, Vicente abaixou o dedo dele com um gesto brusco.

– Não me importa o que você vai conseguir, você só leva o Gabriel daqui por cima do meu cadáver. – Deixou a cabeça mudar só um pouco de ângulo. – E, com certeza, o juiz não sabe da história toda, não é? Pois nós também temos uma advogada para cuidar deste caso. Hoje mesmo, ela vai providenciar um mandado para que você fique bem distante dos dois.

Inflando as narinas, Bruno se inclinou para a frente. Os poucos que ousaram confrontá-lo de forma aberta como aquele caipira estava fazendo haviam se arrependido. Ainda mais quando isso era feito na frente daquela mulher. Da *sua* mulher.

– Pois boa sorte com isso; Agatha precisará de provas. Vejo que, na sua ingenuidade, acreditou em tudo que essa vigarista te contou. E mesmo que fosse verdade, a palavra dela não vale nada. Cadê as marcas no corpo? Por que ela nunca me delatou? Pense bem. Deixe de ser idiota. – Tentou plantar a dúvida em Vicente, sem sucesso. – Agatha me ama, por mais que não consiga admitir. Nossa relação sempre foi turbulenta, mas ela me queria assim mesmo. Ela só fugiu para cá para chamar a minha atenção. Pois bem, ela conseguiu. Estou aqui. Mas vim pelo meu filho, não quero essa vagabunda de volta. E, enquanto esse mandado não existir, posso ver Gabriel o quanto eu quiser.

Vicente ficou de pé com ferocidade, chamando a atenção dos clientes à volta, contraindo todo o corpo como um pugilista se preparando para um combate. Não admitiria que o filho da mãe falasse de Agatha daquela maneira.

– Fora daqui. Por enquanto, pelo menos, eu posso te manter do lado de fora da minha propriedade.

Aparentando serenidade, Bruno tirou o guardanapo de pano do colo e pegou a discreta carteira de couro. Não poderia perder a calma, não na frente de testemunhas.

— Preciso acertar a minha conta.

— Não precisa. — Vicente rugiu, doido para se livrar do patife. — Considere isso a única gentileza que farei a você. Se invadir o meu terreno de novo, eu não respondo por mim.

Bruno olhou para Agatha com desdém enquanto se levantava e colocava a carteira de volta no bolso.

— Sujeitinho bastante rudimentar. Combina com você. — Encarou Vicente mais uma vez. — Amanhã à noite passo aqui para ver Gabriel, com ou sem a sua permissão. Se não quiser que eu entre aqui, mande-o para fora.

— Nada disso. Eu o levo até onde você está hospedado e fico lá esperando para trazê-lo de volta.

Bruno sorriu com sarcasmo.

— E dar a você o gostinho de saber onde me encontrar para me dar uma surra? Nada disso. Meu motorista pode vir buscar o menino.

— Eu o levo para você. — Agatha tentou intervir, pois não estava gostando do rumo das coisas. — Se não veio buscar confusão, por que não quer nos dizer onde está?

— Acho melhor assim. Rio Preto é um bom lugar para se esconder. — Encarou-a com argúcia nos olhos. — Pelo menos, foi o que me disseram. Acho que agora é a minha vez de brincar de esconde-esconde.

— Não quero brincar de nada com você. Vamos resolver isso como adultos. — O tom dela foi apelativo.

— Acredite. — Ele apertou os olhos. — Isso é o melhor que posso fazer com você, por enquanto. É muito ruim quando alguém lhe arranca o que é seu. Vou tomar mais cuidado daqui pra frente. — Virou-se para Vicente. — A propósito, você deveria fazer o mesmo. — Com essa evasiva, Bruno foi andando em direção à porta, com a metade das mulheres do local analisando-o com os olhos fascinados.

No mesmo momento, as pernas de Agatha enfraqueceram ainda mais e ela precisou se sentar. Foi como se ouvisse um alarme soar nos ouvidos, avisando que seu tempo de calmaria havia acabado. Mas, no fundo, aquilo já era esperado. Era só uma questão de tempo para aquele inferno voltar para sua vida. Afinal, ambos tinham um laço eterno por causa de Gabriel.

Tentando passar segurança, Vicente colocou as duas mãos em seus ombros, mas ainda tremendo de fúria. Agatha estava prestes a ter uma crise de choro quando Bianca, ofegante, veio correndo até eles.

– Seu Vicente...

– Bianca! – Ainda aturdida, Agatha brigou com ela quando viu sua agitação. – Você não pode correr nesse estado...

– Que estado? – Vicente uniu as sobrancelhas.

– Estou com o tornozelo torcido – mentiu a menina, muito sagaz. – Seu Vicente, eu... – Parou de falar enquanto sacudia as mãos, extremamente nervosa.

– Fala, menina!

– É a Luna.

Ele sentiu um arrepio.

– O que tem a Luna?

– Ela havia sumido desde ontem, mas agora dois de seus funcionários a encontraram.

– E onde ela estava? Por que você está tão nervosa?

– Porque... – A garganta dela fechou e seus olhos ficaram úmidos. – Sua cachorrinha está morta.

Capítulo 22

*Compara-se muitas vezes
a crueldade do homem à das feras,
mas isso é injuriar estas últimas.*

Fiódor Dostoiévski

— Ela foi encontrada com um galho enfiado na barriga – esclareceu um dos funcionários, cheio de pesar. – Deve ter caído por cima dele e, como não teve ajuda, sangrou a noite toda.

— Só a encontramos quando vimos os urubus por aqui – completou o outro. – Eu sinto muito, patrão.

Com o coração partido, Vicente observava sua companheira fiel, imóvel sobre o solo. Estavam juntos havia mais de dez anos, desde quando Luna nascera. Ela era filha da cadela de seu pai, que sempre dizia que quem encontra um amigo encontra um tesouro, mas se esse amigo tivesse quatro patas seria ainda melhor. Era a grande oportunidade de conhecer um amor verdadeiro, puro e desinteressado, que não pedia nada em troca.

E foi isso que Vicente experimentou: um amor incondicional, recheado de lambidas ao pé da orelha, olhares confidentes, companhia constante e amizade verdadeira… Sua cadela conquistava até mesmo quem não curtia cachorros. Quantas vezes tinha ouvido um amigo dizer: "Não gosto de cachorro, mas gosto da Luna." Ela era alegre e ocupava todos os cantos do sítio... Diversas vezes fizera-o rir quando queria chorar, em especial após o seu acidente. Lambia suas lágrimas, como se pedindo que parasse, acompanhava-o pelas madrugadas em claro, quando tocava violão... Luna era a sua sombra. Seria uma dor difícil de curar.

Como alguém pudera ter coragem de fazer uma coisa daquela? Examinou, afetado, a profundidade do corte na barriga que já havia pulado muros mais altos do que ele. Costumava dizer que Luna era mais astuta que um gato. Jamais cairia de barriga em alguma coisa afiada sem recuar imediatamente sobre as patas traseiras. Não. Aquilo não fora acidente nenhum, fora um aviso. Um aviso de Bruno para que não interferisse em seus planos. Certamente, o maldito havia envenenado o animal antes de forjar a cena ridícula. Entretanto, sua atitude havia sido em vão. Vicente não estava disposto a recuar. Ao contrário, a raiva que sentia no momento só lhe dava certeza de que jamais deixaria Agatha e Gabriel nas mãos daquele sujeito violento outra vez.

Estava de pé, desolado, com as duas mãos enfiadas no bolso da calça, enquanto Agatha chorava à sua direita, inconsolável. Assim que viu Luna morta, ela cobriu o rosto e reprimiu um soluço. Vicente não conseguiu consolá-la. Não naquele momento. Estava ele próprio de luto. Sua dor e cólera gritavam muito alto. Seus olhos se demoraram sob o corpo.

– Leve-a daqui – ordenou ao funcionário, minutos depois. – Enterre-a ao lado da mãe.

Penalizado, o rapaz assentiu com a cabeça, pedindo a ajuda do amigo para carregar o animal para o local indicado pelo patrão. Agatha assistiu à cena e puxou o ar, com a mão sobre o ventre. Depois, virou-se para Vicente com uma tristeza indizível nos olhos.

– Me perdoe. Isso tudo é culpa minha.

Ele passou a mão pela testa.

– Claro que não.

– É, sim. Eu senti que alguém estava por aqui ontem. Fui eu que a mandei atrás dele.

– Agatha, seu ex-marido é um psicopata! – Vicente se exaltou.

– Eu sei, e não devia ter envolvido todos vocês nisso... Eu preciso fugir. – Virou-se para ir embora.

– Espera! – Vicente a segurou pelo cotovelo, parecendo furioso. – É isso que você vai fazer o resto da vida, fugir?

– Se for preciso...

– Pois eu não vou permitir. Você vai morar aqui. – A decisão estava tomada.

– O quê? – Agatha assustou-se com a proposta, confusa pelo terror. – Não, não posso pensar em dar um passo tão grande neste momento. Largar a minha casa, minhas obrigações... quer dizer, ter a chave da pousada é uma coisa, mas vir morar aqui... Nem sei se quero me casar algum dia...

Se ficou decepcionado com a resposta, Vicente não demonstrou.

– Então, você vai morar aqui por um tempo – afirmou, surpreso pela profundidade do seu desapontamento. – Pelo menos, até isso tudo se resolver. Acabou a conversa.

Amedrontados, os olhos dela se fixaram nos seus. O medo de quem seria a próxima vítima espicaçando-a.

– Você não entende... Não posso fazer isso. Hoje, Bruno matou a Luna; amanhã, pode ser um dos cavalos... Ou até mesmo você.

Vicente não se mostrou abalado com a perspectiva de uma carnificina.

– Vou reforçar a segurança da pousada e acionar o delegado da cidade. Minha irmã irá comigo. Bruno não vai vencer dessa vez.

Vulnerável, frágil, Agatha olhou-o com gratidão.

– Eu não mereço você. Por que está fazendo tudo isso por mim?

– Pensei que já soubesse a resposta. – Ficou por um tempo em silêncio, pensativo, antes de perguntar: – Você realmente o amava?

Envergonhada, ela baixou os olhos. De fato, hoje, Bruno parecia alguém impossível de se amar.

– No início, sim.

– Quer voltar para ele?

Os olhos dela se arregalaram.

– É claro que não!

– Quer que eu fique ao seu lado?

– Por que está perguntando tudo isso? Como pode imaginar que eu voltaria para aquele homem depois de...

– Responda. – A voz de Vicente foi dura. Agatha não entendeu o tom ríspido, mas se viu respondendo:

– Sim, eu quero que fique comigo. E fico muito ofendida que você ainda tenha essa dúvida.

O namorado virou-se de frente para ela.

– Não foi para mim que você respondeu isso, foi para *você*. O medo que você tem de Bruno paralisa seu bom senso. Perto dele, você não sabe o que quer. Então, responda em voz alta: Você quer voltar para aquele monstro?

– Não.

– Fale mais alto.

– Não! – gritou ela.

– Então lute! – Vicente segurou firme em seus ombros. – Eu estou aqui para você, mas já te conheço há tempo suficiente para saber que você não precisa de ninguém que te defenda. Há força dentro de você. Onde está aquela menina ousada que enfrentou os pais para ir atrás do que queria? Traga ela para fora, Agatha, precisamos dela aqui. Bruno já te tirou muitas coisas na vida, não permita que ele roube quem você é de verdade. Vamos derrubar esse cara por meios legais. Mas, primeiro, preciso que você esteja convicta do que quer.

– Eu só quero ter paz. – Ela tornou a chorar, sem forças. Após um suspiro, Vicente baixou a voz.

– E você vai ter, eu prometo. Mas, antes disso, precisaremos enfrentar essa batalha juntos. Depois, eu prometo que vou fazer você esquecer todo o sofrimento que passou. Você será a mulher mais feliz desse mundo. Confia em mim?

Rendida, ela passou os braços em torno da sua cintura e afundou o nariz em seu peito. O cheiro dele lhe passava segurança.

– Eu confio. E prometo tentar trazer a velha Agatha de volta.

Vicente acariciou sua cabeça com o queixo.

– É assim que se fala.

– Vicente? – Num susto, ambos olharam para o lado e avistaram Gabriel, com os olhos vermelhos, segurando Pulguento. Não tinham se dado conta da sua aproximação. – Eu soube da sua cachorrinha. – A voz do menino estava embargada.

Agatha se afastou do namorado, enxugou os olhos e veio para perto do filho.

– Foi um acidente terrível, querido. Mas Deus sabe o que faz.

Gabriel encarou-a sério por vários segundos, e ela se perguntou o quanto o garoto já teria deduzido sozinho. Era muito inteligente e conhecia bem o pai. Em seguida, ele chegou mais perto de Vicente.

– Toma. – Estendeu Pulguento no colo. – Eu posso conseguir outro cachorrinho.

Aquela oferta tocou o coração de Vicente no íntimo. Era testemunha do quanto o menino já havia se afeiçoado ao cachorro. Corriam juntos para todo lugar. Era mais fácil Gabriel esquecer o chinelo do que deixar para trás seu fiel escudeiro. Abaixou-se para encarar o amigo.

– Tenho uma ideia melhor – sugeriu. – E se a gente compartilhar nossos animais?

– Como assim? – Gabriel enxugou os olhos.

– Você e sua mãe vêm morar aqui, daí o Pulguento vira meu e meus cavalos viram seus. O que acha?

Animado, Gabriel olhou para a mãe.

– Você deixa?

Ela deu um sorriso fraco e acenou com a cabeça que sim, mas o garoto fechou o rosto, preocupado.

– E o nosso sítio? E os outros bichos de lá?

Vicente o acalmou:

– Seu Pedro vai cuidar de todos, pode deixar. E você pode visitá-los de vez em quando. Eu mesmo te levo lá.

– Então, tudo bem. – Drama esquecido, o menino sorriu. – Posso ficar com o quarto ao lado do seu?

– Pode escolher o quarto que quiser.

– Eba! – Num impulso, Gabriel largou o cachorrinho e jogou os braços em volta do pescoço de Vicente. Agatha se surpreendeu com o quanto o menino queria aquilo. Ele recuou o rosto e ofereceu: – Eu deixo você dormir com o Pulguento hoje, para matar a saudade da Luna. Não quero que fique triste.

Emocionado, Vicente afagou a cabeça do garoto.

– Obrigado. Isso significa muito para mim.

E foi naquele momento que Vicente soube que nunca mais deixaria o menino partir.

Capítulo 23

As pessoas entram na nossa vida com um propósito: ou para construir ou para destruir.

Pedro Bial

Quer dizer que a vaca havia reconstruído sua vida naquele fim de mundo e achou que podia simplesmente deixá-lo para trás, seguindo em frente para onde quisesse? Pois muito bem, ele lhe daria uma boa lição. Ao vê-la ter a desfaçatez de aparecer de mãos dadas com outro homem, Bruno desistiu da ideia de entregá-la à polícia pelo rapto do filho. Isso seria muito pouco. A vadia merecia mais. Muito mais. E quando um Albuquerque decidia se vingar, até o diabo se sentava para aprender.

Jamais havia sentido tanto ciúme. Se Agatha tivesse pego uma faca e o cortasse do coração ao ventre, não teria doído tanto. Tinha vontade de apertar seu pescoço por ainda ter o poder de feri-lo. Alguma coisa nela despertava esse sentimento que o fazia sentir-se impotente, fraco.

Congratulou a si mesmo, pois deveria ganhar a porra de um Oscar por ter encenado tamanho autocontrole. Para seu desespero, Agatha estava linda. Sua pele havia se tornado mais quente, mais brilhante, mais aquecida... quase cor de damasco. E era aquele desgraçado quem estava tirando proveito disso. Isso não era justo, Agatha era *sua*. O que era de Vicente também estava guardado.

Furioso, despejou uma carreira de pó branco sobre o espelho na mesa. Talvez, os dois já estivessem juntos havia muito tempo, rindo nas suas costas. Deviam ter se conhecido na internet, numa dessas salas de bate-papo... *Maldita vaca asquerosa!* A cena do casal de traidores juntos em alguma suíte suja no Rio de Janeiro, enlaçados na cama, tramando tudo, deu-lhe vontade de estrear sua nova arma.

Convicto disso, arrependeu-se amargamente de não ter espancado mais a piranha da última vez. Ninguém enganava Bruno Albuquerque e saía ileso. Suas mãos ardiam agora, mas precisava esperar o momento exato, quando então lhe daria uma lição que a mãe de seu filho jamais esqueceria. Ela o havia humilhado, tido o descaramento de ir embora sem deixar um bilhete sequer. Não devia tê-la deixado fora da sua vista. Era uma puta! Ou melhor, pior do que uma. Pois as prostitutas recebiam um salário pelo que faziam e se conformavam com isso. Era um acordo honesto, de ambos os lados. Mas sua esposa o havia traído da pior maneira possível. Ela queria a separação? Pois preferia vê-la morta. De preferência, pelas suas próprias mãos.

Atormentado, terminou de arrumar a cocaína no espelho com movimentos competentes e experientes. Precisava relaxar. Como sempre, encostou o dedo mindinho no pó e depois esfregou-o contra as gengivas. Em seguida, inalou-o pelo canudo e inclinou a cabeça para trás. O efeito veio rápido. Instantes depois, sentia-se poderoso, jovem e invencível, com uma intensa necessidade de vingança.

Capítulo 24

Porque aquilo que eu temia me sobreveio; e o que receava me aconteceu.

Jó 3:25

Gabriel adormeceu sem dificuldades em sua primeira noite no quarto novo. Ao seu lado, na escrivaninha, havia um livro aberto com a história do Rei Davi. Ele o havia ganhado de dona Gema que, quando soube de tudo que acontecera, atribuíra a situação a Deus para que Agatha e Vicente aproveitassem o momento para se unirem e formarem de vez uma nova família. Estava de dedos cruzados por isso desde que colocara na cabeça que ambos precisavam um do outro. Orava por eles havia algum tempo.

Vicente tinha vindo dar boa-noite quando avistou o menino dormindo. Com um sorriso curto, permitiu que Pulguento pulasse de seu colo com agonia e se aconchegasse aos pés de Gabriel, coçando as pulgas. O cachorro passara cada minuto em seu quarto arranhando a porta e tentando sair para procurar seu dono. Por fim, Agatha, que estava com enxaqueca devido aos acontecimentos do dia, pediu a Vicente que libertasse o animal e o levasse para o novo quarto do filho.

De mansinho, Vicente puxou as cobertas para cobrir o garoto e alisou sua cabeça com um aperto no coração. Tinha medo de perdê-lo, receio de que precisasse voltar a conviver com o pai violento. Decidiu que faria de tudo para proteger aquela criança, não importava o que isso lhe custasse.

Em seguida, voltou para o quarto, onde Agatha já estava dormindo. Adiantou-se, tirando a camisa, e sentou-se à beira da cama. Ficou olhando para ela, sentindo uma onda de amor tão grande que parecia que podia sufocar. Para ele, não havia ninguém como ela. Aquela mulher havia preenchido um grande espaço em sua vida, um espaço que ele nem sabia que queria que fosse preenchido. Se tivesse que lutar ao lado dela, lutaria. Se tivesse que suplicar para que se casasse com ele, suplicaria.

Sentiu os olhos arderem ao correr os olhos pelo seu corpo delicado, observando cada membro que já deveria ter sido espancado até a roxidão. A pele que já devia ter cicatrizado diversas vezes. Viu uma dessas pequenas marcas no braço esquerdo, perto do cotovelo. Teria sido um machucado feito em alguma travessura de criança ou fruto da agressão de um covarde? Mal podia pensar em tudo que ela já havia passado sozinha nas mãos daquele animal. Então, abaixou-se e comprimiu o rosto exausto contra o pescoço que pretendia amar e cuidar para que nunca mais fosse tocado de modo rude.

– Prometo que não vou permitir que o canalha toque em você outra vez – disse baixinho, mais para si mesmo.

Isso dito, roçou um beijo carinhoso por sua têmpora, despiu-se e caiu no sono.

Na madrugada seguinte, Agatha acordou descabelada, pálida e com olheiras. Mal havia conseguido dormir. Antes de abrir os olhos, alimentou a esperança de que o dia anterior tivesse sido um pesadelo, mas, quando se viu na cama com Vicente deitado ao seu lado, soube que tudo fora verdade. Sentiu um grande mal-estar. Vicente dormia um sono profundo, provavelmente estafado. Vestia apenas uma cueca boxe e estava sem a prótese. Agatha ficou admirando-o por um momento, imaginando se a decisão de morar ali não traria mais consequências ruins para a vida daquele homem que merecia, no mínimo, a sua gratidão, além de paz e segurança. Afinal, no acidente, Vicente já havia perdido uma parte da perna, mas agora poderia perder muito mais...

Amaldiçoou a si mesma por ser tão egoísta. No entanto, que escolha tinha? Ficar sozinha no sítio esperando ser atacada? Voltar para Bruno? Estremeceu ao pensamento. Se fosse só por ela, faria o sacrifício. Mas não podia submeter Gabriel àquela vida terrível de novo. Estava em uma encruzilhada.

Infeliz, beijou a lateral da cabeça de Vicente e resolveu se levantar para tomar um banho. O dia prometia ser longo. Eles e Sarah haviam planejado ir à delegacia, onde ela contaria tudo que vivera ao delegado para se proteger, e Vicente pediria indicação de seguranças licenciados para a pousada. Mais prejuízos para o pobre coitado.

Cansada, arrastou-se até o banheiro. Quando olhou-se no espelho, teve vontade de chorar, mas ficou com medo de piorar a dor de cabeça, pois o latejamento atrás de seus olhos persistia. Comprimiu as mãos contra o rosto, depois as abaixou, abriu o chuveiro e entrou sob o fluxo de água morna. Entorpecida, encostou a palma das mãos na parede de azulejos e deixou que a água se chocasse com a pele. Após a ducha, arrumou-se e desceu para a cozinha para tomar um café. Como seu próprio carro estava no sítio, havia vestido sua roupa de corrida. Pretendia acelerar a pé até lá, buscar seus pertences principais e retornar com seu carro para a pousada, onde iniciaria essa nova fase de sua vida.

Buscando uma fuga para os pensamentos, analisou o terreno pela janela, imaginando se Vicente se importaria se ela inaugurasse uma nova horta em algum lugar por ali. Por via das dúvidas, traria sementes e também todos os utensílios para fazer os queijos e as compotas. Que Deus a ajudasse, pois precisava trabalhar para manter a mente ativa, ou iria enlouquecer. Tentaria não atrapalhar o andamento das atividades da pousada, por isso talvez trouxesse seu próprio fogão da próxima vez.

O sol já começava a despontar, tímido, no horizonte. Encorajada pelo silêncio da manhã, terminou de beber sua xícara e saiu pela porta da cozinha, onde trombou com dona Gema.

– Ai! – Com a mão no coração, a senhora deu uma risada.

– Desculpe. Estava tão entretida em pensamentos que não ouvi você chegando.

– Imagina. – A velha deu duas batidinhas maternais em seu ombro, recuperando o fôlego. – Aonde vai essa hora?

– Correr. Aproveitando, vou buscar minhas coisas e trazer o meu carro para cá.

– Sozinha?

Agatha acenou com a cabeça que sim. A face da empregada tornou-se austera.

– Seu Vicente não vai gostar nada disso.

– Eu não vou demorar.

– Não tem medo de encontrar aquele homem?

Agatha esboçou um sorriso sem alegria.

– Se tem uma coisa que sei sobre o Bruno, é que não acorda cedo. Então, não corro o risco de cruzar com ele pelo caminho.

– Bom. – A funcionária deu de ombros. – Você que sabe. Vou andando para começar a preparar o café dos hóspedes. As ajudantes já chegaram?

– Não.

Dona Gema bufou de modo dramático.

– Aposto que ficaram até tarde nessa tal de internet. E depois reclamam quando eu não deixo atender telefone aqui. É um tal de tecla-tecla... Parece que ficam hipnotizadas.

Agatha riu.

– É a nova geração. Assim que eu voltar ajudo você.

– Vai com Deus, minha filha.

Agatha partiu, esticando os braços para cima e inspirando o ar puro da manhã. O caminho até a porteira da pousada foi receoso, mas não havia ninguém à volta. O silêncio a encorajou, e ela seguiu a passos rápidos para o sítio. Respirou fundo quando começou a acelerar o ritmo. Ah, quietude matinal... Já havia se acostumado ao ritmo lento da pequena cidade, onde várias de suas qualidades haviam florescido. Como a habilidade com botânica, por exemplo. O gosto por cozinhar, que cada dia ficava mais apurado. Riu com orgulho da imagem mental de seu último risoto de cogumelos. Quem diria que chegaria a esse nível? E como pôde ter encontrado prazer em fazer algo tão simples?

Houve uma época em que estar frequentemente em livrarias ou eventos culturais sofisticados fazia com que sentisse sua alma mais nobre. Mas, agora, ao despir as pessoas de suas características elitistas, percebeu que precisava de muito menos do que isso para ser plena e feliz. Conversar com pessoas simples, ajudá-las de perto, abrir o coração, interagir... Isso, sim, fazia a vida valer a pena. Pois, na verdade, todos precisávamos uns dos outros, uma hora ou outra. Ela era a prova viva disso. E estar ali sozinha para meditar a respeito fazia sentir-se mais perto de Deus. Por isso apreciava tanto aquele momento em particular, quando podia sentir a pulsação do próprio coração, respirar, ouvir a si mesma. Orando em silêncio, pediu que um dia conseguisse perdoar Bruno por tudo que lhe havia feito, pois, no fundo, ele era uma alma perturbada.

Quando chegou em casa, seus pés estavam queimando dentro dos tênis. Ela os descalçou antes de entrar e deixou-os na varanda, junto com as meias. Estava suada e com sede, por isso foi direto à cozinha jogar uma água no rosto e beber um pouco de água. Logo após, retornou para a sala, onde abriu uma gaveta e pegou um bloco de notas e uma caneta para anotar tudo que precisava levar. Sentou-se no sofá para escrever. Decidiu que também deixaria um bilhete para seu Pedro, que viria à tarde, com as tarefas do dia. Depois riu de si mesma, como se o velho não soubesse seus afazeres melhor do que ela. O homem zelava tanto por aquele pedaço de terra, que parecia mais dele do que dela. Pensava nisso quando foi surpreendida por Bruno saindo de seu quarto, espreguiçando-se.

– Não acredito que trocou nossa cama king size por essa maca.

Ao ouvir sua voz, Agatha saltou do sofá como se tivesse sido disparada de um canhão.

– Bruno...

– Bom dia, querida.

O café que ela havia tomado mais cedo ameaçou voltar pelo estômago.

– O que está fazendo aqui?

– Estava te esperando. Afinal, a residência é da família.

– Essa casa é *minha*. – Ela o corrigiu. – Só minha. E quero você fora daqui.

– Isso aqui não é uma casa, é um estábulo – desdenhou ele, fazendo um movimento leve em sua direção, mas Agatha recuou. Seu coração tornou-se uma britadeira vibrando em seu peito. Seu instinto lhe dizia para escapar.

– Não chega perto de mim!

– Calma...

– Eu estou falando sério. – Saindo do transe, ela avançou para a gaveta onde guardava a arma e a puxou, mas estava vazia.

– Está procurando por isso? – Bruno tirou a pistola do cós da calça e balançou-a no dedo indicador. Sua voz era agradável, afetuosa, e estava provocando calafrios em Agatha. – Eu estava com saudades dessa belezinha. – Ela ficou gélida e Bruno riu. – Não fique com ciúmes. Eu também estava com saudades de você. Fiquei imaginando tudo que faria assim que te encontrasse. – Fingiu estar reflexivo por um momento. Na verdade, já estava entorpecido e impaciente, pois passara a noite acordado, em frenesi. – E agora, que sei que você não sentiu a minha falta, fiquei ainda mais criativo.

Apavorada, Agatha virou-se pensando em correr para a porta, mas Bruno deu um tiro na parede, paralisando-a.

– Pode ficar quietinha, querida, temos muito que conversar. – Em duas passadas, ele foi até lá e trancou a fechadura, depois colocou a chave no bolso da calça. Quando fungou e passou o dorso da mão no nariz, Agatha soube que tinha usado drogas. Conhecia bem a eterna gripe do viciado. – Depois de tanto tempo separados, um casal precisa de um pouco de privacidade, não é? E não se preocupe com isso. – Tirou as duas últimas balas da arma e jogou-as no chão da cozinha. – Desde quando precisei de arma para dar um trato em você?

O primeiro golpe foi desfechado diretamente no rosto, rápido como um raio, derrubando Agatha no sofá. O corte na língua encheu a sua boca de sangue em segundos. Através de um nevoeiro de dor, ela tentou gritar, mas Bruno jogou a arma na mesa e chutou-a na costela, interrompendo o pedido de socorro. Depois socou-a no peito. Agatha tossiu, espirrando sangue no chão.

– Durante toda a noite, durante toda a porra da noite, fiquei aqui esperando você enquanto trepava com aquele canalha. – Segurou-a pelo ombro, deixando uma trilha vermelha nos pontos apertados pelos dedos. – Acha mesmo que o caipira se importa com você? Acha mesmo que Vicente vai te dar a boa vida que eu te dei? Ele só queria se divertir. – Largou-a com violência. – Você não vale nada!

Com dificuldade de respirar, Agatha encolheu-se toda, gemendo de dor.

– Por favor, não me bata. Vamos conversar... – Curvou-se com a mão sobre a barriga e com a outra tentou proteger o rosto, mas Bruno não queria conversa. Para enfatizar isso, chutou-a no quadril mais uma vez.

– Fui obrigado a pagar para ver um vídeo de vocês dois trepando no meio do mato como dois animais! O detetive me mostrou. Acha que isso é justo comigo? – Começou a golpeá-la de todo jeito com o punho, com uma fúria brutal. Queria puni-la de uma maneira que a vadia jamais esquecesse. Quando se cansou, começou a tirar o cinto de forma metódica. – Comigo, você sempre foi uma vaca fria, inútil, por isso eu tive que procurar outras mulheres. A culpa foi *sua*. Mas você não teve motivos, eu sempre estava ali disposto para você. Mas você preferiu variar o cardápio, não foi? Por isso você merece ser punida. Faço isso para o seu próprio bem.

Agatha mal sentiu os golpes quando ele começou a chicoteá-la repetidas vezes com a tira de couro. Ganiu. Nenhuma outra surra havia sido tão ruim. Tão intensamente dolorosa. Toda a extensão da sua pele ficou em chamas. Em uma pausa, Bruno puxou-a pelos cabelos para que olhasse direto em seus olhos.

– Achou mesmo que poderia me abandonar? Pois muito bem, espero que tenha se divertido com esse corpinho, pois não fará nada com este pedaço de carne por um bom tempo. – Jogou-a contra o sofá com violência e ouviu-se um estalo. Agatha sentiu uma pontada aguda na lateral do tronco.

– Eu odeio você... – O medo e a dor vibravam com tanta intensidade em seu organismo que ela só conseguiu sussurrar entredentes. – Pode me bater o quanto quiser. Assim terei bastante provas para mostrar ao delegado.

Se tinha esperança de que sua ameaça o deteria, a gargalhada de Bruno não foi muito reconfortante. Ainda mais encolerizado, ele se abaixou e abrandou a voz ao dizer:

– E quem disse que você verá o delegado?

Dito isso, voltou a surrá-la com mais força. Um dos olhos de Agatha já não se abria, de tão inchado, mas ela pôde ver que os dele estavam vidrados e desvairados. Então ela soube, por decifrar a sua expressão, que Bruno ultrapassaria todos os limites daquela vez.

Deus, proteja o meu filho...

Sem forças, ela parou de lutar. Sua consciência flutuou para bem longe, indo e vindo. A parte de seu intelecto que registrava que seu agressor era louco silenciou quando seus membros entorpeceram. Um mar vermelho pareceu cobri-la, sufocá-la, empurrá-la para baixo. Havia desobedecido à ordem do pai... Sua mãe havia morrido por causa dela... Deixara Gabriel apanhar... Merecia ser punida. Tudo nela parecia se desmanchar em dor. Até mesmo puxar o ar para respirar era como se dezenas de facas estivessem sendo enfiadas em seu tronco.

Segundos depois, seu peito começou a sacudir com tremores violentos e Agatha desmoronou desacordada do sofá ao chão, convulsionando. Só então Bruno lambeu a mão com o sangue dela, sorrindo de modo maquiavélico, e mandou seu segurança vir para ajudá-lo a levar o corpo.

Capítulo 25

*Não espere saber o propósito
de tudo, faça as coisas do
seu jeito e elas assumirão seu sentido.*

Guilherme Rosa da Silva

Espreguiçando com os braços para cima, Vicente olhou seu celular ao lado da cama. Deu um rápido toque na tela, que acendeu. Já eram quase dez horas da manhã. Como podia ter dormido daquela maneira? Não era de seu feitio apagar tanto assim. No entanto, o dia anterior havia sido intenso. A fadiga emocional devia tê-lo abalado.

Respirando fundo, passou a mão no lençol ao lado, onde Agatha havia dormido. Sentiu uma quentura por dentro. Ela agora ocuparia permanentemente aquele espaço. Durante toda a sua vida, havia tido várias mulheres deslumbrantes em sua cama. No entanto, nenhuma o fizera pensar no futuro. Jamais se imaginara permitindo que nenhuma delas invadisse a sua rotina, tomasse conta de sua cozinha, brigasse pelo banheiro, dividisse o espaço com ele no armário... Também nunca se imaginara indo por livre e espontânea vontade para uma igrejinha daquelas de filme, como nos Estados Unidos. Somente com Agatha. Ela, sim, uma vez que tinha seu coração nas mãos, poderia tomar conta do que quisesse. Queria protegê-la, apoiá-la. Compensá-la pelos anos de sofrimento.

Pensando nisso, resolveu se levantar. Tinha muitos compromissos no dia, pois pretendia ir à delegacia para garantir a segurança de todos. Tomou um banho rápido, colocou a prótese e, minutos depois, apareceu já arrumado na cozinha, procurando por Agatha e Gabriel. Nenhum dos dois estava em meio aos clientes na sala. Dona Gema o recebeu com uma xícara de café fumegante, divertida.

— Bom dia, patrão. Ou seria boa tarde?

Ele agradeceu a bebida dando-lhe um beijo na testa.

— Você podia ter me derrubado da cama. Tenho mil coisas para fazer.

— Imagino que sim.

— Onde está Gabriel?

— Deve ter ido à escola.

Coçando a cabeça, Vicente puxou uma cadeira e sentou-se à mesa, com um semblante aborrecido.

— Esqueci que ele tinha aula. Não quero mais que vá sozinho. A partir de amanhã, acordarei mais cedo para levá-lo.

— O menino vai adorar. É apaixonado por você.

O dono da pousada sorriu num átimo antes de beber o café. O calor da bebida queimou de forma agradável seu estômago.

— Também nunca gostei tanto de uma criança — confessou à dona Gema.

— Eu sei. E até hoje eu estou aguardando o meu "muito obrigado" pelo serviço de cupido.

Rindo, Vicente mordeu um pedaço de bolo e indagou de boca cheia:

— Por que eu deveria lhe agradecer? Não tenho culpa se Agatha não resistiu aos meus encantos...

— A-han, sei... — Dona Gema ocupou-se de tirar mais um bolo do forno. — Se eu bem me lembro, você estava matando cachorro a grito antes de eu te dar esse empurrãozinho. Estava ou não estava?

Constrangido, Vicente baixou o pedaço de bolo na mão.

— Não que isso seja da sua conta, mas sim.

— Eu sabia... — A velha deu uma risadinha, incorrigível.

– Por falar nisso, onde está a sua nova patroa?

Os ombros dela enrijeceram, e o sorriso sumiu do rosto.

– Bem, é... – Fingiu estar muito atrapalhada com a vasilha de leite para responder. Vicente achou aquilo esquisito.

– Fala, mulher!

– Agatha foi ao sítio buscar algumas coisas. Disse que volta logo. – Tentou imprimir um tom tranquilo à resposta. No fundo, já estava preocupada com a demora.

Os músculos de Vicente ficaram tensos, e ele sentiu um embrulho no estômago. Jogou a comida no prato, irritado, e ficou carrancudo em segundos, como se mudasse um canal de tevê. Pelo visto, teria que lidar com essa teimosia obstinada de Agatha de sair sem lhe dar satisfação. Agora compreendia o que ela sentia quando reclamava de Gabriel.

– Quanto tempo faz isso?

– Umas quatro horas. Mas sabe como é mulher, deve estar tentando socar todas as suas coisas no carro.

A adrenalina tomou conta dele, junto com a má premonição. Tentou afastá-la. Pegou o celular e ligou para o número do novo celular de Agatha. Chamava, mas ninguém atendia. Vicente apertou os botões tantas vezes que parecia estar digitando em código Morse, até que perdeu a paciência.

– Eu vou lá atrás dela – avisou.

– Mas Vicente...

– Se eu não voltar em meia hora, liga pra polícia.

Dona Gema se arrepiou, largou o pano de prato na pia.

– É melhor você não ir sozinho... – Mas o patrão já pegava o casaco e as chaves, e saía pela porta.

Quando Vicente chegou ao estacionamento em frente à pousada, viu que sua picape estava fechada por vários jipes. Chutou um deles e xingou os clientes baixinho. Afoito, correu para a estrebaria. Abriu a porta da cocheira com violência, o que fez um dos cavalos dar um salto para trás. Com agilidade, selou e montou em Hisíodo e, em seguida, cavalgou depressa em direção ao sítio de Agatha. A cada segundo seu coração batia mais forte. Um carro preto cruzou com ele em alta velocidade, assustando o cavalo. Vicente estalou a boca e fez o animal seguir em frente.

Quando chegou, o carro dela estava parado na porta. Tudo parecia muito quieto, nenhum movimento de mudança. Tremendo, Vicente desceu do cavalo e caminhou para a varanda, abrindo e fechando as mãos ao lado do corpo. Encontrou a porta da sala fechada, assim como as janelas, e gritou por ela uma vez enquanto tentava forçar a maçaneta. Esbarrou nos tênis de Agatha perto da entrada e abaixou-se para pegá--los. Ainda estavam úmidos. Fora este sinal de vida, havia apenas o barulho dos pássaros. Aflito, socou a porta várias vezes com força, o coração acelerado. Não houve retorno. Angustiado, deu a volta na casa e começou a vasculhar a área externa do sítio. Agatha poderia estar cuidando dos animais.

Agarrando-se a esse arremedo de esperança, subiu desabalado o terreno, ofegante, mas não avistou ninguém. Suas pernas doíam, seu peito arfava e um suor frio escorria por suas costas. Suas ideias permaneceram em branco por dez segundos, buscando alternativas. Tinha medo de pensar no pior. Se Bruno tivesse encostado um dedo sequer em Agatha, ele o mataria ali mesmo.

Apertou os dentes, pensando no que fazer, depois voltou os olhos de novo para a casa. E se ela estivesse caída lá dentro, precisando de socorro? Arfando, se adiantou para lá. Quando chegou perto, não pensou duas vezes; pegou um tronco que estava jogado no chão e bateu-o contra a janela de trás da casa, que abriu num estrondo. Vicente largou o pedaço de árvore e pulou para dentro.

– Agatha, cadê você?

Foi recebido por um silêncio pétreo. Não havia ninguém lá dentro. Aflito, passou os olhos pelos cantos da casa, tomado por um enjoo absurdo. Suas terminações nervosas ficaram em alerta quando distinguiu um buraco na parede. Parecia ter sido feito por um tiro. Aterrorizado, esquadrinhou o chão, em busca de sangue. Abaixou-se para enxergar melhor. Não distinguiu nada vermelho, mas uma parte do piso parecia ter sido limpa recentemente. Tocou aquele ponto e, conforme temia, sentiu os dedos úmidos. Cheirou a mão em seguida;

era álcool. Tentou dizer a si mesmo que Agatha poderia ter derramado alguma coisa e limpado havia pouco tempo, mas seu coração se partiu ao meio quando viu uma pequena marca de sangue no estofado do sofá. Seu corpo todo enfraqueceu e seus olhos se obscureceram de dor. Fechou-os com força.

– Agatha, meu amor. Onde você está?

Após alguns segundos de extrema angústia, Vicente abriu os olhos, se levantou e foi para o quarto. A roupa de cama havia sumido. Escancarou as portas do armário e descobriu que estavam vazios. Sentiu uma forte tontura e precisou se sentar na cama. Dentro do peito, o coração palpitava acelerado, pensando em possibilidades terríveis. Mas não houve muito tempo para especulações. Logo lembrou-se de Gabriel e, num pulo, disparou para fora de casa, montou no cavalo e trotou em direção à escola.

Uma hora depois, Vicente chegou em casa, tirou o casaco e pendurou-o na cadeira da cozinha. Estava ainda mais arrasado. Gabriel não tinha ido ao colégio. Tinha cavalgado como um louco por toda a cidade e não havia sinal do menino, de nenhum dos dois. Agatha e o filho tinham desaparecido. Sua irmã o recebeu com um abraço consolador, ao lado de Jadiel, o delegado, que já estava inteirado do caso através dela.

– Estávamos te esperando. – O rosto de Sarah estava preocupado.

– Ele a levou. – Inconsolável, Vicente se sentou e pôs os cotovelos na mesa, as mãos seguraram a cabeça. Sentia-se um fracassado por não ter conseguido protegê-los daquele louco. – Bruno os levou...

Penalizada, ela alisou suas costas.

– Vamos achá-los e trazê-la de volta.

– Não é tão simples assim – avisou o chefe de polícia, sendo cauteloso. – Ainda não sabemos se ela foi levada à força.

Aquelas palavras estalaram como golpes de chicote em Vicente.

– É claro que foi! – berrou, numa fúria impotente. – O cara é maluco! Matou a minha cadela.

– Você tem provas disso?

Fora de si, Vicente deu um soco na mesa.

– Não preciso de provas, *eu sei.*

– Amigo... – Jadiel sentou-se à sua frente, procurando manter a calma. Já tinha visto casos como esse. – Muitas mulheres têm crises com o marido e se afastam por um tempo para chamar atenção. Pode ser que eles tenham se entendido...

Vicente balançou a cabeça que não.

– Agatha não partiria sem me avisar...

– Ela pode ter ficado com vergonha.

– Não. – Sarah o interrompeu. – Eu vi o jeito que ela olhava para meu irmão. Estava louca por ele. Precisamos ajudá-la. Ela pode estar em perigo.

– Eu vi sangue no sofá – relatou Vicente, arrasado com a lembrança. – Nem sei se ela ainda está viva.

Todos ficaram quietos por dois segundos, perplexos após a informação.

– Você esteve na casa dela? – indagou o amigo. – Tem a chave de lá?

– Arrombei a janela.

Agora preocupado, Jadiel cobriu o rosto com as mãos.

– Cometeu invasão a domicílio e espera que eu faça o mesmo?

– Eu e ela estamos juntos! – Vicente arrastou a cadeira e ficou de pé. Não estava suportando ficar ali parado. – E ela agora mora aqui. Temos esse tipo de liberdade. Jadiel... – Tocou no ombro do delegado de forma suplicante, com um olhar torturado. – Nos conhecemos desde pequenos, sabe muito bem que eu não mentiria sobre um assunto tão sério nem seria iludido por uma mulher qualquer. Você precisa me ajudar...

De fato, Jadiel tinha Vicente em alta conta. Eram amigos de infância. Em deferência a isso, respirou fundo antes de dizer:

– Tudo bem. Me passe tudo que sabe sobre os dois e verei o que posso fazer. Tem o nome dela completo?

Constrangido, Vicente balançou a cabeça que não. O delegado arregalou os olhos.

– Como pode morar com alguém que não sabe o nome?

– Não me liguei nisso. – Vicente ficou irritado com o próprio relapso. Estava a ponto de cair em prantos. – Mas podemos conseguir tudo na escola de Gabriel.

– Tudo bem. – O chefe de polícia balançou a cabeça, no fundo, satisfeito por ter algo vagamente emocionante para investigar. – Vou dar uma passada lá agora. Assim que tiver notícias, eu ligo. E quando completar 48 horas de desaparecida, mandarei alguém ao sítio com um mandado de busca. Mas já vou avisando que Agatha está bastante encrencada. Ela fugiu com o filho e, caso o marido dela queira dar queixa, poderá até perder a custódia.

– Mas ela era agredida por ele. – Sarah ficou revoltada, a testa se vincando sobre os olhos.

– Mas, como você mesma afirmou, ela não deu queixa. Não é fácil provar esse tipo de coisa. E, provavelmente, se Agatha foi mesmo embora, todo esse processo deve correr lá pelo Rio.

– Ache a Agatha – solicitou Sarah, convicta. – O resto você deixa comigo.

Jadiel fez um aceno positivo, bateu nas costas de Vicente e se levantou. Com a mão apoiada no revólver no coldre, partiu. Dona Gema aproximou-se, acariciando seu braço.

– Se aquele cretino tocar em um fio de cabelo da minha menina, eu mesma acabo com ele – afirmou.

Resignado, Vicente olhou através da janela.

– Você vai ter que entrar na fila.

Capítulo 26

*Se estiver passando pelo inferno,
continue caminhando.*

Winston Churchill

Saindo das profundezas, Agatha fez um esforço para se mexer e entrou em pânico quando não distinguiu em que posição estava. Não sentia nenhum de seus membros, apenas uma dor difusa na base do pescoço. Tinha ciência de que estava machucada, mas não o quanto. Imagens indistintas iam e vinham em sua cabeça: O rosto de Vicente. Sangue. A risada de Gabriel. O punho de Bruno. Seus pés correndo sobre a terra batida. O cinto... Com medo, tentou chamar por alguém, mas não conseguiu encontrar sua voz, que ficou presa na garganta. Os lábios não respondiam. Talvez estivesse morta.

A esse pensamento, o desespero aflorou. Não podia morrer. Tinha um filho que precisava dela. Todos os seus instintos maternos entraram em ação. Usando o máximo da sua força, empenhou-se em abrir o olho que não estava coberto pela faixa de pano, para descobrir onde se encontrava, mas era como se seus cílios estivessem costurados. Angustiada, gemeu baixinho; nesse momento, alguém passou a mão delicadamente em sua face.

– Descanse, querida. Está tudo bem agora. Você voltou para mim.

A voz de Bruno, embora suave, a fez tremer. O pânico emergiu para a superfície. Investindo contra isso, ela entregou-se à escuridão outra vez, para fugir do pesadelo. Contudo, passou a noite toda navegando entre sonho e realidade por efeito dos sedativos. Quando ameaçava despertar, Bruno sempre falava com ela. Ficou ali por horas e horas, garantindo que a esposa estava bem, bancando o marido amoroso como sempre fazia após um ato de crueldade. Afirmando que, a partir de agora, cuidariam um do outro.

Nervosa, Agatha sentia-o segurando seus dedos. Tinha medo de fazer algum movimento errado e de seu raptor interpretar como rejeição, uma vez que podia tornar a surrá-la, e ela, com certeza, não sobreviveria. Sendo assim, ela não se moveu. Ficou presa em sua batalha silenciosa. Seu rosto adorável e delicado estava, em parte, enfaixado. O corpo coberto de ferimentos sob os lençóis de seda.

Só recuperou a consciência total quase 30 horas depois, ao amanhecer, por causa da claridade. Sentia os braços e as pernas pesados. Com muita dificuldade, trouxe a mão até o tronco enfaixado e sentiu as bandagens por cima dele. O medo preencheu seus pulmões, sufocando como fuligem. Cautelosa, abriu o olho descoberto. Bruno dormia em uma poltrona ao seu lado, o peito nu, vestindo a calça do pijama e segurando um controle remoto. Para quem não o conhecia, era um homem de beleza arrebatadora, com o tórax muito bem-torneado. Podia transitar entre o smoking e o jeans, sem abandonar sua presença impressionante. Para ela, porém, certas variedades de vermes lhe eram mais atraentes no momento.

Todo o seu ser sentia repugnância por ele. Queria vê-lo enterrado vivo. Atormentada, tentou se mover e sentiu fisgadas insuportáveis por todo o corpo. Precisou fechar os olhos para assimilar a dor; era atordoante. Doía respirar. Era melhor não se mexer por enquanto. Precisava encarar o problema: estava refém. Tentaria manter a mente sã para pensar no que fazer, em como fugir. Abriu os olhos de novo, tentando detectar onde estava. Ao seu lado, havia uma cômoda com medicamentos e um copo com água. À sua frente, uma tevê pendia no suporte da parede, ligada no volume baixo. Pôde inspirar um cheiro estranho no ar, de álcool, fumaça e alguma coisa que não era tabaco. A cortina da janela se moveu com o vento, chamando a sua atenção, e Agatha entreviu um feixe de luz amarela sobre o gramado. Neste momento, reconheceu. Estavam na casa de Teresópolis, onde costumavam passar duas semanas em julho. Ela não tinha ideia de como tinha ido parar ali, no quarto de hóspedes. Fez uma oração rápida e fervorosa para que seu filho estivesse a salvo em outro lugar, de preferência com Vicente. Levou um susto quando sentiu um dedo passando pelo contorno de seu queixo.

– Enfim, a Bela Adormecida acordou. – Com ar tranquilo, Bruno roçou o dorso da mão em sua bochecha, emitindo o sorriso cintilante que deliciava várias mulheres. – Seu príncipe esteve aqui o tempo todo com você.

Pávida, Agatha não reagiu. Ordenou a si mesma para ser prudente em seus atos, tremendo toda.

– Não tenha medo – murmurou ele, percebendo que o rosto dela parecia ter sido picado por várias abelhas, de tão inchado. Precisaria providenciar para que não fosse vista em público por um bom tempo. – Não vou mais te machucar. Eu trouxe duas enfermeiras para cuidar de você, e um médico amigo do meu pai ficou aqui de plantão nas primeiras 24 horas. Garantiu que você vai se recuperar. Você entende por que precisei fazer isso, não é? Você me pressionou com essa sua escapulida.

Agatha não respondeu. Tinha a boca dilatada e a língua dolorida. Além disso, Bruno tinha pavio curto antes do café da manhã, e ela não queria irritá-lo. Tinha vontade de cuspir em seu rosto, repugnada com o seu descaramento, mas manteve a feição calma. Surpreendendo-a, ele esticou o braço e ficou brincando com as pontas de seus cabelos. Seu tom de voz era carinhoso e conciliador.

– Sei que tivemos nossos problemas, magoamos muito um ao outro – prosseguiu ele. – Mas agora vamos deixar isso tudo para trás. Eu amo você e sei que também me ama. Desabafei com o doutor Cláudio, o médico que está cuidando de você. É amigo do meu pai e me conhece desde pequeno. Ele também já passou por esse tipo de coisa com a mulher, por isso me compreendeu... E me aconselhou. Supôs que você fez tudo isso porque estava com ciúmes de mim. Era isso, não era? Mas eu prometo, não vou mais estar com ninguém além de você... – Riu em sua orelha, um rumor baixo que a deixou arrepiada. – É bom saber que também sente esse tipo de coisa por mim, me faz sentir amado. – Pegou seus dedos rígidos e comprimiu-os contra os lábios. – Sei que aquele desgraçado seduziu você. Mas o safado terá o que merece.

Ao ouvir as referências depreciativas a Vicente, Agatha sucumbiu. Como se partes dentro dela se despedaçassem. Não podia permitir que Bruno lhe fizesse nenhum mal.

– Eu voltei para você – grunhiu ela com esforço. – Esqueça o Vicente.

Bruno apertou os olhos, mas depois suavizou-os de novo.

– Eu vou esquecer, se você permanecer como uma boa esposa ao meu lado. – Atenuou a mordacidade das palavras com um beijo na testa. Agatha pensaria duas vezes antes de desafiá-lo de novo.

A ideia de passar o resto da vida ao lado daquele homem a fez desejar a morte primeiro. No entanto, a lembrança do filho tornou a perspectiva de suicídio menos atraente.

– Onde está Gabriel? – perguntou com dificuldade.

– Está com meus pais. Meu motorista pegou nosso menino no caminho para a escola e o levou para lá.

– Ele me viu assim?

– Não.

– Ele foi por livre e espontânea vontade? – A pergunta foi vazia, uma vez que ela conhecia a resposta.

– Nosso filho está bem – avisou Bruno, contrariado, embora não tivesse muita certeza, pois não vira o garoto desde que o mandara para a casa dos pais.

– Não quero que ele me veja assim.

– Não vai ver. – Bruno se levantou, ressentido, reforçando o nó da cintura da calça. O fato de Agatha sempre colocar o filho como prioridade aborrecia-o bastante, por isso resolveu afastá-los por um tempo. Eram as *suas* necessidades que precisavam estar em primeiro lugar para a mulher. Faria com que Agatha entendesse isso. Uma esposa devia cuidar do marido. Reunindo o que julgava ser paciência, passou as duas mãos nos cabelos loiros. – Vou chamar a enfermeira que está de plantão para trocar os curativos e aplicar os remédios. Enquanto isso, pense a respeito de como melhorar nosso casamento, para variar. Se tivesse feito isso antes, não estaríamos com todos esses problemas.

Agatha respirou fundo, sentindo a dor das equimoses e dos ferimentos. Precisava jogar o jogo dele se quisesse manter Vicente em segurança. Com esse pensamento, assim que ele se afastou a dois metros da cama, chamou-o baixinho.

– Bruno... – De costas para ela, o marido revirou os olhos. Depois inclinou a cabeça para trás enquanto se virava, com um olhar entediado. – O que foi?

– Eu vou fazer isso.

– Fazer o quê?

– Me esforçar para consertar nosso casamento.

Os olhos azuis se tornaram brilhantes, depois desnorteados, por fim amargos.

– Está falando isso para proteger Vicente?

– Não – protestou ela, tentando ser o mais convincente que podia. – Eu errei com você. Estava mesmo com ciúmes das outras. Mas agora quero salvar a nossa relação.

Houve um lampejo de ternura no rosto dele, mas ainda relutante.

– Fico feliz que você tenha entendido isso. Faça a sua parte que eu farei a minha. Vou chamar a enfermeira.

Quando Bruno, para seu alívio, saiu, lágrimas lentas e silenciosas, que se espremiam entre as pálpebras inchadas, desceram pelos olhos de Agatha.

Então era isso. Estava condenada a passar o resto de seus dias ao lado daquele monstro, para o bem de todos. Talvez fosse mesmo melhor para Gabriel ir para um internato e ficar longe daquela loucura, pois o mau gênio de Bruno não tardaria a explodir outra vez. Consciente disso, viu-se completamente sem esperança. Só lhe restou fechar os olhos, rastejando para dentro de si mesma e desaparecendo na escuridão.

Capítulo 27

Até que o sol não brilhe, acendamos uma vela na escuridão.

Confúcio

Duas semanas depois, Vicente viu-se entrando na igreja, após o que pareceu muito tempo. Para seu agrado, estava completamente vazia. Não costumava ser um devoto ou coisa do tipo, muito menos achava que precisava estar dentro de um templo para falar com Deus, mas sentia necessidade de estar sozinho e ali parecia o local apropriado naquele dia. Além do quê, tinha contas para acertar com o Todo-Poderoso.

Sua aparência estava debilitada. Os olhos, circundados por manchas escuras, e a barba crescia livre no rosto. Emagrecera a olhos vistos. Sem notícias de Agatha e Gabriel, sentia um buraco profundo na alma. Mal conseguia cavalgar. Para qualquer lado da pousada que olhasse, lembrava-se deles. Quando não estava lá, ia para o sítio, onde seu Pedro, compadecido, ajudava-o a vasculhar pistas sobre o paradeiro dos dois. Suas buscas, porém, haviam sido inúteis, a não ser por um bonequinho da Tartaruga Ninja que Gabriel deixara caído no celeiro. Quando o encontrou, Vicente ficou com os olhos úmidos e guardou o brinquedo no bolso da calça. Andava com aquilo o tempo todo, como se fosse um amuleto.

Jadiel chegou a encontrar o endereço de Bruno no Rio de Janeiro, mas foi informado pelos funcionários da casa que a família havia viajado de férias. Vicente ignorou a informação e foi para lá. Ficou de sentinela na porta do prédio por dias, até que o cansaço o venceu e o fez retornar para casa, de mãos vazias.

Quando o delegado, condoído do sofrimento do amigo, decidiu investigar mais a fundo e entrou em contato com um colega de mesmo cargo da cidade fluminense, este aconselhou que ele não se metesse com a família Albuquerque. Uma ameaça clara nas entrelinhas. Honesto que era, Jadiel ficou ainda mais apreensivo, por isso não recuou. Continuou investigando o caso por conta própria. Entretanto, durante essa espera, Vicente definhava, imaginando o que teria acontecido com eles.

Sentado no banco de frente para o púlpito, apoiou a cabeça nas mãos.

Será que me enganei com ela, meu Deus? Será que Agatha voltou para Bruno por vontade própria? Ou será que está esperando que eu vá ajudá-la?... Por favor, me diga o que fazer... me diga onde ela está... me mostre se Gabriel está bem...

Não houve nenhuma resposta, apenas o silêncio. O peito de Vicente ficou em chamas, e ele bradou em voz alta.

– Será possível que não pode me ajudar uma vez sequer?

Após a explosão, ficou ali em prantos por cerca de 15 minutos, padecendo terrivelmente. A imagem de Agatha estava gravada em sua cabeça como uma foto, revelada e arquivada. A necessidade que tinha dela o consumia. Envelhecia duas vezes mais a cada segundo sem notícias. Já havia repassado suas conversas dezenas de vezes, buscando algum resquício de que ela pudesse estar mentindo sobre o que sentia por ele. Não encontrou. Estava prestes a se levantar e ir embora quando ouviu uma voz.

– Vicente?

Após enxugar os olhos, olhou para cima e encontrou Marcos, que segurava uma pasta transparente cheia de papéis. O pastor ainda era jovem, meros dois anos a mais que Vicente. Havia assumido o comando daquela congregação ao lado da esposa, no último outono. Ambos só se conheciam de acenar ao longe, nunca tinham conversado, mas, como em toda cidade pequena, sabiam um pouco um sobre o outro.

– Bom dia, pastor. Eu já estava de saída.

– Não, por favor. – O reverendo esticou a mão à frente. – Não quero atrapalhar suas orações.

– Eu já terminei.

Intrigado com a sua aparência sofrida, o sacerdote observou-o com atenção.

– Tem alguma coisa em que eu possa te ajudar? Vejo que está meio abatido...

Constrangido, Vicente massageou a nuca. Não costumava falar sobre seus problemas com pessoas que mal conhecia, não importava quem fosse.

– Estou passando por uma fase difícil... – Pretendia parar aí, mas, quando viu Marcos sentar-se ao seu lado, seu coração acelerou e os lábios continuaram de modo involuntário. – Uma pessoa que eu amo sumiu e não consigo encontrá-la.

– A senhora Agatha, mãe daquele menino loirinho?

Cabreiro, Vicente encarou-o.

– Como sabe?

– Dona Gema está sempre aqui aos domingos. Ela veio falar em particular comigo sobre o sumiço da amiga. Estava muito aflita. Oramos por Agatha juntos.

Por alguma razão, Vicente se sentiu confortado quando soube que mais alguém estava orando por ela. Esfregou o rosto de modo cansado, depois fitou o homem ao seu lado com os olhos nublados de tristeza.

– Eu estou desesperado. Já fiz de tudo para encontrá-la. Tenho medo do que possa ter acontecido.

– Por causa do ex-marido violento... – O pastor já estava inteirado das coisas. – É uma situação muito difícil, de fato. Ela não mandou nenhuma notícia, não deixou nenhum bilhete quando se foi?

SEM OLHAR PARA TRÁS 199

– Não. Nada. Cheguei a ir para o Rio até a casa deles, mas alegaram que estão viajando. Tenho medo de que o canalha tenha feito algo grave com um dos dois... Gabriel é só uma criança. – Vicente tornou a pousar a cabeça nas mãos.

– Tenha fé. – Marcos tocou em seu ombro. – A fé é a certeza das coisas que se esperam, e não das que se veem.

Sem querer, Vicente deu um sorriso sarcástico.

– Se a fé resolvesse as coisas, todo mundo teria o que queria.

O ministro retribuiu o comentário com um sorriso compreensivo. Sempre ouvia a mesma coisa.

– Não é bem assim. Crer por crer, muita gente crê, mas isso não significa que a fé dessas pessoas seja boa. A sua é, você está pedindo pela proteção de uma pessoa. E isso é lícito.

– Eu quero ter fé, mas não consigo. – Vicente era pura amargura. – Meu coração se espreme mais a cada dia sem notícias dela. É como se a presença de Agatha aqui tivesse sido um sonho distante. Isso está me massacrando...

– Eu sei. – O reverendo assentiu. – Por isso mesmo sugeri que creia, mesmo sem ver, que ela está bem. Mesmo que você não receba notícias ainda. Deus está cuidando dela, acredite.

– E se ela estiver machucada? E se ela estiver precisando de mim? Eu me sinto tão impotente... – Era isso o que mais o estava matando.

– Pois não se sinta. – Marcos tentou acalmá-lo, colocando sua pasta de lado. – Às vezes, Deus permite que as pessoas passem por certas provações porque quer algo delas, ou então quer *fazer* algo com elas. Por isso, nem sempre nos permite intervir. Sei que parece cruel, mas quando o plano dEle se concretiza, tudo faz sentido... – Quando viu que Vicente suspirou de desânimo, o pastor se levantou e foi até um armário atrás do púlpito. Em seguida, voltou de lá com uma Bíblia nova nas mãos. – Olha, colocar a nossa fé em Deus é como preencher um cheque. Antes disso, precisamos conhecer o saldo, ou seja, tudo o que Deus prometeu para nós. Se esperamos algo que Deus prometeu, então, podemos esperar com certeza. – Entregou a Bíblia de presente a Vicente, que segurou-a, por cortesia. – Paulo diz que a fé vem de ouvir a Palavra de Deus;

isso só prova que a fonte da nossa fé não vem de nós mesmos. E não podemos crer naquilo que desconhecemos. Aquele que, mesmo possuindo uma Bíblia, não a lê, está se abstendo desse alimento. Acredite, a prática do evangelho é muito melhor do que seu conhecimento raso. Enquanto estiver passando por esse momento difícil, ore e leia a Palavra. Isso te fortalecerá.

Vicente mirou o volume nas mãos, pensando no quanto odiava ler. Porém, na situação presente, faria qualquer coisa que amenizasse aquela dor surda no peito.

– Não sei muito bem como orar. Na verdade, nem sei mais se acredito que existe um Deus olhando por nós. Eu vejo tanto sofrimento à minha volta...

Marcos suspirou, compadecido de seu desamparo.

– A dor é uma grande ferramenta de ensino, Vicente. Deus disciplina os filhos que ama. Assim como pais terrenos também disciplinam seus filhos para exercitá-los no caminho certo. Em vez de nos ressentirmos contra a disciplina de Deus, devemos apreciar o cuidado dEle para conosco, que nos ama a ponto de nos corrigir. A dor muitas vezes nos protege, como a sensação de dor quando tocamos um objeto quente e aprendemos a não mais fazer isso. Se a dor não fosse sentida, resultaria em maiores danos. No livro de Hebreus está escrito que *Toda disciplina no momento não parece ser motivo de alegria, mas de tristeza. Depois, entretanto, produz fruto pacífico aos que têm sido por ela exercitados, fruto de justiça.* O salmista também reconheceu o valor das adversidades em sua própria vida quando disse: *Antes de ser afligido, andava errado, mas agora guardo a tua palavra... Foi bom eu ter passado pela aflição, para que aprendesse os teus decretos.*

Cheio de ceticismo, Vicente balançou a cabeça em negativa.

– Você está falando sobre quando somos disciplinados. Mas, e quando não fazemos nada para gerar o sofrimento?

Marcos ficou mais ereto e pousou o braço no encosto do banco.

– A Bíblia diz, em Gênesis 1, versículo 31, que, quando Deus criou o mundo, viu que tudo nele era bom. Não foi sua intenção original que as pessoas sofressem. Deus criou o homem à sua própria imagem. Isso não quer dizer que nos pareçamos fisicamente com Deus, pois ele não tem um corpo carnal. Significa apenas que o homem tem consciência racional e livre-arbítrio para determinar seus próprios atos. O padecimento entrou no universo em consequência da escolha do homem de pecar, quando Adão e Eva *decidiram* desobedecer. Devido à sua desobediência, Deus os julgou. E um dos aspectos desse julgamento foi trazer dificuldades sobre eles e os seus descendentes. Ou seja, todos nós. Felizmente, nosso Deus é amor e enviou o seu único filho para nos aliviar dessa carga. Jesus sofreu e morreu para que, um dia, não haja mais dor e lamentações. Só que nem todos recebem esta graça.

Ainda inconformado, Vicente olhou para a cruz pregada à parede.

— Eu já conheço essa história, pastor, mas se Deus é o Todo-Poderoso, não podia ter impedido que o homem pecasse desde o início?

— Claro que podia. — Marcos olhou para o mesmo ponto do ouvinte. — Ele poderia ter criado robôs que recitassem "Eu te amo" sempre que desse corda nas suas costas. Mas não era esse tipo de relacionamento que buscava ter conosco. Em vez disso, Deus preferiu criar os homens à sua imagem e semelhança, que o amassem de livre escolha, assim como Ele nos amou desde o começo. E escolhas precisam de consequências, boas ou ruins. Uma escolha sem consequência não seria autêntica. E, na maioria das vezes, consequências sofridas geram bênçãos. O sofrimento é sempre resultado do pecado humano, direta ou indiretamente. Por exemplo, o sexo fora do casamento e feito de forma leviana pode causar doenças terríveis. A ira descontrolada faz com que outros sofram. Não vivemos mais no paraíso, mas num ambiente amaldiçoado por causa do pecado.

— Mesmo assim, me parece injusto. — Vicente voltou os olhos ressentidos para o ministro. — Por que pessoas boas e inocentes como Agatha sofrem?

Marcos franziu as sobrancelhas.

— Algumas vezes, pessoas boas também erram, não é? Afinal, foi ela quem escolheu se unir ao marido no começo de tudo. — E saber isso destruía Vicente. — Como eu disse, todos sofrem as consequências de suas escolhas. Outras vezes, sofrem por erros cometidos por outros.

E, às vezes, sofrem simplesmente porque vivemos num mundo que foi amaldiçoado por conta dos pecados da humanidade. Mas aqueles que amam a Deus podem sempre encontrar benefício durante a dor.

O sorriso de Vicente foi debochado.

– Que tipo de benefício?

– Bom, em primeiro lugar – o homem de Deus apoiou os cotovelos nos joelhos e entrelaçou os dedos –, o sofrimento nos ajuda a ficar mais fortes. Jó era um homem devoto a Deus, mas foi pela aflição que cresceu e se tornou um servo mais resiliente e humilde. Assim como o ouro é purificado ao passar pelo fogo, um cristão também é purificado quando passa pela luta. E o que sai da fornalha é sempre muito melhor do que o que entra nela. Esse tipo de sofrimento não acontece porque temos errado, mas porque podemos fazer melhor. Ser melhores, atingir todo o nosso potencial. Fora isso, também aprendemos a ser mais confiantes em nós e em Deus. Paulo aprendeu a confiar por causa das circunstâncias perigosas que vivenciou. Experimentar tempos difíceis nos faz mais cônscios de nossa necessidade de Deus, e assim desenvolvemos a nossa confiança nEle, e não em nós mesmos. Além disso, algumas vezes o sofrimento nos capacita a contribuirmos para o plano de Deus. Jesus, por exemplo, sofreu para ajudar os outros, sacrificando sua vida para reconciliar os homens com o Pai. José passou momentos difíceis, mas se tornou governador do Egito e salvou a sua família da fome. A prisão de Paulo resultou no maior progresso do evangelho já visto. E ele não ficou lamuriando enquanto estava preso; ao contrário, aproveitou a oportunidade para ministrar aos guardas que estavam acorrentados a ele. Pelo seu testemunho, outros irmãos da época foram encorajados por sua atitude e pregaram a Palavra com mais ousadia. Os sofrimentos de Paulo também o qualificaram para confortar outros que estavam sofrendo.

Pela primeira vez ali, Vicente sorriu. Era impossível se fazer de vítima ao lado de um homem tão sábio.

– Ouvindo tudo isso, eu me sinto um idiota. É impossível argumentar com um homem como o senhor, que tem tanto a ensinar. Eu agradeço seu empenho em me tirar do buraco.

— Ajudou?

Vicente piscou.

— Um pouquinho.

— Que bom. — Marcos abriu um sorriso satisfeito, depois ficou sério de novo. — Mas eu não te contei tudo isso para que você pense que seu sofrimento é pequeno perto dos outros. É a sua dor, e você pode senti-la. Só precisa saber que Deus sofre também por você. Ele se compade-ce. Assim como, enquanto olhava para seu Filho em angústia na cruz, também sofria. O Senhor sofre conosco e nos assegura de sua compai-xão e auxílio, também nos dá forças para enfrentarmos as dificuldades. Algumas vezes, não saberemos o porquê disto ou daquilo. Muito sofri-mento ficará sem explicação. Enquanto estava na luta, Jó passou vários dias implorando a Deus que lhe explicasse o caos que estava a sua vida. E, quando Deus finalmente se manifestou, Jó não teve capacidade para entender a resposta, muito menos para discutir com o Criador. No final, o servo aprendeu a simplesmente confiar. Deus nunca prometeu que explicaria satisfatoriamente tudo o que acontece no mundo. Mas disse que podemos confiar nEle.

Vicente respirou fundo e se recostou para trás.

— Acho que, se eu soubesse melhor todas essas fábulas, realmente ficaria mais confortado.

— Não são fábulas — corrigiu-o Marcos de forma séria. — Isso é o que o inimigo na nossa alma quer que a gente pense, para que não acredite-mos e sejamos iluminados pela Palavra. São histórias verídicas dos nos-sos antepassados. Aproveite este tempo de angústia para ler e conhecê-la melhor. Em breve, você vai entender os propósitos de Deus para a sua vida. E, quando for orar, basta conversar com o Pai como se estivesse falando com um amigo. Abra seu coração. Não precisa de palavras ela-boradas. E continue intercedendo por Agatha, eu também farei isso. Quando você ora por alguém, traz a pessoa para o alcance dEle, quer ela queira ou não.

Vicente assentiu com a cabeça, confirmando ter compreendido. Levantando-se, agradeceu ao pastor pela longa atenção e palavras enco-rajadoras. O sacerdote se ofereceu para orarem juntos antes de se despedirem. Vicente se agarrou a cada palavra de esperança da oração como musgo em uma pedra úmida, depois retornou à pousada.

Sua irmã, que havia ficado na cidade para lhe dar suporte emocional, encontrou-o naquela noite sentado no chão da varanda, a canela verdadeira cruzada sobre a prótese, ao lado de Pulguento, que havia sido deixado para trás. Estranhou o livro de capa dura ao seu lado, pois o irmão nunca gostara de ler. Seus dedos compridos dedilhavam as cordas do violão em seu colo e emitiam um som tão triste que gerou lágrimas nos olhos dela. Partia seu coração vê-lo assim tão infeliz. Ele já havia sofrido perdas suficientes na vida. Aquilo não era justo. Como o tempo estava frio, ela cruzou os braços e foi andando em sua direção.

– Eu estive pensando... – Sentou-se ao seu lado de modo casual, ouvindo o barulho dos sapos e grilos fundindo-se com as notas musicais. – Acho que seria bom você passar um tempo com a gente em São Paulo, para espairecer a cabeça.

Ao receber o convite, Vicente parou o que estava fazendo e afagou a cabeça do cachorro.

– Obrigado pela oferta, mas não posso sair daqui.

– Imagina... – Sarah fez um movimento de descarte com a mão. – Dona Gema consegue tocar tudo sem você por algumas semanas. Você poderia me ajudar a supervisionar a obra da casa. Eu e Eduardo andamos tão ocupados que...

Para interrompê-la, Vicente tocou em sua perna.

– Eu não posso sair daqui – repetiu em tom calmo.

– Por que não?

– É o único lugar onde Agatha pode me achar.

– Claro que não. Nós deixamos o meu telefo...

– Eu não vou sair dessa pousada – exaltou-se. – Assunto encerrado.

Sarah inspirou fundo, passando a mão pelos cabelos crespos. Conhecia bem a obstinação do irmão. Quando enfiava uma coisa na cabeça, não havia quem o dissuadisse. Ajustou a echarpe rosa em torno do pescoço fino.

– Tudo bem. Mas não posso ficar aqui o resto da vida, minha filha já está se esquecendo das minhas feições e ainda estou muito preocupada com você. Tenho a impressão de que, se deixá-lo sozinho, só o verei outra vez com uma corda em volta do pescoço.

Vicente deu uma breve risada à sua elucidação tão dramática.

– Não vou me matar.

– Pois eu tenho as minhas dúvidas.

Negando com a cabeça, ele colocou o instrumento de lado. Aproveitando o momento, Pulguento veio para o seu colo. Desde que Gabriel havia sumido, escolhera Vicente como dono. Examinou a face da irmã.

– Estive hoje na igreja – mudou de assunto, pegando a Bíblia. Talvez aquela informação a deixasse mais calma.

Sarah se surpreendeu com a notícia. Se bem se lembrava, seu pai tinha que arrastar o irmão para a igreja na adolescência, à base de ameaças. No entanto, não comentou nada, permitiu que prosseguisse com o assunto.

– Conversei com o pastor Marcos e ganhei essa Bíblia. Você sabe que eu não gosto muito de ler, mas fiquei bastante impressionado com algumas passagens. Para manter a cabeça ocupada, fiquei lendo o dia todo. É estranho, você ouve essas histórias pela boca dos outros e não imagina que, quando lê, parece algo tão vivo, como se falasse com você.

Curiosa, Sarah abraçou os joelhos.

– Eu também tenho uma dessas em casa, mas confesso que li pouca coisa. Mas se está te fazendo bem continue.

O irmão espiou sua face, decidindo se prosseguia ou não. Algo em seu íntimo o impeliu a fazer isso.

– Uma vez, Agatha me perguntou por que Deus permite certas coisas. Na hora, eu dei uma resposta vaga, não me lembro bem. Mas, nos últimos dias, tenho questionado o tempo todo por que tanta desgraça aconteceu na minha vida. Fui abandonado pela minha mãe. Perdi parte da perna, e isso aniquilou o meu primeiro sonho. Logo depois, eu perdi meu pai, o que me gerou uma longa depressão.

E agora, quando finalmente eu estava feliz outra vez, perdi Agatha e Gabriel. Confesso que, quando entrei na igreja hoje pela manhã, eu estava revoltado. Acho que fui lá mais para tirar satisfação do que para orar. Mas depois que passei a tarde lendo esse livro – alisou a capa da Bíblia, com os olhos anuviados –, algumas coisas começaram a fazer sentido para mim. Tudo que tive até hoje eu coloquei em primeiro lugar. Tudo foi prioridade, menos Deus. E isso está errado. Entendi que Deus quer ser o centro da minha vida, quer que meu coração seja primeiro dEle, depois dos outros. Enquanto isso não acontecer, muitas coisas escorregarão da minha mão. – Mirou os olhos da irmã. – Se não fosse todo esse sofrimento, será que algum dia eu entenderia isso? São momentos como esse que nos dizem que precisamos dEle. Quando as coisas vão bem, não nos movimentamos para ter uma vida espiritual. São as aflições que nos ajudam a buscar a fé. E isso, sim, deveria ser a coisa mais importante para nós; afinal, essa vida é passageira, e é a fé que nos conduzirá à eternidade. Só lamento que eu tenha perdido 32 anos para descobrir isso.

Impressionada com sua explanação, Sarah sorriu. Nunca pensou que viveria para ouvir do irmão um discurso desse tipo.

– Bom, pelo que sei, foi com 33 que Jesus começou o seu ministério. Então, você não está muito atrás dele – brincou e depois passou a mão pelos cabelos dele. – De todo modo, fico feliz que você tenha encontrado consolo nisso. Realmente faz todo sentido.

Intrigado, Vicente a encarou mais de perto.

– Não foi um simples consolo. Foi uma epifania. E, hoje à tarde, eu decidi finalmente colocar Deus no centro de tudo. Desde então, comecei a sentir paz. Ainda estou arrasado – confessou com voz fraca –, mas algo dentro de mim está mais confiante. Tenho certeza de que ainda não é o fim. Eu, Gabriel e Agatha nos veremos novamente. Por isso preciso ficar aqui.

Com um sorriso solidário, mas cheio de pena, a irmã acariciou seu ombro.

– Tenho certeza que sim. – Beijou a lateral do seu rosto. – Mas me prometa que, para isso acontecer, você não vai fazer nenhuma loucura. Aquele cara é perigoso. E eu não suportaria que nada mais grave acontecesse com você.

— Pode deixar. — Ele beijou a mão dela em seu ombro de forma carinhosa. Depois encarou-a. — Não vou fazer nenhuma estupidez. Mas quero saber se posso contar com a sua ajuda. Quando eu conseguir encontrar Agatha, precisarei protegê-la, e quero fazer isso diante da lei. E não conheço ninguém melhor do que você.

Ao elogio, os olhos de Sarah sorriram.

— É claro que pode sempre contar comigo. Afinal, você é meu irmão.

— Espero que se lembre disso quando me mandar os honorários pelo serviço — gracejou Vicente.

Rindo, Sarah se pôs de pé.

— Tarde demais para bancar o pão-duro, irmãozinho. Já fiquei por aqui por tempo suficiente para investigar o quanto você está faturando. — Com uma piscadela, voltou para dentro de casa.

Vicente ficou pensativo por mais um momento, acariciando a capa da Bíblia enquanto Pulguento lambia seu pulso. Quando a abriu, leu pela décima vez o versículo que inflamara a sua pequena fé.

"Não temas, porque eu sou contigo. Não te assombres, porque eu sou teu Deus. Eu te fortaleço. E te ajudo. E te sustento com a destra da minha justiça."

Isaías 41.10

Capítulo 28

Tal como o espaço vazio numa pintura, o tempo em que nada acontece tem seu propósito.

Edward de Bono

Olhando a escuridão sem fim pela janela, Agatha meditava sobre quanto tempo mais aguentaria viver naquele tormento. Quatro semanas já haviam se passado desde que tinham chegado à Região Serrana. Ainda tinha o corpo dolorido, mas seus ferimentos externos já estavam melhorando.

Os interiores, no entanto, continuavam piores do que nunca.

Suas lágrimas já haviam secado, era tarde demais para chorar. Seu único momento de alegria foi um telefonema de cinco minutos para Gabriel. Mentiu o tempo todo, dizendo que ela e o pai estavam afinal se entendendo, pois não queria que o menino sofresse. Ficou claro, porém, que Gabriel não era tão fácil de enganar. Pediu o tempo todo para ir para junto dela. Quando Agatha começou a chorar, Bruno tomou-lhe o aparelho e interrompeu a ligação. Havia tirado todos os telefones e computadores da casa. Aquela ligação fora feita com o celular pessoal dele, sob a sua supervisão. Nem mesmo os poucos funcionários dali tinham permissão para trazer celular.

Agatha estava sozinha, sentada no sofá da grande sala e enrolada em uma manta, de frente para a lareira acesa. Em sua mão, agarrava uma camiseta que o filho havia esquecido na casa quando tinha seis anos. Passou a tarde alisando aquele pedaço de pano, como se corresse os dedos pela face de seu menino. Como gostaria de estar junto dele. Sentia como se suas pernas estivessem presas por correntes pesadas.

Bruno tinha ido à cidade comprar algumas coisas. As paredes à volta eram todas de vidro, permitindo a visão da paisagem natural que se estendia pelo vasto terreno. Toda a arquitetura da casa era linda, tudo à sua volta recendia a bom gosto e luxo... Agatha detestava cada parede e tijolo. De onde estava, ela podia avistar a piscina iluminada à sua direita lá fora, mas preferia olhar, melancólica, para a esquerda, para a floresta escura sob o céu estrelado. Sua mente estava a milhares de quilômetros de distância, e os olhos tinham um aspecto vítreo. Sentia-se opaca, emocionalmente morta.

Bruno havia tirado de suas mãos todos os detalhes da vida cotidiana. Escolhia suas roupas, coordenava o horário das visitas do médico, escolhia o que assistia na tevê e até mesmo o cardápio da casa... Dizia que fazia tudo isso para que a mulher se recuperasse mais rápido. Não havia mais decisões para perturbá-la, nem dúvidas para deixá-la ansiosa. Tudo que Agatha precisava fazer era se recuperar para cuidar melhor dele, que pretendia enviar o filho para um internato no próximo semestre, para livrar a esposa desse fardo também. Ser mãe consumia muito tempo e, segundo suas convicções, Agatha tinha outras prioridades. Raramente deixava-a sozinha e sempre a acompanhava quando saía, o que só aconteceu duas vezes. Na primeira, levou-a para jantar, mas quando notou que alguns clientes olhavam para as marcas do rosto dela com choque e repulsa, enterrou os dedos em seu braço e encaminhou-a com aspereza para fora do restaurante. Um passo dele para cada dois passos dela. Agatha ficou ofegante e envergonhada.

Na segunda vez, foram comer num local mais reservado. Bruno passou a noite toda bebendo imoderadamente e flertando com outras mulheres por cima do copo, enquanto Agatha olhava fixamente para a porta do banheiro. Poderia dizer que ia até lá e depois fugir. Poderia desaparecer. Pegar o primeiro ônibus para o aeroporto mais próximo e, depois, um avião para a Venezuela, Chile ou Argentina. Ou poderia simplesmente começar uma conversa com a senhora que estava sentada na mesa ao lado e perguntar sobre o livro que estava lendo. Em seguida, ambas iriam ao banheiro juntas e ela pediria ajuda, avisando que estava prisioneira, sendo vítima de abusos daquele estorvo. Mas o que seria de Gabriel? Não poderia abandoná-lo à própria sorte. Tinha esperança de que convenceria Bruno a trazê-lo para perto. Estava louca de saudades do filho. Aí, então, escaparia outra vez.

Naquela noite, quando chegaram em casa, Bruno agarrou-a por trás enquanto tentava abrir a porta da sala. Tinha o rosto afogueado pela bebida e apalpava-a com brutalidade, causando dores em alguns pontos. Apertando os dentes, ela não protestou. Assim que entraram na sala, Bruno virou-a com violência e pôs a mão entre as suas coxas, sorrindo como uma fera selvagem. Agatha estremeceu. Ainda não tinham feito sexo desde que vieram de Rio Preto, pois ele havia prometido que esperaria que a mulher se recuperasse. Contudo, já queria quebrar a promessa. E, quando Agatha resistiu, recebeu um tapa na face que a fez cair no sofá. A empregada uniformizada, que entrava na sala naquele momento para servir um balde com gelo, ficou boquiaberta e piscou várias vezes antes de falar.

– O senhor quer que eu prepare um martíni? – limitou-se a dizer.

– Pelo visto, é com isso que terei de me contentar. Leve para o meu quarto – ordenou ele, frustrado, antes de subir a escada.

Agatha escapou de suas garras mais uma vez. Antes de preparar a bebida, a empregada envolveu dois cubos de gelo num guardanapo de pano e entregou à patroa. Apiedada, murmurou baixinho:

– A senhora quer que eu chame a polícia?

Agradecida, Agatha balançou a cabeça que não, ao que a senhora fez um meneio de cabeça inconformado e foi cumprir a sua tarefa.

No dia seguinte, alguém deixou uma pequena Bíblia de presente em cima da sua cama. Relutante, Agatha começou a examinar alguns versículos a cada manhã, para se distrair. Escondeu o volume de Bruno, pois ele poderia achar que alguém ali estaria quebrando regras. Não queria prejudicar ninguém. Porém, a partir do momento em que começou a ler, sentiu uma inquietação crescer em seu peito, uma sensação de que havia algo mais no plano de Deus para sua vida além de viver naquele pesadelo. Mas como poderia sair da presente situação? Rezaria? Esperaria por um milagre? Não tinha ideia. Continuou a ler, buscando respostas.

Apaixonou-se pela história de Ester, judia raptada e tirada da própria família de forma violenta para se casar com um homem que nem sequer conhecia. No entanto, Deus tinha um plano excelente para ela, que, em vez de só focar nos problemas, buscou a ajuda divina e acabou se tornando a rainha da Pérsia e libertadora dos Hebreus. Agatha ficou meditando sobre aquela história. Será que Deus tinha um plano para ela também? Será que todo o seu sofrimento teria um motivo?

Agarrou-se no versículo que dizia:

"Melhor é o fim das coisas do que o princípio delas…" Eclesiastes 7.8.

De vez em quando, para fugir do torpor, Agatha redirecionava seus pensamentos para Vicente. Se fechasse bem os olhos, podia sentir a quentura da sua respiração. A sensação de estar em seus braços, do modo como se aconchegava em seu peito tranquilamente para dormir… Às vezes, olhando pela janela, pegava-se esperando por ele, numa esperança juvenil. A donzela perdida esperando pelo seu cavaleiro. Depois ria com amargura. Aquilo era impossível. Vicente não saberia onde encontrá-la, pois aquela casa estava no nome de sua sogra.

E era melhor assim. Não queria colocar mais ninguém em risco, muito menos o homem que preenchia um espaço tão grande em seu coração. A vida real nem sempre terminava como nos filmes, e Vicente poderia se machucar. Decidiu que o guardaria em seu coração. A lembrança dos momentos que passaram juntos era a única coisa que lhe trazia um resquício de prazer… Mas, com o tempo, também começou a evitar essas recordações. A saudade a agredia em ondas violentas demais para suportar.

Quanto a Bruno, estava cada dia mais impaciente. Com bastante frequência, Agatha simulava dor de cabeça para subir e dormir. Quando não, dizia que a cólica era insuportável. Prolongar o contato físico com ele por mais tempo estava exigindo todo o seu empenho, criatividade e interpretação. Por quanto tempo conseguiria?

O fogo da fogueira estalou, desviando a sua atenção em uma explosão de faíscas cintilantes. Fixou os olhos naquele ponto. Sentiu um nó frio de medo, segundos depois, quando ouviu o barulho de rodas se aproximando sobre o cascalho. Debaixo da manta, suas unhas se cravaram nas palmas das mãos. O humor com que o marido se aproximaria era sempre um mistério. Tensa, ouviu-o entrar. Chaves tilintaram e foram jogadas sobre a mesa de vidro. Agatha podia sentir o olhar de Bruno em seu rosto, mas continuou olhando para as chamas, pensando se não seria melhor se se jogasse de uma vez no meio delas.

Leve e feliz, ele rodopiou até ela e se jogou no sofá com um enorme sorriso no rosto. Tinha uma grande sacola em uma das mãos e uma revista na outra. Segurava um charuto entre a boca e o nariz, simulando um bigode, fazendo graça. Agatha mirou-o com cautela.

– O que é isso?

Bruno segurou o charuto, reparando em seu formato elegante.

– Um Louixs legítimo, privilégio de poucos. É o que vou usufruir no domingo, para comemorar.

– Comemorar o quê?

Ele deu uma piscadinha maliciosa.

– A nossa noite de sábado, linda; já está na hora de você voltar às funções de esposa. Estou te preparando uma surpresa.

Só de pensar no que poderia ser, Agatha apertou as mãos sobre o colo em repulsa.

– Não precisa se dar ao trabalho.

– Claro que precisa. Eu gosto de te agradar... Por falar nisso, andei pensando uma coisa. Você aprendeu a cozinhar durante a sua fuga, não foi? – Apreensiva, Agatha balançou a cabeça que sim, perguntando-se como obtivera a informação. – Por que não prepara o jantar no sábado, então? Talvez isso te anime.

Colocar veneno em sua comida e vê-lo engasgar até a morte até que não seria má ideia, mas Agatha se considerava covarde demais para isso, por isso liberou um sorriso mecânico.

– Aprendi algumas coisas.

– Então, está combinado. Só me diga o que preciso comprar. – Deleitar-se-ia ao vê-la ao fogão, cozinhando para ele. Confirmaria o fato de que lhe pertencia. – A propósito... – Bateu com a revista na perna dela, com um sorriso cômico. – Olha o que eu avistei lá na loja. É antiga, mas muito informativa.

Quando largou a revista no colo dela, o coração de Agatha quase saiu pela boca. O rosto de Vicente estava na capa. Estava mais jovem, com uma aparência mais alegre, mas ainda era ele. Tudo dentro dela se derreteu. A simples visão do rosto moreno ensombreou todas as dores.

Cuidado!, ela precisou advertir a si mesma, *não cometa nenhum erro.*

– Por que me deu isso? – indagou num murmúrio.

– Porque morri de rir quando li a matéria. Fala sobre o afastamento de Vicente dos pódios por conta do acidente. O cara é um aleijado! – Caiu na gargalhada outra vez. – Imagino a sua cara quando descobriu. Você sabia disso quando o conheceu?

– Não – murmurou ela, sentindo de repente um cansaço inacreditável.

– Podia, pelo menos, ter usado um homem completo se queria me fazer ciúmes. – O tom foi de menosprezo enquanto terminava de rir.

Ele é muito mais completo que você... foi o que quase disse, mas estava cansada demais para revidar. Ergueu o queixo um pouquinho, enrolou a revista e devolveu-a para Bruno, embora desejasse guardá-la consigo para ver o rosto de Vicente sempre que quisesse. Precisava manter o disfarce.

Satisfeito com a informação, Bruno enxugou os olhos e removeu sua manta, descobrindo-a. Depois, suas mãos deslizaram pelas pernas dela. Quando Agatha as deteve, recebeu um olhar de advertência.

– Acho que já está na hora de você me tirar do castigo. Você prometeu que iria se esforçar. E eu estou sendo muito paciente.

– Eu sei. – Ela forçou um sorriso amoroso. – Só quero me preparar para você. Já esperou até aqui, pode esperar até sábado. E, se você deixar, eu gostaria de ir a um salão de beleza.

A boca dele se curvou num sorriso pretensioso.

– Agora, sim, você está se esforçando, querendo ficar bonita para mim. Tudo bem, pedirei ao motorista que te leve no sábado pela manhã. E ficará lá te esperando.

– Eu agradeço.

Quando Bruno beijou sua boca e saiu, Agatha conseguiu respirar. Sempre ficava tensa quando aquele homem chegava perto, como se o cheiro do enxofre do inferno acompanhasse a sua presença. Temerosa pela noite de sábado, começou a arquitetar um plano. Pediria ao motorista que parasse em uma farmácia para comprar qualquer coisa e doparia Bruno enquanto comia. Em seguida, o levaria para a cama e o convenceria no dia seguinte de que tudo tinha acontecido. Não era raro o marido ter amnésia por causa de exageros com drogas e bebidas. A parte ruim é que teria de acordar ao lado dele, seminua, para convencê-lo. Mas isso seria um sacrifício menos ruim do que deixá-lo tocar em seu corpo. Não suportaria. Não depois que as mãos carinhosas de Vicente já haviam passado por sua pele. Mesmo que não conseguisse evitar Bruno para sempre, ela o faria enquanto pudesse. Orava fervorosamente para que, um dia, ele mesmo enjoasse dela. Por enquanto, só precisava viver um dia de cada vez. E foi o que pediu a Deus antes de adormecer:

Senhor, me ajude a atravessar mais esta noite e chegar ao próximo dia... E, por favor, amanhã, segure as mãos de Bruno.

Capítulo 29

*A criança é alegria como
o raio de sol e estímulo
como a esperança.*

Coelho Neto

Um pombo voou da janela para o poste elétrico, assustado com a aproximação do menino. Da cobertura do prédio, Gabriel esperou que o carro do avô saísse do condomínio e ganhasse a Avenida Atlântica. Sua avó também havia ido a um encontro social no clube Marina da Glória; então, era a chance perfeita, a primeira vez em que ficava sozinho com as empregadas. Sem que o vissem, pegou o telefone sem fio e levou-o para o banheiro. Após trancá-lo, abriu a torneira da pia e ligou para a pousada. Ficou aguardando, com a língua presa nos dentes. Dona Gema atendeu:

— Pousada Esperança, boa tarde.

— Dona Gema? — sussurrou o menino.

Houve uma pausa de dois segundos.

— Gabriel, é você? — A voz dela ficou aguda.

— Sim, sou eu. Deixa eu falar com o tio Vicente...

Emocionada, a senhora começou a agitar as mãos, ignorando o pedido.

— Ai, Deus... Como você está? Cadê sua mãe?

O menino falou entredentes, cobrindo o fone com a mão.

– Não posso demorar, estou ligando escondido.

– Tudo bem, tudo bem… – A voz dela ficou chorosa. – Bianca, vai chamar o seu Vicente correndo. É o Gabriel!

Houve barulho de correria do outro lado da linha e, segundos depois, alguém xingando ao esbarrar em um móvel.

– Gabriel?

– Tio…

– Ai meu Deus, nem acredito… Como você está? – A euforia e o alívio na voz de Vicente eram evidentes. Todos na pousada festejaram.

Ao ouvir a voz dele, os olhos da criança se encheram de lágrimas.

– Eu… eu… – O garoto começou a chorar.

Com o coração acelerado do outro lado da linha, Vicente respirou fundo.

– Fica calmo. Seu pai está aí?

– Não. Eu estou na casa dos meus avós.

– E sua mãe?

– Está com ele.

Vicente ficou em pedaços. Passou a mão pelos cabelos e transferiu o fone de ouvido.

– Eles estão viajando sozinhos? Sua mãe e seu pai voltaram?

– Ela disse que sim, mas eu não acredito. – Vicente também não, mas sentiu uma dor incômoda no peito. – Eu não a vi desde que saí daí. Só falei com ela no telefone uma vez.

Pelo menos, Agatha estava viva.

– Como você foi parar aí? Por que não se despediu de mim?

– Eu não queria ir embora, tio. Eu estava indo para o colégio quando fui atacado por trás. Alguém colocou um pano no meu rosto, e, quando acordei, já estava aqui.

Vicente já esperava algo do tipo. Bruno era muito sujo. Como podia apagar o próprio filho?

– Como conseguiu meu telefone?

– Procurei na internet o site da pousada.

Vicente se encheu de orgulho.

SEM OLHAR PARA TRÁS ❦ 217

– Garoto esperto. Você sabe onde eles estão agora? Sua mãe e seu pai?

– Não. Tio… – Gabriel fungou e fez uma pausa. – Eu quero voltar para casa… – Começou a soluçar.

O coração de Vicente parecia estar passando por uma moenda. Percebendo isso, dona Gema lhe ofereceu um copo d'água. Ele recusou. Com as lágrimas descendo, procurou acalmar o menino.

– Eu sei, vamos dar um jeito nisso. Mas, primeiro, eu preciso achar sua mãe. Precisamos ficar todos juntos de novo.

Enxugando os olhos, Gabriel se sentou na privada. Só de ouvir a voz de Vicente já se sentia mais calmo.

– Eu ouvi minha avó falando que eles iam para a casa da serra.

– E você acha que consegue o endereço?

– Não sei… – O menino deu de ombros, confuso. – Mas posso tentar.

– Então, faça isso. Você será meu espião oficial.

Ao ouvir a palavra *espião*, Gabriel ajeitou a coluna. O modo como aquilo soou o fez pensar em filmes de super-heróis.

– Eu posso fazer isso – afirmou determinado.

– Ótimo – incentivou-o Vicente. – Depois me ligue ou mande um e-mail pelo contato do site com o endereço. Assim que eu souber, vou aí buscar vocês dois.

– Promete?

– Claro que prometo. Eu, você e sua mãe vamos ser uma família novamente.

– E o Pulguento também?

– Lógico. – Vicente riu do outro lado da linha. – E o Pulguento também.

Capítulo 30

Em um jogo, a melhor estratégia é fazer seu maior rival apaixonar-se por você.

Blair Waldorf

— **M**agnífica! — Foi o elogio do cabeleireiro assim que terminou de aprontar o cabelo de Agatha.

— Ficou bom. — Ela tentou ser simpática. Havia feito hidratação nos fios, cortado abaixo das orelhas, no estilo Chanel, exatamente como Bruno gostava. Na verdade, sentiria falta das mechas maiores, caindo pelos ombros, mas queria mostrar a Bruno que estava se esforçando para agradá-lo. Havia feito depilação, manicure, pedicure e maquiagem profissional. Tudo precisaria estar perfeito para que ele não desconfiasse do que ela iria fazer.

Quando acabou, pagou a conta no salão e foi seguida pelo motorista de Bruno até uma loja de lingerie que ficava no mesmo shopping. Estava aflita, pois o homem a acompanhava muito de perto. Tinha certeza de que esse comportamento havia sido uma ordem do marido que, quando saíra mais cedo, dera-lhe um beijo no rosto e lançara o olhar que ela aprendera a temer, antes de dizer:

— Vá e fique linda para mim, mas não faça nenhuma besteira.

Agatha estremecia só de lembrar.

Seguida por sua sombra, ela entrou na loja e começou a examinar os cabides. Lá, comprou um conjunto novo de calcinha e sutiã de cor berinjela. Todas as roupas íntimas que havia ganhado de Bruno também eram de cores fortes. E, se tudo desse certo, ela acordaria vestida com aquilo na manhã seguinte.

Sentindo-se vigiada, perambulou analisando mais algumas vitrines e comprou um vestido novo para o jantar. Não economizou, escolheu o mais caro da loja. Não porque fosse o seu preferido, mas porque qualquer tipo de prejuízo que desse para Bruno a deixaria satisfeita. Por último, entrou na farmácia. Esperou que seu acompanhante ficasse parado na porta segurando as suas sacolas enquanto ia até o balcão. Murmurando, pediu um sonífero forte. Na falta de prescrição médica, uma nota extra de 50 reais resolveu o assunto com o balconista cheio de espinhas. Isso feito, voltou para casa com seu pequeno segredo dentro da bolsa.

Quando chegou, passou pela cozinha para conferir o que tinha feito mais cedo. De entrada, salada caprese. Como prato principal, salmão ao molho de shoyu e gergelim acompanhado de legumes salteados, uma receita rápida que aprendera na internet. Para acompanhar, escolheu o vinho branco que Bruno nunca deixava faltar na adega. Era nele mesmo que colocaria o sonífero.

À noite, já arrumada, olhou-se no espelho. Com tristeza, passou a mão frágil pela nova cicatriz ao lado do olho esquerdo. Era pequena e estava disfarçada pela maquiagem, porém ainda visível. E ficaria ali para o resto da vida para lembrá-la do preço que pagaria se ousasse desafiar Bruno outra vez. Não que isso ofuscasse a sua beleza. Até ela própria precisava admitir que, por fora, estava adorável. Por dentro, no entanto, a história era outra. Preferia mil vezes estar com seu velho short jeans, que usava para cuidar de sua horta, em sua pacata e antiga vida em Rio Preto.

Como estaria o seu canteiro, aliás? Será que seu Pedro as cultivaria por muito tempo? Será que se lembraria de adubá-las...

A recordação de suas plantas, de sua pequena casa, fez lágrimas se acumularem em seus olhos, mas ela as deteve. Não podia borrar a maquiagem. Fixou os olhos em sua imagem por um breve momento. O que Vicente acharia se a visse daquele jeito, tão elegante, tão refinada, tão... diferente? Será que gostaria dos seus fios tão curtos? Em seguida, um pensamento sombrio se derramou sobre ela. A essa hora, Vicente já deveria ter seguido em frente, achando que ela e Bruno tinham mesmo reatado. Pensando que ainda existia alguma chama entre eles e por isso ela dera o braço a torcer. Ele poderia, até mesmo, ter conhecido outra pessoa. Ou pior, ido chorar nos braços da maldita Isabelle...

Ao pensar nisso, uma onda de ciúmes percorreu todo o seu corpo. *Maldito seja!* Se Bruno não tivesse aparecido para estragar sua vida, ela ainda estaria nos braços de Vicente.

Com gelo no coração, Agatha saiu do quarto e resolveu descer a escada, pensando se não teria sido melhor ter comprado algo mais venenoso do que sonífero para Bruno. O canalha merecia muito mais; entretanto, a realidade é que ela era correta demais, ou covarde demais, para ir tão longe. Precisaria se conformar com a sua má sorte e viver um dia de cada vez.

Quando chegou ao térreo, Bruno já estava à sua espera, sentado no sofá. Exibia muita autoconfiança, perfeitamente à vontade em um terno slim fit azul-escuro. Com os braços estendidos para os lados, emitiu um sorriso de aprovação assim que a viu. Fez um gesto de giro com um dedo para que Agatha desse uma volta. Ela obedeceu como uma cadela treinada, com um sorriso rígido e o estômago revirado de tensão.

Em seguida, Bruno ficou de pé. Agatha não pôde deixar de notar o quanto estava bonito. Reparou que, por debaixo do terno, havia um colete que cobria a camisa cinza e com estampa de figuras geométricas. A gravata rosa-claro completava o visual descolado. Tudo com medidas precisas e perfeitas, prontas para cobrir a pele dos modelos mais bem pagos do mundo. No entanto, ela não se deixou ser seduzida como anos atrás. Era impressionante como um homem de beleza tão evidente podia lhe parecer tão horrível. Sua feiura era invisível para a maioria das mulheres, mas tão próxima de seu horizonte.

Alheio aos seus pensamentos repulsivos, Bruno atravessou a sala com passos lentos e uma expressão enigmática, como um tigre que se preparava para dar o bote em sua presa. Agatha temeu a sua reprovação.

– Não achou que eu iria ficar para trás, não é? – Ao notar a apreensão no rosto dela, ele sorriu. Vê-la assim, olhando-o como um cordeirinho assustado, lhe dava certo prazer. – Por falar nisso, você também está linda. – Ergueu o queixo dela com a mão e beijou-a nos lábios, com os olhos abertos. Depois sorriu, com ar divertido. – Espero que tenha caprichado na roupa de baixo. Será que eu vou gostar?

Agatha tentou relaxar e abriu um sorriso maroto.

– Só saberemos depois do jantar. – Fingiu seduzi-lo.

– Muito bem. – O marido tocou em seu seio e deu um aperto. Agatha sentiu o rosto esquentar. – Mas algo me diz que vou pular a sobremesa. – Mordiscou o seu lábio inferior.

Quando a soltou, a mão acostumada a guiar se manteve em seu cotovelo enquanto a conduzia para a mesa. Agatha sentou-se em uma ponta, Bruno acomodou-se na outra. Em instantes, duas empregadas uniformizadas começaram a servir-lhe água com gás. Em seguida, vieram as entradas. Quando Bruno pediu que servissem o vinho, Agatha se conteve. Por ela, já serviria o remédio ali mesmo, mas precisaria criar recordações de momentos juntos para o dia seguinte. Resolveu aguardar para depois do jantar, quando serviria um vinho do Porto.

Após a refeição, Agatha surpreendeu Bruno quando ordenou que as empregadas se recolhessem, pois ela mesma serviria a sobremesa. Ao assistir a isso, os lábios dele se curvaram para cima, excitado. Agatha não só queria que ficassem sozinhos, como já estava dando ordens como dona da casa. A partir daí, o humor de Bruno disparou, então não parou de fazer planos sobre viagens que gostaria de fazer em família. Agatha até estranhou quando incluiu Gabriel em seus planos, pois isso não era comum, mas o deixou prosseguir explanando seus desejos com alegria e falando do filho deles com carinho.

Entediada, fingiu estar comovida com todas as amabilidades e demonstrações de afeto. Era patético. Tão familiar, tão paternal e… Num estalar de dedos, o estado de espírito do canalha poderia mudar radicalmente. Afinal, Bruno era muito volátil, reagia conforme as circunstâncias. E, devido à baixa tolerância à frustração, era muito violento quando não conseguia o que queria. Uma criança birrenta presa num corpo de adulto.

De vez em quando, Agatha insinuava um sorriso, tocava a sua mão e fazia comentários para convencê-lo de seu entusiasmo na conversa. Por dentro, a adrenalina se despejava em sua corrente sanguínea. Disfarçadamente, elevou o olhar para o relógio da parede em cima da cristaleira de madeira maciça. Seria ótimo se pudesse acelerar os ponteiros e, com isso, o tempo em que estava em companhia do ordinário. Já estava quase na hora da sobremesa. O grande momento.

— Eu juro que não imaginei que nossa noite fosse ser tão agradável. — Bruno colocou o guardanapo de pano de lado, extremamente satisfeito.

Como uma atriz, Agatha estreitou o espaço entre os olhos e manteve um sorriso de canto de boca.

— E por quê?

— Bem, você sabe... — Com uma careta, ele recuou na cadeira. — Tenho meus maus momentos. E, nos últimos dias, você sempre me evitou. Seu rosto estava cheio de acusação.

Num gesto descontraído, ela apertou os lábios e pousou sua taça vazia na mesa.

— Somos casados. — Mirou-o mais próxima. — Sempre teremos dias bons e ruins. Não vale a pena ficar remoendo...

— Isso quer dizer que você me perdoou?

Com uma respiração funda, o corpo feminino recuou na cadeira.

— E eu não perdoo sempre?

A essa resposta, o sorriso dele reluziu.

— Ótimo, pois eu também perdoei você. Minha raiva se dissipou como que por milagre.

Depois de ter despejado vários murros na minha cara, ela recordou em silêncio, com os dentes à mostra num sorriso forçado.

— Que bom. Pensei que guardaria rancor por mais tempo, depois de tudo que houve entre nós.

Os olhos azuis se espremeram um pouquinho, trazendo severidade ao seu rosto.

– Não sou homem de guardar rancores, eu guardo nomes e endereços.

Agatha sentiu um frio na espinha com a ameaça obscura, mas resolveu ignorar.

– Está pronto para comer a sobremesa? Preparei um tiramisu, sei que você adora.

Quando Bruno recusou dizendo que o comeria mais tarde, Agatha sugeriu que, pelo menos, tomassem juntos um cálice de vinho do Porto, ao que ele concordou. Sorrindo, ela foi até a adega e pegou a garrafa, ainda meditando no tipo de vingança mórbida que Bruno poderia estar tramando contra Vicente e contra todos que a ajudaram em Rio Preto. *Por Deus!* Ela não suportaria se algo lhes acontecesse. Vacilante, serviu o líquido rubro em duas taças pequenas e colocou o sonífero em uma delas. Derramou um pouco na mão por conta do nervosismo. Respirou fundo e fez uma breve oração.

Quando voltou para a sala, carregava um sorriso sapeca nos lábios, que atiçou a curiosidade dele. Com muito charme, chegou mais perto, passou uma perna para o outro lado do seu quadril e sentou-se em seu colo. Ficaram um de frente para o outro. Aceso, Bruno agarrou suas nádegas. Seus olhos tornaram-se escuros e abrasadores, da cor do mar em um dia nublado. Agatha encarava-o firme quando entregou sua taça. Ele pegou, mas ficou por algum tempo parado, mirando-a. Antes de beber, resolveu fazer um brinde ao novo começo dos dois e sugeriu que trocassem os copos. Agatha sentiu um arrepio na nuca, mas não reagiu, limitou-se a obedecer com um sorriso e um gesto natural. Então, Bruno relaxou e virou o vinho todo na boca, esperando que a esposa fizesse o mesmo. Astuta, ela sorveu todo o líquido, contudo não engoliu, aproximou-se do rosto de sua vítima e, num gesto sensual, despejou o rastro vermelho em sua boca entreaberta, fechando o ato com um beijo apaixonado.

Inflamado pelo gesto, Bruno foi à loucura. Levantou-se com ela no colo e levou-a para o grande sofá em L. Deitou-se por cima de seu corpo frágil, enlouquecido, beijando-a de uma maneira ardente e febril. Seu cheiro, seu toque, seu gosto... tudo nele agredia os sentidos de Agatha. Enojada, já estava ficando preocupada quando enfim o viu piscar duas vezes, perdendo o foco dos olhos. Esperançosa, segurou o seu rosto e continuou a beijá-lo de olhos abertos, como se nada estivesse acontecendo. Bruno caiu do sofá para o chão, deitado de costas. Agatha pulou por cima de seu corpo e, apoiando-se nos joelhos, sentou com uma perna de cada lado do seu tronco e tirou o vestido por cima. Os olhos atordoados se focaram nela por mais dois segundos, confusos, antes de se fecharem e a cabeça de Bruno cair inerte para a esquerda.

Mate-o!, uma voz pareceu gritar em seu ouvido. *Livre-se dele!*

Assustada, Agatha saiu de cima do corpo desacordado e acomodou-se no chão, arfando. Seu coração batia em um ritmo frenético, a testa suava, as mãos estavam frias... Nauseada, passou o dorso da mão direita sobre os lábios para limpá-los do gosto daquele verme. Não parava de tremer. Olhou para o rosto do marido de novo. Esperou em silêncio para ver se Bruno estava mesmo apagado. Nenhum reflexo. Nenhum movimento. Aquela paralisia sugeria que podia matá-lo, se quisesse. A ideia lhe pareceu atraente. Poderia injetar drogas em suas veias com uma agulha até que tivesse uma overdose. Ninguém jamais desconfiaria. A tentação de fazer isso se prolongou por muito tempo, até que aconteceu um estalo.

Agatha piscou, de volta à realidade.

Com medo de si mesma, tirou toda a roupa de Bruno e deixou-o só de cueca. Depois, tirou a própria e se deitou ao seu lado, como se tivessem vivido uma noite de amor inesquecível, e chorou durante toda a madrugada.

Capítulo 31

*Quem luta com monstros
deve cuidar para que, ao fazê-lo,
não se transforme também em um deles.*

Friedrich Nietzsche

Agatha tinha as mãos cruzadas sobre o colo, apertando-as com força, quando Bruno entrou na cozinha no dia seguinte, apenas de cueca e com os fios loiros apontando para todo lado. Ela, ainda em seu roupão de tecido fino por cima da lingerie, não olhou em sua direção de imediato, mas suas mãos ficaram trêmulas. Permaneceu sentada num banco alto, em torno da ilha de granito. Coçando um olho, Bruno mirou-a de uma forma ininteligível, que a fez gelar da cabeça aos pés. Mesmo assim, sorriu para o marido com uma disfarçada ternura enquanto pegava sua xícara de café.

– Bom dia – cumprimentou em tom baixo.

Sem devolver o cumprimento, Bruno desviou a atenção para a moringa com água em cima da pia. Como sua boca estava seca, encheu um copo e virou-o de uma só vez. Agatha não estranhou, esse era o corriqueiro estado de ânimo do mal-educado ao despertar.

– Dormiu mal? – fingiu estar preocupada.

– Mais ou menos. – Num gesto calmo, o recém-acordado pousou o copo na pia, depois a fitou. Segundos após, aproximou-se da esposa e estendeu as duas mãos sobre a mesa, olhando-a fixamente. Agatha sentiu um aperto no ventre. – Onde você dormiu?

Ela fez um barulho estranho com o nariz, como se fosse óbvio.

– Ao seu lado, no chão...

– Não me lembro de termos dormido juntos.

Quase gaguejou.

– Deve ser porque você apagou ontem primeiro que eu, e hoje acordei mais cedo. – Tentou dar um tom tranquilo à resposta.

A cabeça dele inclinou-se minimamente de lado, analisando sua roupa. Os olhos desconfiados percorreram-na por completo.

– Eu e você... – deixou a pergunta no ar.

Uma expressão insultada se forjou no rosto de Agatha.

– Não me diga que você não se lembra de nada?

Bruno enrugou o espaço entre os olhos, perturbado.

– Não.

– Bom – Agatha ergueu uma sobrancelha de modo irônico –, me parece que esse não foi um bom recomeço...

– Você gostou?

– Do quê?

– De ontem.

Sentindo-se acuada, ela deu um sorriso oscilante.

– Claro que sim. Sempre nos demos bem juntos... apesar de tudo.

– Então, por que não me lembro de nada?

A xícara dela tremeu no pires antes que conseguisse controlar as mãos.

– Bom, bebemos um pouco além da conta... acho eu.

– Sei... – Ele deu uma risada curta e debochada antes de tirar a xícara dela, exigindo atenção exclusiva. – Sendo assim, acho que está na hora da segunda rodada. Quero me lembrar de tudo dessa vez. – Abriu o robe dela nos ombros e começou a abocanhá-los de modo rude. Agatha se crispou e ficou aliviada quando ouviu o barulho de um carro se aproximando. – Droga! – resmungou Bruno. – Eu falei que era para trazê-lo mais tarde.

— Trazer quem? — Ela fechou o robe de novo.

— Vamos ter companhia. — Um sorriso conspiratório curvou os lábios dele.

— É melhor eu me trocar, então.

— Pode ficar assim mesmo. — Ele foi atender a porta da sala.

Tensa, Agatha enrolou mais o robe em torno de si e cruzou os braços. Quem poderia ser? Bruno jamais permitiria que outro homem a visse daquela maneira.

No entanto, uma alegria desmesurada tomou conta de seu coração quando Gabriel apareceu na cozinha ao lado do pai. Assim que o viu, foi como um cego avistando o sol pela primeira vez. Tudo à sua volta se iluminou. Mãe e filho se fitaram quase em adoração antes de correrem um para o outro.

— Meu filho... — Ela abraçou-o com toda a força e começou a chorar.

— Eu estava com tanta saudade — murmurou ele com o rosto contra a sua barriga.

— Eu também.

Pesaroso, Gabriel olhou para cima e deparou-se com o rosto da mãe. Com um bolo no estômago, destacou em sua face uma nova cicatriz e soube que nada havia mudado. Em meio às lágrimas, ela tentou sorrir, dizendo que estava tudo bem. Não queria ver o menino, aflito.

— Eu disse que tinha uma surpresa. — Bruno sorriu, considerando-se o autor de um grande milagre. — Já estava na hora de nossa família se reunir outra vez. E eu? — Abaixou-se. — Também não ganho um abraço?

Gabriel olhou para trás, com o sangue fervendo; então, algo que não reconhecia brotou pela primeira vez em seu peito: o ódio. O menino sentiu-o em seu âmago, junto com o nojo de si mesmo por ser tão parecido fisicamente com o homem que havia agredido sua mãe. Nervosa, Agatha o empurrou para o pai, que lhe deu um aperto rápido no ombro e em seguida bagunçou seu cabelo.

— Agora vá para o seu quarto desfazer suas malas. Depois o motorista vai te levar à cidade para escolher um quadriciclo. Você sempre quis ter um.

A face do menino enrijeceu.

– Não quero presentes, quero ficar com a minha mãe. – Precipitou-se para o lado dela de modo protetor.

Percebendo uma estilha de rebeldia, Bruno foi categórico.

– Você vai ficar, mais tarde. Agora faça o que eu mandei.

– Mas eu...

– Não discuta comigo! – exaltou-se o pai.

O menino retraiu-se, com o lábio inferior trêmulo.

– Mas ele acabou de chegar... – tentou intervir Agatha.

O marido brindou-a com um olhar rígido que fez um alarme soar em sua cabeça.

– Sim, mas, antes dessa melação continuar, eu e você precisamos resolver uma coisa. Encontramos com Gabriel mais tarde e almoçamos todos juntos. Haverá muito tempo para a sessão nostalgia. Afinal de contas, não estou mandando o garoto para a forca. Deveria ser mais grato.

Apertando os dentes, Agatha engoliu a fúria mais uma vez. Não queria que o filho presenciasse mais uma desavença entre os pais. Por isso, incentivou-o a subir e a escolher o quadriciclo mais bacana que encontrasse. Mais tarde, se juntaria a ele.

* * *

Bruno tinha um braço firme em torno da sua cintura enquanto o menino caminhava para o veículo, acompanhado pelo funcionário. Assim que entrou no carro, o pai estendeu a outra mão e fechou a porta, encerrando a despedida. Não via a hora de ficar sozinho com a mulher. Pretendia manter Gabriel bem ocupado, por isso mesmo queria comprar algo que o mantivesse entretido fora de casa. Afinal, já tinha sido muito generoso em levá-lo para lá. Achava que, se Agatha ficasse mais feliz com a presença do garoto, pararia de ficar com aquela feição derrotada e perdida no horizonte a maior parte do dia. Só podia ser saudade do filho. Afinal, se fosse outra coisa, ele a mataria.

Assim que ouviram o carro partir, Agatha se desfez de seus braços e andou em direção à escada. Bruno estacou, ofendido.

– É assim que vai ser? – perguntou para ela.

A mulher olhou para trás, com a mão pousada na quina da parede de tijolos brancos, desejando poder arrancar um deles para arremessar contra o patife.

– Do que está falando?

– De você. Toda vez que sou mais duro com Gabriel, você me pune fazendo isso, fugindo para se isolar.

Ela suspirou, buscando paciência.

– Você não o deixou ficar aqui nem por cinco minutos.

– O moleque não vai embora, vai passar bastante tempo com a gente.

– Será? – Ela se virou. Estava de saco cheio de bancar a boa menina.

– Pensa que não sei por que quer comprar o quadriciclo? Você sempre faz isso. Inventa atividades para o menino para mantê-lo afastado. Gabriel também é seu filho, pelo amor de Deus.

– Eu sei disso. – Bruno deu um passo à frente e chegou até ela, simulando angústia. – Eu o amo tanto quanto você. Quero que ele se divirta, quero que Gabriel tenha o melhor... – Num gesto casual, colocou a mão na parede, acuando-a. Seus olhos ficaram bem próximos um do outro. – Isso não significa que não posso passar um tempo de qualidade com a minha mulher. Acabamos de reatar. Eu te amo, Agatha. O desejo que sinto por você dói em mim a cada segundo... – Tocou o pescoço dela com a mão quente. – Uma parte de mim te odeia por isso, mas a outra... – Chegou mais perto e sussurrou em seus lábios. – E você sabe que me ama também. Não teria ficado comigo esse tempo todo se não me amasse... – Bruno passou os braços pela sua cintura e puxou-a mais para si, seus corpos se encaixaram.

Agatha não reagiu a princípio, e se odiaria pelo resto da vida pelo breve e atordoado momento de prazer quando o marido a beijou logo abaixo da orelha. Quando emitiu um gemido curto, Bruno invadiu-a, inebriado, com sua língua se projetando pelos lábios entreabertos. Agatha tornou a gemer, mas agora os primórdios de um protesto, e, quando as mãos invasivas ameaçaram entrar em seu sutiã, ela tomou fôlego:

– Não...

Bruno ignorou-a, tentando cobrir a sua boca com a dele. Agatha começou a se debater.

– Não!

– Para com isso.

– Não! Eu não quero você!

Com agressividade, o marido segurou seus ombros e chocou-os contra a parede. O impacto ecoou por toda a sala.

– Sua cadela, pensa que não sei o que você fez comigo ontem à noite? Você me dopou!

Os olhos dela se arregalaram. O pânico começou a borbulhar.

– Não, eu...

– Cala a boca. – O tapa estalou em sua face, avermelhando-a. – Acabou a minha paciência. Nunca imaginei que você usaria um subterfúgio tão sujo contra mim. Nem mesmo a presença de Gabriel fez você deixar de ser essa vaca frígida. Eu tentei ser paciente, esperei o seu tempo... Depois não reclame quando me vir com outra mulher. Mas, por enquanto, você vai ser minha, querendo ou não. – Avançou para cima dela com uma fúria incontida nos olhos. Entretanto, dessa vez, Agatha reagiu, surpreendendo-o. Golpeou-o com o joelho na virilha e o empurrou para trás. Os olhos dele mudaram. A resistência levou Bruno ao delírio.

– Quer dizer que o fogo do ciúme ainda queima em você. – Sorriu satisfeito.

– Não é ciúme, seu idiota. É nojo! – As palavras foram rugidas. – Por mim, você pode procurar uma prostituta.

– Prostituta? – O tom dele foi jocoso. – Nenhum homem compra leite quando pode conseguir uma vaca de graça. – Segurou-a pelo braço, disposto a violá-la como tantas outras vezes fizera; Agatha, porém, conseguiu escapar. Tentou subir a escada, mas deu um grito sufocado quando Bruno puxou-a pelo robe e a fez cair de costas no chão.

O atrito de sua cabeça com o piso a fez perder o eixo por um momento. Nesse átimo, Bruno já estava em cima dela, com o punho recuado. Antes que desferisse o golpe, ela usou o braço e bloqueou o próprio rosto com o punho. Furioso, seu agressor separou-os e segurou a lateral dos cabelos dela. Fora de si, Agatha o mordeu, arrancando sangue da sua carne. Quando os olhos azul-escuros a miraram com espanto e furor, ela soube que apanharia até a morte.

Mas não queria morrer sem lutar. O instinto de sobrevivência falou mais forte quando desfechou um soco por baixo do queixo cerrado. Quando Bruno cambaleou, surpreso, ela conseguiu se libertar.

Você é muito mais forte do que pensa, as palavras queimaram dentro dela.

Agatha avistou a porta da sala e trançou as pernas para lá. Bruno, porém, alcançou-a antes disso e jogou-a de barriga para o chão. Em um movimento rápido, imobilizou seus dois punhos com a mão e depois puxou seus cabelos para trás, com a outra. Agatha fechou os olhos para assimilar a fisgada no couro cabeludo.

— Sua vagabunda asquerosa. — Ele estava ofegante e com raiva, porém excitado. — Pensa mesmo que pode lutar comigo?

— Pelo menos, eu vou tentar.

— Não sei por que resiste. Você sabe como isso tudo vai terminar. Quer passar mais algumas semanas de quarentena?

— Qualquer coisa é melhor do que me deitar com você.

Ao ouvir isso, bateu com o rosto dela no chão, abrindo o seu supercílio. Depois, Bruno abaixou-se para sussurrar diabolicamente.

— Você sabe que merece apanhar. Desobedeceu a mim, desobedeceu ao seu pai... Sua mãe morreu por causa de você. Não passa de uma rebelde. Não valoriza as pessoas que te amam... Você merece tudo isso.

Não, não merece... Uma voz forte soou mais uma vez em sua cabeça.

Agatha sentiu um arrepio e começou a chorar. Encolerizado, Bruno continuou:

— É ele, não é? Você ainda pensa naquele maldito, é por isso que não consegue me amar... Admita! — Sacudiu a cabeça dela. — Você queria ter ficado com o aleijado... — Como Agatha não respondeu, sacudiu-a de novo. — Admita!

— Eu odeio você.

— Eu sei que me odeia. — A risada foi sádica. — E vai ser muito mais divertido transar com você assim, resistindo. Antes você mais parecia uma boneca de pano. Gostei dessa sua nova versão. Pode ficar pensando no seu amado enquanto eu pego você de jeito... – Quando virou-a de frente de novo, os olhos dela se arregalaram de puro pavor. Bruno cravou as mãos em garras em torno do seu pescoço e, quanto mais ela se debatia, mais os dedos fortes se fechavam à sua volta. Quando sua visão começava a escurecer pelos cantos, os dedos dele afrouxaram por alguns segundos para que ela recuperasse a consciência, só para começar tudo outra vez. Divertia-se em machucá-la, como um demônio torturador. Estava a ponto de estrangulá-la quando, surpreendendo-o, seu tronco foi puxado para trás por duas mãos fortes. Aturdido, Bruno caiu sentado no chão e olhou para cima.

O rosto de Vicente era brutal e ameaçador. Seus olhos como duas pedras de carvão.

– Eu jurei que faria tudo dentro da lei, mas isso vai ser impossível. – Vicente puxou a cabeça de Bruno e lhe deu uma joelhada no nariz, que deixou um rastro de sangue na sua calça. A dor aguda fez todo o corpo de Bruno esmorecer.

Aproveitando o momento, Agatha se levantou e correu para a escada, enroscando-se toda, sem compreender como Vicente tinha vindo parar ali. Não sabia se devia ficar feliz ou triste com a sua aparição. Não satisfeito, Vicente usou toda a sua força do braço para puxar Bruno pelos cabelos e jogá-lo no sofá, frenético.

– Sua mãe não te ensinou que não se bate em uma mulher? – Socou-o com um golpe direto no olho. – É bom se sentir impotente, não é? Fala, maldito? Reage, se for capaz...

Recuperando-se, Bruno empurrou-o no peito com o pé, fazendo Vicente cair sentado na mesa de centro. Em seguida, como um covarde, agarrou sua perna para puxar a prótese e debilitar o oponente. No entanto, agarrou a canela errada e acabou tomando um chute no queixo. Vicente, percebendo o que queria fazer, aproveitou a fração mínima de instabilidade para socá-lo novamente na fronte, mas Bruno conseguiu desviar e desferiu-lhe um golpe certeiro nas costelas. Vicente, após arfar, puxou-o pelos cabelos e ambos caíram no chão. Foi o primeiro a se levantar e, quando ia pisotear a barriga de Bruno com toda força, este girou para o lado e correu até o armário da sala, de onde tirou sua arma e apontou para o invasor, com ar vitorioso.

– Que maravilha... – Sorriu, tocando o sangue no nariz com a mão livre. Seu rosto todo latejava. – Invasão a domicílio. O cenário perfeito para legítima defesa. Afinal, o invasor bateu em mim e na minha mulher...

– Seu canalha filho da mãe... – Vicente deu um passo adiante.

– Não! – Agatha gritou, com a mão para a frente. – Vicente, por favor, vá embora.

Exasperado, ele estudou-a.

– Prefere viver com esse monstro do que viver comigo? – Seu tom era de perplexidade.

Seja sábia como Ester...

– Sim – afirmou ela, para o espanto dos dois.

Bruno encarou-a, afetado com a resposta. Percebendo isso, Agatha se levantou e andou vagarosamente para o seu lado. Com ar de cumplicidade, tocou em seu braço estendido com a arma em punho, abaixando-o.

– Não precisa fazer isso. Eu *quero* ficar com você.

O olhar de Bruno ficou atônito, assim como o de Vicente. Agatha manteve o dela fixo no pai de seu filho, pois queria aproveitar o momento para jogar sua arma no chão e dar a Vicente a oportunidade de fugir, mesmo que fosse morta depois. Faria esse sacrifício. No entanto, deu um grito agudo quando um barulho de tiro precedeu suas intenções. Vicente caiu no sofá, com a mão no braço.

– Acha mesmo que eu acredito em você? – Bruno girou a arma no dedo indicador, com ar zombeteiro.

Emoções reprimidas que Agatha mantivera sob controle nos últimos anos fizeram-na ir contra o marido. Pegando-o de surpresa com sua reação visceral, deu-lhe um golpe no antebraço, conseguindo desarmá-lo. Em seguida, pegou uma garrafa de vinho vazia do dia anterior e quebrou-a ao meio na ponta da mesa. Quando Bruno se adiantou, ela virou os cacos para frente, segurando a metade que restava pelo gargalo, e circulou a sala até que pegasse a arma no chão. Soprando os cabelos que caíam em seu rosto, ameaçou puxar o gatilho, mas o grito de Vicente a interrompeu:

— Agatha, não!

Lágrimas quentes escorriam pelo rosto dela.

— Eu preciso acabar logo com isso. — Ela largou a garrafa e segurou a arma com as duas mãos.

— Você já acabou.

— Não enquanto este monstro estiver vivo.

— E como vai explicar isso para o Gabriel?

Confusa, ela limpou a face com a mão. Observou, com os olhos nebulosos, o homem que, por diversas vezes, quis ser seu herói, fazendo com que se sentisse única e especial. Digna do risco. Ela nunca fora isso para ninguém. Queria atendê-lo no que pedia, pois Vicente merecia toda a sua consideração, mas como seriam felizes se não se livrasse de Bruno? Sua mente parecia um redemoinho. Vicente insistiu:

— Essa não é você, meu amor, você não é como ele. Não é violenta. E não poderia conviver com a culpa.

Todo o corpo dela tremia.

— Nunca poderemos ficar juntos enquanto esse maldito viver.

— E você jamais será feliz novamente se tiver feito isso.

O barulho do carro da polícia se aproximando fez os olhos de Bruno ficarem alertas. Direcionou a vista através da janela.

— O que é isso?

— A sua condenação — avisou Vicente.

Apesar de assustado, Bruno abriu um sorriso sarcástico.

— Você é o invasor aqui. Como pode ter chamado a polícia?

— Eu tenho algo que eles querem. — Apontou seu celular que estava apoiado no armário perto da porta, filmando tudo e transmitindo as cenas para as autoridades.

Apavorado, Bruno virou-se para correr pelos fundos da casa, mas Agatha deu um tiro no chão.

— Fica aí!

Seu alvo estacou, com as mãos para cima. Quando olhou para trás, seus olhos estavam duros e frios como aço, ameaçadores, mas ela não sucumbiu. Ergueu mais o queixo e ficou com a arma apontada para o homem que destruíra boa parte da sua vida até quando a porta da sala estourou para dentro. Jadiel invadiu o recinto, acompanhado de um delegado carioca e mais dois policiais. Começaram a recitar seus direitos enquanto colocavam as algemas em Bruno. Sarah entrou no minuto seguinte e correu para amparar Vicente, que tinha levado um tiro de raspão no braço direito. Agatha deixou que um dos policiais a desarmasse e foi envolvida por uma manta. Demorou dois segundos para sair do choque. Tremendo, sentou-se ao lado de Vicente e beijou-o na face, desesperada com seu estado.

– Como você está?

– Vou sobreviver. – Ele olhava, martirizado, para o pescoço dela, cheio de marcas, e para a nova cicatriz em seu rosto. – Queria ter chegado mais cedo.

– Eu vou ficar bem. – O sorriso dela foi fraco. Alguém lhe entregou um copo d'água e ela bebeu.

– E eu vou chamar a ambulância. – Sarah começou a digitar no telefone.

Os policiais arrastaram Bruno para fora enquanto este gritava que seu pai iria pedir a cabeça de quem estivesse à frente daquilo. Agatha destrinchou a cena com atenção. Olhou bem para o homem esperneando como uma criança pequena e depois para dentro de si, para além da raiva, e, por incrível que pareça, encontrou piedade. Bruno era um garoto arrogante, que não sabia como lidar com a decepção. Isso não lhe fora ensinado. Procurava a felicidade nas drogas e na satisfação de todos os seus desejos, mas não conseguia se sentir realizado com nada. Sempre queria mais. Sempre lhe faltava alguma coisa.

O preço de se ter tudo é não ter com o que sonhar.

Quando conseguia o que queria, logo mudava o curso de seu interesse. Era um escravo de seus anseios desenfreados. O tipo de existência arruinada e vazia. Para seu próprio espanto, Agatha teve pena dele. Bruno nunca experimentaria a plenitude que ela havia experimentado nos últimos meses, quando se sentira absolutamente feliz em seu pequeno casebre. Quando apreciara o suor do próprio trabalho. O gosto único de um copo d'água purificada em filtro de barro... As alegrias simples da vida.

Compadecida, Sarah secou o sangue que saía de seu supercílio com um lenço. Agatha agradeceu e voltou-se para Vicente.

– Como conseguiu chegar aqui? – Passou a mão em seu rosto, agradecida como nunca.

– Gabriel manteve contato comigo e, quando me informou que os avós o mandariam pra cá, eu o segui. – Fez uma breve careta de dor quando a irmã quis examinar o ferimento. – É um menino astuto. Depois que conferi que estavam todos aqui, liguei para Jadiel e ele veio com reforços. Eu moveria céus e terra para ter vocês dois de volta. E agora que consegui, não vou deixá-los mais escapar.

Com os olhos úmidos, ela sorriu. Sentia-se aquecida por dentro só de revê-lo.

– Isso quer dizer o quê?

– Que agora você *vai* se casar comigo – avisou Vicente; não foi um pedido. – Mesmo que eu precise jogá-la no chão e enfiar uma aliança no seu dedo.

Ela riu ainda mais e roçou um beijo em sua testa.

– Acho que isso não será necessário.

– Espero que não. – O namorado tocou em seu queixo, com um olhar orgulhoso. – Pois hoje você provou que sabe se defender muito bem.

– É verdade que lutei por mim, mas foi Deus quem enviou você para me ajudar. Nunca terei como te agradecer.

– E nem precisará.

– Preciso sim. Faço o que quiser para demonstrar o quanto te amo.

– O que eu quiser? – Ele deu um sorriso sapeca. Ela riu, acenando com a cabeça que sim. – Então, por favor, deixe seus lindos cabelos crescerem novamente.

Capítulo 32

Não importa quantos passos você deu para trás, o importante é quantos passos agora você vai dar pra frente.

Provérbio chinês

Cinco meses depois...

Algumas lembranças traumáticas ainda estavam grudadas em sua cabeça como farpas. Mesmo assim, Agatha podia sentir no rosto a brisa suave com perfume de recomeço. Estava de volta a Rio Preto, morando na pousada de Vicente, mas em quartos separados. O casamento deles estava marcado para dali a duas semanas. Orientados pelo pastor, tomaram a decisão pessoal de só voltarem a ter relações íntimas após a cerimônia. Segundo Marcos, isso traria um novo sabor de expectativa ao casal, além de abençoar sua união aos olhos de Deus desde o início.

Agatha, que não havia se casado no religioso, estava animada com a ideia e queria fazer tudo certinho. Agora, ambos tinham uma aliança com alguém muito maior do que eles: Jesus. Haviam sido batizados juntos em um local chamado Cachoeira do Encontro. Tinha esse nome porque, aos desígnios da natureza, ali se fazia o encontro de dois ribeirões. Era linda, encantadora e inexplorada, assim como a jornada que ambos passariam a viver, direcionados pelo Senhor.

Apesar dos novos tempos, as lembranças do julgamento de Bruno ainda eram muito recentes na mente dela. Afinal, havia sido um episódio traumático tanto para Agatha quanto para o filho, que precisou assistir à cena do pai sendo preso, após testemunhar no tribunal. Pela segunda vez, Bruno foi levado pelos policiais, gritando e despejando xingamentos a todos, enquanto sua mãe, Rita, que segurava um lencinho de renda manchado de lágrimas e rímel, chorava copiosamente nos braços do marido infeliz, que fitava o neto com desgosto. Quando saíram de lá, todos ainda tiveram que encarar um muro de fotógrafos na porta do Fórum, e, entre eles, rostos curiosos buscavam espaços vagos para testificar a vergonha alheia.

Ignorando a torrente de perguntas, mãe e filho precisaram abrir caminho com os ombros para chegarem até o carro. Agatha usou óculos de sol enormes por algumas semanas sempre que saía, com medo de ser reconhecida por conta dos tabloides que a registraram de todos os ângulos. Esperava que, com o tempo, as lembranças daquele dia terrível, mas ao mesmo tempo libertador, cessassem diante das alegrias que teriam pela frente.

No momento, eram quatro horas da tarde, e todos estavam numa festa ao ar livre, que fora armada no gramado em torno da Pousada Esperança, no chá de bebê de Bianca. Ela já havia revelado a sua gravidez para os pais que, após os desentendimentos iniciais, acabaram por aceitá-la. Já tinham se afastado da primeira filha durante a gestação inesperada e por isso, hoje, não tinham contato nem com ela nem com o primeiro neto. Não queriam repetir o erro com a filha caçula. Já o pai da futura filhinha de Bianca havia mudado de cidade, pois não queria assumir o bebê. De todo modo, a futura mamãe estava radiante no evento, amando ser o centro das atenções.

Agatha havia preparado tudo com muito carinho, auxiliada por dona Gema. Havia toalhas cor-de-rosa sobre as mesas, crisântemos nos vasos de flores e uma mesa principal com doces em formatos de artigos de bebês. Punhados de balões brancos com gás hélio estavam flutuando por todo gramado, e um lindo bolo em formato de fraldas empilhadas ocupava a mesa de centro. Uma grande faixa com o os dizeres "Bem--vinda, Valentina" estava pendurada entre duas árvores. Bianca vestia um top branco, uma saia comprida cor de terra e uma flor amarela presa aos cabelos negros. Orgulhosa da linda barriga, não parava de fazer selfies com as amigas da escola para exibi-la.

— Toma tenência, menina. Sai desse sol — ralhou dona Gema pela décima vez. — Vai ficar debaixo daquela barraca. — Apontou uma das tendas brancas espalhadas pelo gramado, onde Vicente e Agatha estavam sentados à sombra. O cheiro de churrasco recendia por todo lugar.

— Para de pegar no meu pé — discutiu Bianca como sempre.

— Pois então não reclama depois, quando ficar embagaçada e cheia de estrias.

— Eu estou usando bastante hidratante. — Bianca começou a teclar no celular.

Enxerida, dona Gema arrancou o aparelho da sua mão. Era mais atrevida e autoritária do que a própria mãe da menina. Talvez porque tivesse se esforçado bastante para que tudo na festa saísse perfeito. A desmiolada precisava colaborar.

— Para de mexer nesse troço e vai dar atenção aos convidados.

— Me devolve isso... — Bianca avançou nela, mas dona Gema foi mais rápida e enfiou o celular no meio dos seios fartos, por dentro da blusa.

— Só depois que você circular pela festa. E, se não me obedecer, só devolvo depois que sua menina nascer.

Bianca ficou vermelha de raiva.

— Nem pensar! Vai que eu morro durante o parto. Deus me livre de morrer e deixar o meu WhatsApp aberto...

— Seu zap zap vai sobreviver sem você. Vai! — A velha fez sinal para a multidão.

Emburrada, Bianca obedeceu, mas logo abriu um sorriso radiante quando saiu correndo para abraçar um grupo de amigas que estava chegando. Os olhos de dona Gema se aqueceram ao vê-la pular em cima delas como uma criança, depois encontraram os de Agatha, que analisava a mesma cena, demonstrando bom humor. Ela deu uma risada suave de volta para a funcionária antes de tornar a olhar para Vicente, que estava sentado à sua frente e com o olhar fixo em Gabriel, que chutava uma bola junto com outras crianças. Fazia uma careta a cada caneta que o futuro enteado tomava.

Num impulso, Agatha se levantou e contornou a mesa entre eles. Vicente abriu os braços para recebê-la, e ela se sentou em seu colo, aninhando-se em seus braços, fazendo-o sentir um calor se centralizar. Abriu um sorriso reluzente e malicioso.

– Concordei com esse lance de castidade até o casamento, mas também não fique me provocando.

Sorrindo, ela beijou-lhe a ponta do nariz.

– A maldade está na sua cabeça, querido.

O noivo apertou os olhos famintos.

– Já está suficientemente difícil dormir sabendo que você se encontra no quarto ao lado.

– Prefere que eu volte para a sua cama?

– Nem pensar. – Os olhos dele se arregalaram; então, empurrou-a e se levantou. – Aquilo é pura tortura. Ainda mais com as camisolas que você veste.

Agatha deu uma risadinha. Vicente tornou a olhar Gabriel, avaliando a sua performance. Levou a mão ao rosto, desapontado, quando o menino isolou a bola na cara do gol.

– Deus do céu, ninguém nunca jogou bola com esse menino?

Como se o ouvisse, o ofegante garoto veio correndo em sua direção, suado e com a bola embaixo do braço.

– Eles querem me colocar de novo de goleiro – reclamou o pequeno, com a testa franzida.

Coçando a cabeça, Vicente teve que admitir:

– Não posso tirar a razão dos meninos. Você é um pouco... como posso dizer? Perna de pau.

– Olha quem fala – revidou o garoto, enfezado. – O perneta da área.

– Gabriel! – gritou sua mãe.

– Puxa – Vicente puxou o ar de modo brincalhão –, essa doeu.

Arrependido, o futuro enteado pediu desculpas pelo comentário maldoso, depois olhou para a mãe.

— Tá vendo, eu disse que você precisa me colocar na escolinha de futebol. Até Vicente já reparou que sou um barbeiro.

Alguma coisa dizia a Agatha que seria um dinheiro perdido.

— Tem certeza de que não quer fazer outro esporte? Você é ótimo em equitação...

— Nada disso. — O pirralho estava furioso. — Quero aprender a ser bom no que *não sou*. Por isso preciso praticar. Não é isso que você sempre me diz para fazer quando vou mal em alguma matéria? — Estreitou os olhos de modo irônico.

Agatha pousou as mãos no quadril estreito.

— Ei, mocinho, não estou gostando do seu tom.

Vicente girou os olhos, depois bateu no ombro de Gabriel.

— Era isso que meu pai sempre dizia quando não tinha argumentos comigo.

Ambos olharam para ela, acusadores.

— Tudo bem, tudo bem... — A mulher, rendida, levantou as duas mãos. — Segunda-feira, faço a sua matrícula.

— Oba! — Batalha vencida, Gabriel voltou correndo para o gramado.

Vicente abraçou a noiva por trás e beijou seu pescoço.

— Alcoviteiro... — Agatha sorriu.

— Tenho novidades. — Sarah aproximou-se ao telefone. — Parece que, apesar da família Albuquerque soltar dinheiro para todo lado, o advogado de Bruno não conseguiu reduzir a pena. Tudo indica que vai mesmo ter que cumprir os dois anos, já que foi pego em flagrante.

— Graças a Deus! — comemorou Vicente. — Você foi muito eficiente, maninha. Eu achei até que o processo correu muito rápido.

— Bom... — Sarah abriu um sorriso matreiro. — Digamos apenas que o pai de Bruno não é o único que tem amigos influentes. — Ela piscou. — Além disso, o fato de nós termos dado a ideia de Jadiel revistar a casa naquele dia e achar as drogas também ajudou muito no caso. Deram azar, pois a juíza que ficou responsável do caso de Bruno teve um problema desses na família. Parece que a mãe dela apanhava do pai.

Agatha sentiu um alívio no peito.

– Deus sabe de todas as coisas. E depois que ele sair?

– Não poderá mais se aproximar de vocês. E nem acredito que irá fazê-lo. Nossa estratégia de divulgar o caso nas redes sociais e na mídia fez com que a reputação da família Albuquerque ficasse devastada. Isso deve ter abalado de alguma forma os negócios. Não vão permitir que Bruno estrague tudo outra vez.

– Tomara que sim – suspirou Agatha.

Vicente presenteou-a com um sorriso afetuoso.

– Você sobreviveu ao escorpião, meu amor. Não precisa mais ter medo de nada. O bicho te picou, mas você permaneceu de pé. É uma guerreira.

– Eu também acho – completou Sarah, acariciando seu ombro. – Tenho muito orgulho da escolha do meu irmão.

O sorriso de Agatha se derreteu, mas depois olhou os convidados com um olhar distante, contrito outra vez.

– De certa forma, eu me sinto mais segura por ter enfrentado tudo. Só lamento que tenha esperado tanto. Hoje penso que, desde o primeiro tapa que Bruno me deu, Deus estava tentando me avisar. É como se dissesse: "Saia daí. Volte para casa. Essa não foi a vida que preparei para você." Mas, assim como Eva, persisti no meu erro. Continuei ali, talvez por covardia. Coloquei a mim e meu filho em risco. Não sei por que não fiz nada antes.

– Era uma situação muito difícil – consolou-a a cunhada. – A maioria das pessoas que está se afogando não sabe como nadar, mas, quando cai na água, acaba aprendendo na marra.

– Pois é. – Agatha riu rápido. – Acho que o Senhor precisou me jogar na parte funda da piscina para eu tomar jeito.

Sarah segurou sua mão com firmeza.

– O passado ficou no passado. Você brigou para sobreviver e, Deus sabe como, conseguiu manter a mente sã. Conseguiu manter sua fé em dias melhores. Muitas mulheres na sua situação não se casariam de novo, mas aqui está você, deixando tudo para trás e correndo atrás da sua felicidade. É muito mais forte do que pensa, Agatha. Fico muito feliz por

Vicente. Depois de tudo que meu irmão passou, ele não merecia nada menos do que uma mulher extraordinária como você.

Os olhos da futura cunhada ficaram nublados.

– Assim você vai me fazer chorar.

– É. – Vicente também enxugou os olhos, num constrangimento discreto. – Guarde esse discurso para o dia da nossa cerimônia. Você está dramatizando um dia feliz.

Sarah abriu um sorriso largo, deu um beijo em cada um e foi auxiliar o marido na churrasqueira, dando um tapinha no ombro de seu Pedro, que vinha na direção da patroa.

– Acho que vou ficar aqui um pouquinho na sombra com vocês. – O velho tirou o chapéu e enxugou a testa suada.

– Claro. – Agatha sorriu, secando os cantos dos olhos. Estava mesmo querendo falar com ele. – Eu e Vicente ficamos pensando mais cedo e chegamos a uma conclusão. – Ambos se entreolharam com um sorriso. Seu Pedro esperou, girando o chapéu com os dedos. – Que tal se o senhor e dona Gema ficassem morando no sítio, agora que eu e Gabriel estamos aqui?

Confuso, o funcionário arregalou os olhos cansados. Em seguida, disparou uma gargalhada com gosto. Agatha e Vicente se olharam, surpresos. Seu Pedro fez que não com a cabeça.

– Acho que vocês ainda não entenderam muito bem a minha velha. Sabe quando ela vai sair do casebre que moramos no terreno de seu Vicente? Nunquinha… Para ela, o patrão é como um filho. E agora que a senhora e Gabriel vieram morar aqui… – Ele continuou rindo.

Vicente sorriu para Agatha, com ar convencido.

– Eu avisei.

– Bom. – Vencida, ela descartou a proposta com a mão. – Já que não tem jeito mesmo, espero, pelo menos, que o senhor continue cuidando da minha propriedade como se fosse sua. Aliás, a partir de hoje, metade dos meus lucros serão seus…

Seu Pedro abriu a boca para protestar.

– Nada de recusar. – Agatha ergueu a mão. – O senhor vem arando aquela terra há anos, é mais dono dela do que eu. Um dia, aquele sítio me ajudou muito, agora quero que ajude outras pessoas também.

E, em breve, o senhor vai precisar diminuir o ritmo e quero que tenha uma fonte segura de renda.

– Arrrrre... – urrou seu Pedro, indignado, e colocou o chapéu de volta na cabeça. Pelo visto, tão me enterrando antes do tempo. Eu vou lá comer um churrasco, antes que me mandem para a cova. – Afastou-se, emburrado. Mas, antes que fosse embora de vez, estacou e olhou para trás, com uma expressão iluminada. – Vocês sabiam que a igreja do pastor Marcos está passando dificuldades?

Agatha e Vicente se entreolharam, confusos.

– Não. – Ela estreitou o espaço entre os olhos. – O pastor nunca comentou nada conosco.

– Pois é, mas minha velha é mexeriqueira, sabe como é... – Seu Pedro sorriu sem graça. – A igreja está passando dificuldades financeiras. E um dos custos mais altos é o aluguel do espaço. O pastorzinho até falou que estava pensando em comprar um local próprio, que não fosse muito caro... – Deixou a informação rolando no ar.

– Eu não imaginava... – Agatha olhou para o noivo; então, ambos abriram um sorriso mútuo, como se conversassem por telepatia. – Fale para o pastor Marcos me procurar, seu Pedro. Temos uma proposta para ele.

O senhor sorriu com satisfação. Conhecia o bom coração da patroa.

– Vão vender o sítio por um bom preço?

– Não. – Vicente tomou a frente. – Vamos ofertá-lo. É o mínimo que podemos fazer depois de tantas bênçãos recebidas.

O velho se espantou, mas depois pareceu esmorecer.

– E quanto à minha plantação? Meus bichinhos...

– Traga os animais que quiser para cá, eu não me importo. Quanto à plantação, acho que o pastor não terá nada contra o senhor continuar trabalhando nela. Podemos fazer cestas com o que o sítio produz e doar para as pessoas necessitadas da região. O que acha?

O funcionário encheu os olhos de lágrimas.

– Acho que é o tipo de coisa que dona Dulce faria. Eu vou lá chamar o pastor.

Girando, Agatha virou-se para Vicente.

– Obrigada por entregar o meu sítio sem me consultar.

Ele ficou apreensivo. Os olhos se arregalaram.

– Desculpe, eu pensei que era nisso que você também estava pensando. Afinal, vamos casar com comunhão total de bens. Tudo que é meu será seu e...

Rindo, ela passou os braços por seu pescoço.

– Eu estou brincando, seu bobo. Era exatamente isso que eu queria, dar àquele sítio um destino maravilhoso.

– Que bom, por um minuto tomei um susto. – Beijou-a e tornou a olhar para Gabriel. Em seguida, pôs as mãos grandes nos ombros da noiva e apertou-os de leve. O jogo ia de mal a pior. – Acho que vou lá treinar um pouco o garoto. Dar uns conselhos e um apoio moral.

– Acho bom. – Agatha achou graça. – Estou prevendo muito bullying na escolinha de futebol.

Vicente sorriu com pesar e foi andando para perto da partida.

Sozinha, Agatha inspirou fundo, lembrando a conversa que tivera havia poucos dias com a mulher do pastor, de quem ficara amiga. Luiza tinha dito que Agatha precisava se perdoar pela morte da mãe e pelo afastamento do pai. Precisava entender que ainda poderia desfrutar da paternidade divina. Infelizmente, para que isso acontecesse, Deus havia precisado trabalhar em sua vida com cinzel e marreta. Remover sua culpa a martelo, para depois ampará-la em seus braços de amor. Oraram juntas para que ela se permitisse ser enlaçada por esse abraço celeste.

Lágrimas gratas embaçaram sua visão quando Vicente abraçou Gabriel, que conseguira fazer o seu primeiro gol na partida. Se pudesse, congelaria a sua vida naquele momento, onde se sentia plena e feliz. Passou os olhos pelos convidados, pessoas que aprendera a amar. Viu seu Pedro servindo uma bebida ao reverendo, Bianca dando uma gargalhada com a mão na barriga, dona Gema roendo um pedacinho de carne enquanto conversava com seu Afonso, que, incentivado por Gabriel, rompera o orgulho e tivera a alegria de visitar o filho uma semana atrás. Agora, passeava pela festa mostrando a foto do netinho para todo mundo.

Agatha começou a pensar que, talvez, o abandono de sua antiga vida não tivesse sido exatamente uma fuga, mas só um passo para um futuro que sempre imaginara para si. Merecia isso. Sim, merecia ser feliz. Esse, sim, era o grande plano de Deus para a sua vida. Com esta súbita constatação sedimentada em seu interior, sentiu-se mais leve, e todo o peso que vinha carregando nos últimos anos se foi. Então, olhou para o céu, agradecida. E não voltou mais a se sentir culpada pelas escolhas erradas do passado.

Fim

Versículos-Chave

Gênesis 1:26
João 4:24
Lucas 24:39
Gênesis 3
Provérbios 13:15
Romanos 8:28
Hebreus 12:11
Salmo 119:67,71
1 Pedro 1:6-9
2 Coríntios 1:8-9
2 Coríntios 12:7-9
Colossenses 3:1-4; Filipenses 3:20
Gênesis 45:5-7; 50:20
Filipenses 1:12-18
2 Coríntios 1:3-5
João 10:17-18
João 18:1-2
Mateus 26:53
Hebreus 2:14-18; 4:14-16; 5:7-10

Nota da Autora

A maior parte da violência que ocorre contra as mulheres está dentro dos seus próprios lares. E, infelizmente, muitas delas não encontram força interior ou condições para enfrentar sozinhas esse problema. Vivem infelizes, sabendo que submetem a si mesmas e a seus filhos a situações de abuso físico e emocional. Muitas vezes, o detonador desse comportamento passivo é a culpa (e também a vergonha) que carregam por algum erro cometido no passado. Muitas vezes, a própria escolha do companheiro. Essas mulheres passam a acreditar que merecem essa punição, e por isso nunca fazem a denúncia. O senso de desvalorização pessoal cresce a cada dia. A autodepreciação se instala.

Mas, não, elas não merecem sofrer.

Sei que é difícil e que a situação pode ter vários agravantes, como dificuldades financeiras, falta de apoio familiar, filhos etc. Porém, vale lembrar que a Lei Maria da Penha é uma das três mais completas e avançadas do mundo, e traz, em seu bojo, uma série de regras e mecanismos importantes na busca de coibir a violência contra a mulher no âmbito familiar e doméstico. Se você estiver passando por isso, busque, primeiro, a ajuda de Deus. Em seguida, busque ajuda externa! Mesmo que, no começo, seja apenas um aconselhamento com uma pessoa de confiança (psicólogo, líder espiritual etc.) para você saber por que se permite viver nessa situação. A partir do momento que você tiver consciência de que a sua individualidade e os direitos humanos devem ser respeitados, estará pronta para enfrentar os próximos desafios.

E, acima de tudo, tenha fé. Deus não criou você para ser destruída, e, sim, para ser restaurada.

"Porque eu é que sei os pensamentos que tenho a vosso respeito, diz o Senhor. Pensamentos de paz, e não de mal, para te dar o fim que você deseja."

Jeremias 29:11

Com amor,
Lycia Barros

Divulgar
www.mariadapenha.org.br

Sobre a Autora

Nascida em 8 de junho de 1976, Lycia Barros se afirma como uma das grandes apostas da literatura nacional. Atualmente, a autora mora com o marido e os filhos em sua cidade natal, Rio de Janeiro. Lycia cursou Letras na UFRJ e levou o amor aos livros para sua profissão. Seu primeiro romance – *A bandeja, qual pecado te seduz?* – foi lançado em outubro de 2010 e, em 2013, ganhou o prêmio CODEX DE OURO de melhor romance do ano. Esse livro também foi finalista do prêmio Areté de literatura 2011, promovido pela Asec, e está sendo adaptado para o cinema. Foi lançado em Portugal e na África. Hoje, com 11 livros publicados por grandes casas editoriais e mais de 100 mil exemplares vendidos, além de atuar como escritora, Lycia Barros também dá palestras por todo o Brasil e ministra cursos de escrita para novos autores do mundo todo.

Obras da autora:

O que eu quero pra mim – Editora Arqueiro.

A bandeja – Editora Arqueiro (Brasil), Editora Pergaminho (Portugal e África).

Entre a mente e o coração – Em negociação. (Publicado inicialmente pela Editora Danprewan).

Perdido sem você – Publicado pelo movimento Eu Escolhi Esperar.

Tortura cor-de-rosa – Editora Danprewan.

A garota do outro lado da rua – Editora Novo Século.

Uma herança de amor – *Quando o fim pode ser o começo* – Editora Novo Século.

Uma herança de amor – *Armadilhas do destino* – Editora Novo Século.

Uma herança de amor – *O plano perfeito* – Editora Novo Século.

Shakespeare e elas – Editora Autêntica.

25 histórias da Bíblia – Editora Seleções.

Papel: Pólen Soft 70g
Tipo: Bembo
www.editoravalentina.com.br